惊险科幻探案系列

乔装打扮

叶永烈——著

山东教育出版社

图书在版编目（CIP）数据

乔装打扮／叶永烈著．— 济南：山东教育出版社，
2022.2（2022.3 重印）
（科幻文学群星榜）
ISBN 978-7-5701-1928-8

Ⅰ.①乔… Ⅱ.①叶… Ⅲ.①幻想小说－小说集－中
国－当代 Ⅳ.① I247.7

中国版本图书馆 CIP 数据核字（2021）第 277792 号

QIAOZHUANG DABAN

乔装打扮　　　　　　　　叶永烈　著

主管单位：山东出版传媒股份有限公司
出版发行：山东教育出版社
　　　　　地址：济南市市中区二环南路 2066 号 4 区 1 号　邮编：250003
　　　　　电话：（0531）82092600　　　网址：www.sjs.com.cn
印　　刷：北京市松源印刷有限公司
版　　次：2022 年 2 月第 1 版
印　　次：2022 年 3 月第 2 次印刷
开　　本：880 mm × 1300 mm　1/32
印　　张：9
印　　数：10001-13000
字　　数：214 千
定　　价：35.80 元

（如印装质量有问题，请与印刷厂联系调换）
印厂电话：010-80510961

总　序

我在1951年11岁时发表第一首诗，成为我创作生涯的起点。此后在19岁的时候，我写出了第一本书《碳的一家》，翌年由上海的少年儿童出版社出版。我因此被少年儿童出版社看中，20岁成为《十万个为什么》的主要作者。

1961年，21岁的我写出第一部科幻小说《小灵通漫游未来》，开始了科幻小说创作，至1983年，我总共大约写了300万字的科幻小说。除了科幻小说之外，从1959年至1983年期间，我还写了《十万个为什么》等1100万字的科普作品。这些早期的作品，编成28卷、1400万字的《叶永烈科普全集》于2017年出版。自从1983年之后，我转入中国当代重大政治题材纪实文学以及长篇小说、散文创作，离开了科普界。至今，我已经出版的作品约为3500万字。

在我的科幻小说作品中，有一些是以公安侦查人员金明为主角的系列小说，现在我把它们统称为"惊险科幻探案系列小说"。其中一些小说是当时公安部约我写的，大约100万字。他们为我提供了诸多典型案例，为我了解公安侦查手段提供了方便。虽是科幻小说，很多故事是以真实案例为原型创作的。这些小说出版时名为"惊险科学幻想小说"，共4卷，由群众出版社出版：第1卷《乔装打扮》出版于1980年11月；第2卷《秘密纵队》出版于1981年12月；第3卷《不翼而飞》出版于1982年6月；第4卷《如梦初醒》出版于1983年8月。此外，"惊险科学幻想小说"中的两部长篇《黑影》和《暗斗》在1981年4月分别由地质出版社和四川少年儿童出版社出版。我还写了介绍破案手段以及相关知识的《白衣侦探》一书。

上述小说属于"惊险科幻小说"。

惊险小说和科幻小说，都是广大读者所喜爱的作品。"惊险科幻小说"则是两者的结合。

惊险小说是一个总称，它包括侦探小说、推理小说、间谍小说，以及各种情节惊险的政治小说、犯罪小说、国际阴谋小说。它的特点是故事讲究悬念，情节跌宕，结构严密，使读者欲罢不能，爱不释手。毫不夸张地说，惊险小说拥有最广泛的读者。

科幻小说则是通过小说来描述诱人、奇特的科学幻想，具有"科学""幻想""小说"三个要素。也就是说，它所描述的是幻想，而不是现实；这幻想是科学的，而不是胡思乱想；它通过小说这种体裁来表现，着力塑造人物典型形象，具有小说的特点。

"惊险科幻小说"兼具惊险小说和科幻小说的特点。它既有极为惊险的情节，又有大胆奇特的科学幻想。它具有很强的可读性。正因为这样，它跟惊险小说一样，拥有众多的读者，深受人们的喜爱。

1979年5月9日至11日连载于《工人日报》的《生死未卜》，是我写的第一篇惊险科幻小说。此后，我在1979年7月号《少年文艺》杂志上发表的《欲擒故纵》、1979年8月号《儿童文学》杂志上发表的《神秘衣》和1980年1月在《科学24小时》杂志创刊号上发表的《弦外之音》，都属于惊险科幻小说。

这些作品在读者中产生的强烈反响，使我意识到惊险科幻小说具有莫大的魅力，是一种"悬念的艺术"，它拥有极为广泛的读者。我受英国作家柯南·道尔《福尔摩斯探案集》的启发，觉得与其东一篇、西一篇地写，不如集中塑造同一主角，形成"惊险科幻探案系列小说"。

于是，我着手写以公安侦查人员金明为主角的"惊险科幻探案系列小说"。在1980年2月18日《光明日报》上，我谈了自己的创作设想："在新的一年里，我将把主要精力用在科学幻想小说的创作上。我很喜欢惊险小说，正在尝试把科幻小说与惊险小说结合起来，创作惊险式科幻小说，这是科幻小说创作中的新途径，还需要努力探讨。这种作品特别讲究悬念的运用，情节要曲折，幻想要大胆。我将创作一组以同一公安侦查人员为主人公而故事不同的'惊险科幻探案系列小说'。"

我的第一篇以金明为主角的惊险科幻探案小说是《杀人伞案件》，连载于1980年1至2期《科学与人》杂志；第二篇是《X-3案件》，我在《光明日报》发表创作打算的次日，广州《羊城晚报》开始连载这篇小说，至3月14日载毕。接着，我又写出了短篇小说《奇人怪想》《球场外的间谍案》，中篇小说《碧岛谍影》，电影文学剧本《归魂》与《国宝奇案》。在1981年元旦前后，我的四部以金明为主角的中篇、长篇——《科学福尔摩斯》（单行本名《暗斗》）、《鬼山黑影》（单行本名《黑影》）、《乔装打扮》、《纸醉金迷》、《秘密纵队》，分别连载于上海《文汇报》、广州《羊城晚报》、西安《西安晚报》、上海《科学生活》杂志和武汉《长江日报》。每部小说短则连载两个月，长则连载五个月。《文汇报》和《羊城晚报》都是发行量达一百万份以上的报纸。连载在读者之中产生广泛影响，使金明开始成为读者熟悉的人物形象。

这些"惊险科幻探案系列小说"的主角是金明。金明，在汉语中，与"精明"同音，即为人精明之意。他的外号叫"诸葛警察"。诸葛亮是在中国享有极高声望的历史人物，是聪明、智慧的象征。诸葛亮又名孔明。主人公取名金明，这"明"字也含有取义于"孔明"之意。至于金明的主要助手戈亮，在汉语中与"葛亮"同音，也取自于"诸葛亮"。

我所着力塑造的金明形象，如《杀人伞案件》中金明首次出场时所描写的——"金明不是英国作家柯南·道尔笔下的侦探福尔摩斯，不是英国女作家阿加莎·克里斯蒂笔下的矮个比利时侦探埃居尔·博阿洛，也不是英国作家柯林笔下的探长克夫，金明是生活在科学技术高度发达的社会主义中国，采用现代化设备侦破疑案的具有广博科学知识的公安侦查人员。"——这，是他不同于别的惊险小说警察形象的地方。

"惊险科幻探案系列小说"同样要讲究悬念，它的中心事件同样是惊险案件，主人公也常是公安侦查人员。然而，它又不同于一般的惊险小说，它写的是科学境界、幻想境界。正因为这样，我着力塑造公安侦查人员金明的形象，与一般惊险小说中公安侦查人员不同之处，在于他懂得科学，能采用现代化的科学手段进行侦查，而敌方呢，也是用现代化的科学手段进行间谍活动、特务活动。这些惊险科幻小说的主要矛盾，是现代化的间谍、特务手段与现代化的侦查手段之间的激烈斗争。金明是一个精明强干、机智沉着、言语不多而常常能未卜先知的公安侦查人员，是一位具有现代科学技能的侦探。

金明是侦查英雄、"警察博士"。细心的"中国科幻小说研究会"日本会员野口真己先生于1981年6月2日来信询问：

"我看到单行本《神秘衣》里的金明是滨海市公安局侦缉处处长，单行本《碧岛谍影》里的金明也是公安局侦缉处处长，但单行本《乔装打扮》里的金明是公安局刑侦处处长，而且《球场外的间谍案》和单行本《暗斗》里的金明竟是公安局侦查处处长，请问这是怎么回事？我是个很喜欢金明和以他为主人公的作品的人，我希望以后金明更加活跃，斗争取得更多的胜利！"

我答复道：金明的身份，最初发表时为"侦缉处处长"。群众出版社认为，改作"刑侦处处长"或"侦查处处长"较好，以与目前中国公安部门所用名词统一起来。至于金明有时为"滨海市公安局侦查处处长"，有时为"公安部侦查处处长"，是看案情而定。如果是全国性案件，则以"公安部侦查处处长"身份出现；若是地方性案件，则一般以"滨海市公安局侦查处处长"身份出现。

1981年，我在接受《亚洲华尔街日报》（The Wall Street Journal Asia）记者采访时，曾就记者所问"金明与福尔摩斯有什么区别"作如下答复：

一、福尔摩斯是英国私人侦探，金明是中国公安英雄；

二、福尔摩斯破案是为了个人赚钱，金明是为了保卫社会主义祖国；

三、福尔摩斯连血型、指纹都不懂，金明是精通现代科技的"警察博士"，是"科学福尔摩斯"。

我力图把金明塑造为社会主义的新人、智勇双全的侦查英雄。如同我在作品中所写及：

"'上靠天，下靠地'，这是金明经常挂在嘴边的话。所谓'天'，就是党的政策、国家的法律；所谓'地'，就是人民群众。金明认为，'上靠天，下靠地'，再加上现代化的科学侦破技术，这是破案的三大法宝。"

正因为这样，日本的评论《中国科幻小说中的英雄——金明》（日本《SF宝石》，1981年6期），称金明为"中国文艺作品中的新的英雄形象""中国人创造的、为了中国人民的、属于中国人自身的英雄"。

这套小说所表现的主题，如同《暗斗》中所言："在当今世界上，国与国之间虽有政治上的明争，更多的却是高科技领域内的暗斗。"对照发生在2018年中美之间的"中兴通讯事件""华为事件"，恰恰印证了1980年在《暗斗》中超越时空的预见。

这套小说，涉及脑电波研究、"克隆熊猫"、"穿壁衣"、复活冷冻人、海底机器人、外星人，以及太空卫星战等众多当代高科技领域。

这套小说，一边写，一边出，到了20万字左右交给群众出版社出一卷。每卷的首印数均达20万册（《秘密纵队》首印25万册）。

这套小说被改编成连环画，总印数超过1000万册。

这套小说中的部分作品，被译成英文、法文以及德文出版。

从《杀人伞案件》《X-3案件》《奇人怪想》《球场外的间谍案》《乔装打扮》《碧岛谍影》等作品中，可以明显看出，我的创作确实受《福尔摩斯探案集》的影响。渐渐地，我觉得柯南·道尔的作品虽然十分惊险，但是缺乏社会性。我很赞赏日本的社会派推理小说，所以在后续的创作中，我逐渐加强了作品的社会性。《秘密纵队》着力写人物的命运，使作品具有鲜明的主题思想，而不是单纯追求惊险和曲折的情节。《失踪之谜》（即《不翼而飞》）甚至被评论家称为"人才学科幻小说"。

《其实只有一个》是应美国科幻小说作家主席波尔（Frederic Phol）先生之约而写的。波尔先生"规定"了同一科幻构思——"思维传递"，邀请了不同国家的科幻小说作家根据各自不同的文化背景设计故事，所以我写了发生在上海的《其实只有一个》。这篇小说由吴定柏教授译成英文，收入波尔先生主编的集子里，在美国出版。《其实只有一个》英译篇名为"The Thursday Events"，即《星期四事件》。2019年1月，在美国的学者李桦给我来信，说他正在仔细研究《星期四事件》，撰写论文。他在信中说："在20世纪80年代，您就已经参与到国际性的科幻写作项目中，我觉得非常了不起，也非常超前。我想请教您，您的这篇小说之前在国内发表过中文版吗，篇名是什么，在哪个期刊上发的？我试着用《星期四事件》的篇名搜索，但没有找到，所以只能直接请教您。另外，我想了解一下是什么样的机缘令您参加到这个写作项目中来？我觉得您的这个经历对中国科幻史也是很重要的一个信息。"

我的文友、科幻作家郑文光先生于1981年6月5日给我来信说及："《暗斗》及《乔装打扮》，小儿河间拿到后一口气看完了，可见对青少年是颇具吸引力的。全始全终。当然，如果能从克里斯蒂作品中吸收其较曲折的构思，就更好了。"

对于我来说，1983年是我创作的转折点。从此我告别早年的科普、科幻小说创作，转向中国当代重大政治题材的纪实文学创作，转向纯文学长篇小说创作和散文创作。

应北京书香文雅图书文化有限公司之约，把"惊险科幻探案系列小说"分5卷结集，内中包括曾收入群众出版社出版的4卷中的"惊险科学幻想小说"。另外，把我之前所写的惊险科幻小说《生死未卜》《欲擒故纵》《神秘衣》《弦外之音》也收录其中。这4篇作品的主角不是金明，但是是与"惊险科幻探案系列小说"同类的作品。收入这4篇作品，也使读者了解我从最初的零打碎敲，发展到系列小说的历程。

我写下以上的话，算是向读者言明它的创作始末，知道它的写作背景。

值得说明的是，"惊险科幻探案系列小说"毕竟写于20世纪80年代初，带有明显的时代印记。这次重新出版，并未作大的修改，大体保持原貌，这些时代印记犹如作品的"胎记"，无法抹去，倒是让读者了解作者是在怎样的时代背景下创作这些作品的。

叶永烈

2019年3月23日

于上海"沉思斋"

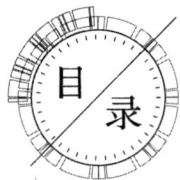

目 / 录

Catalogue

杀人伞案件 / 001

乔装打扮 / 037

奇人怪想 / 121

碧岛谍影 / 147

重见天日 / 195

归魂 / 219

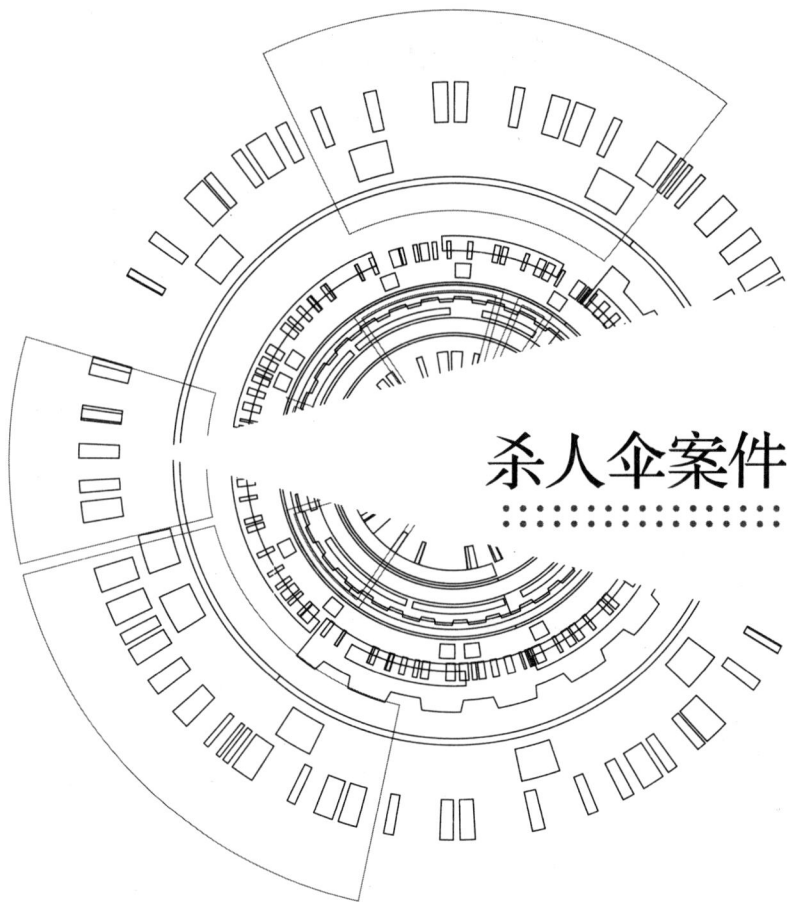

杀人伞案件

奇特的谋杀案

深夜一点，滨海市各公安分局里的传真电报机，几乎同时转动起来。电报机里迅速传出这样的真迹电报：

　　各分局注意：

　　两小时前，十一路地铁列车上发生谋杀案。被害者陆宏，"407"国防工程副总工程师。杀人犯已逃走。此案系政治谋杀案。请即对"407"国防工程各主要负责人采取保护措施。杀人犯可能是一个秃顶、连腮胡子、左眉有一撮白毛、中等身材、约五十来岁的男人，持一把镀克罗米柄的黑尼龙伞，伞顶特别细尖。若有情况，即告。

414

　　各分局一看是"414"亲自出马，知道这一起谋杀案一定是重大案件。

　　"414"是滨海市公安局侦查处处长金明的代号。金明由于屡破疑案，名震滨海市，人称"诸葛警察"，意即诸葛亮再生。不过，诸葛亮虽然聪明绝顶，却未曾当过警察，所以人们在"诸葛"之后加了"警察"两字，把"诸葛"当着形容词使用——"诸葛亮般聪明的警察"。

金明中等个子，瘦瘦的，人却很精神，眼睛似乎在不断闪射光芒。大约由于习惯于思索，他年方四十，眉间已有很深的"川"字纹了。他皮肤黝黑，大抵因为常在户外工作的关系。人虽瘦，肌肉却很发达、结实。他已有二十多年侦查工作的经验。从进化论的"用进废退"的观点来看，金明由于职业的锻炼，视觉、嗅觉、听觉都极灵敏，反应快，动作迅速、利索，而讲话却慢吞吞的，通常沉默寡言，只有在关键的时刻才讲几句。他是滨海市人，却能讲一口流利、标准的普通话，甚至还能像相声演员似的，讲苏北、重庆、东北、广东、福建话，也能像翻译人员似的讲一口流利的英语、俄语、法语和日语。白发已经过早地爬上了他的双鬓。

金明有着广泛的兴趣爱好，他跳起"华尔兹"来使许多姑娘着迷，能拉二胡、小提琴，会吹笛子、口琴，爱朗诵诗，喜欢下棋、游泳、踢足球，甚至会花样滑冰、骑马、射箭。他也会自己装配半导体收音机、电视机，会开摩托车、摩托艇、汽车，会拍照、洗印、放大。金明对文学、美术、历史、自然科学也略知大概。正因为这样，他还有一个雅号叫"博士警察"。

金明会抽烟，喝酒也是海量，然而平时却不抽烟、不喝酒，只有当工作需要时才一边给别人敬烟，一边自己抽烟；一边给别人斟满了酒，一边自己也大口大口地喝下去。金明睡眠很少，习惯夜生活，越是到深夜十二点以后，眼睛越是闪闪发亮。

那天，刚过十二点，电话铃声就响了。这个紧急电话是十一路地下铁道列车上的乘警打来的，报告了车上发生谋杀"407"国防工程副总工程师陆宏的案件。金明眉头习惯地紧皱起来，在一分钟之内，马上作出四项决定：

一、立即赶到现场；

二、火速通知中心医院做好急救准备；

三、立即把发生谋杀案的那节车厢的门关闭，并把车厢拖到地铁的临时停车处；

四、命令助手小张把录像机镜头对准临时停车处那个车厢的门，以便在现场勘查完毕后放行乘客时，把乘客一一录像备案。

过了五分钟，金明就出现在现场。那时，发生谋杀案的3号车厢，已停在临时停车处。车厢的门紧闭着，乘客全部按发生谋杀案时的位置站在里面，听候检查。

陆副总工程师斜躺在椅子上。他那张宽前额、稍胖的脸变成了青灰色，双目紧闭，颈软，头低垂着，正处在极端危险的休克状态。一个二十多岁的青年正扶着他。

金明的另一个助手戈亮成了现场指挥，安排另几位警察对现场进行拍照。

金明马上叫人把陆副总工程师立即送往中心医院。

这时，那位青年扶着陆副总工程师，想陪着一起去医院。

戈亮回过头，低声问金明："不能放走这青年吧？"

谁知金明答道："让他陪去，同时把所有的乘客放走。"

戈亮吃惊地问道："把所有的乘客放走？"

金明又只是略微点一下头。

戈亮连忙说："说不定杀人犯正混在乘客之中呢！"

金明的脸上，掠过一丝笑意，答道："他？早就溜了！"

被伞尖碰了一下

一架漆着红"十"字的白色微型直升机，已经停在地铁出口处。直升机只能坐四个人，金明、戈亮、陆副总工程师和那位青年一起上了飞机。

微型飞机直飞中心医院。

在路上，金明问那个青年道："你贵姓？"

"姓吴，叫吴英。"青年很有礼貌地立即答道。

"你是陆副总工程师的司机？"

吴英一听这话，脸上顿时充满惊讶的神色，"你从来不认识我，怎么知道我是他的司机？"

"这还不清楚？"金明露出难得看到的笑容："你的眼睛四周的皮肤特别白，说明你经常戴墨镜。再说你身上微微有一股汽油味。这两点加在一起，不就足以断定你是他的司机吗？"

这时，吴英的嘴吃惊地张得大大的，仿佛可能塞进一个大苹果。他非常佩服这位警察的眼力和判断力，刚才那拘谨的神态也就没有了。

滨海市已经实现输电地下化，所以地面上看不到一根电线杆，为直升机的飞行扫清了障碍。高楼大厦表面都刷有夜光漆,闪闪发光,在夜色中很容易辨认。

没一会儿,直升机便在中心医院大楼楼顶着陆。手术室正好设在最高的一层——四十九楼,陆副总工程师立即被送到手术室里抢救。

这时,在手术室外一个小房间里,只剩下金明、戈亮和吴英。

金明对吴英说:"你们是在长江路那一站上车的吧?"

"是的。"吴英的脸上,再一次露出惊讶的神色,眼睛和嘴巴都张得大大的,而额前的皮肤却紧皱起来,说道:"你怎么知道我们是从那儿上来的?"

"这还不容易?"金明的语气很平静地说道:"陆宏是在长江剧场看话剧《闪光》。长江剧场在长江路78号。你们在散场之后,就从地铁长江路那一站上车,打算回家。陆宏住在星星路1975号,你们是准备在星星路那一站下车。可是,就在从长江路到星星路的途中,发生了谋杀案。"

"不错,不错,一点也不错。"吴英几乎是屏着呼吸听完了金明刚才的话,他讲的是那么准确,真的是料事如神。吴英又重复了一次:"你怎么知道我们是去看话剧《闪光》?"

金明依旧很平静地说道:"今天晚上,'407'工程指挥部为了庆祝工程顺利完成第一阶段工作,在长江剧场招待演出《闪光》。"

"不错,不错。一点也不错。"吴英再次连连点头称是。

吴英谈起了事情的经过:

那天,"407"工程指挥部送来了两张票。陆宏知道司机吴英是个戏迷,便把另一张票送给了他,却没有同夫人一起去看。临走时,下着雨,吴英要开小轿车去，陆宏说看戏不算公事，还是坐地铁去吧。再说，吃完晚饭之后，散散步，也是好的。天气闷热，倒是地铁里凉快。

看完戏之后，他们从长江路站上了地铁。陆宏和吴英坐在一起，吴英靠窗坐着。

列车风驰电掣般在地下铁道中前进。车厢里光线明亮而柔和，十分宜人。

忽然，陆宏喊了一声"唷"。吴英回头一看，原来是坐在后排的一位旅客，不小心把雨伞的伞尖碰到了陆宏的小腿。陆宏从小喜欢体育活动，曾是学校的足球队主力，如今尽管年已花甲，仍像运动员似的，夏天喜欢穿短裤。有人笑他，穿短裤有失科学家的风度，而陆宏却说："我是科学家，也是运动员哪！再说，没有一条科学定律上规定，科学家不准穿短裤！穿短裤凉快，这本身就符合科学嘛。"

那位旅客倒很有礼貌，见自己不慎碰痛了陆宏，连连道歉说："对不起！对不起！"

"没有什么，没有什么。"陆宏一点也不计较……

吴英说到这里，金明打断了他的话，问道："请形容一下那位旅客的相貌和那把雨伞的样子。"

吴英抓了抓头皮，思索了一下，答道："秃顶，连腮胡子，中等身材，约五十岁，男人。那伞是尼龙伞，黑色，伞柄镀着克罗米，银闪闪的，伞顶特别细尖。"

"还有什么特征？"

"对了，对了，有一个重要的特征——左边眉毛上有一小撮白毛！"

戈亮在一旁用录音机记录着吴英的话。他跟随金明多年，用不着金明吩咐，总是提前做好助手工作，所以金明很喜欢他，破案时常要带他一起去。

"那位旅客在下一站就下车了吧？"金明又问。

"嗯，这个……我倒没有注意。"吴英说道，"我只记得陆副总工程师突然晕过去的时候，那位旅客就不见了！"

"从长江路站到星星路站，当中有十个车站——玉泉站、金光站、陶然站、流翠站、黄岗站、芳林站、公平站、铁井站、虎山站、春柳站，陆宏叫了'唷'一声，是在哪两个站之间？"

"……"，吴英一下子答不上来。因为他不是侦查员，从来没有像金明那样精确而细致地观察生活。说实在的，如果问他从长江路站到星星路站之间有几个站，恐怕也说不上来。吴英又抓了抓头皮，说道："我记得是在上车不久，刚开过一两个站。"

"这么说，是在玉泉站或者金光站。"金明思索了一下，说道："离星星站还有八九站，那位旅客当然早就溜掉了。"

戈亮这时想起刚才金明决定把所有的乘客放走，是非常正确的——因为罪犯早已逃走。再说，金明已嘱咐助手小张在下车时把所有的旅客录像，即使将来有什么问题，可以用电子计算机根据录像查出这些旅客叫什么名字，住在哪里。金明常常把这两句话挂在嘴边："'谨慎不是多余的'，'诸葛一生唯谨慎'。"金明考虑事情，非常周密，无懈可击，总是留了一手，但又非常果断，常采取许多出人意料的措施。

这时，金明又问道："陆宏晕倒时，列车在什么地方？"

这一次，吴英倒回答很清楚："在虎山站与春柳站之间。因为陆副总工程师一晕倒，我就知道发生了重大案件。司机在列车到达春柳站之后，立即停车，并向乘警报告了案情。没多久，您就来了。"

金明从右手上取下一只电子手表似的东西——那是一只袖珍电子计算机，金明总是随身带着它。金明用大头针戳着袖珍电子计算机上的小电键，进行计算。没有多久，他对戈亮说："根据地铁列车速度和每站停靠的时间计算，从玉泉站、金光站到虎山站、春柳站，大约需要十分钟。"

吴英真不明白，金明为什么对伞尖碰了一下陆副总工程师这件事那么关心？这与陆副总工程师被谋杀，又有什么关系呢？

小腿上的小疙瘩

正在这时，门开了，进来一位穿着白大褂、戴着白帽子和白口罩的人。他，就是中心医院的李大夫。金明从他那严肃的神色、呆滞的眼光中看出，似乎陆宏已无法挽救。

果然不错，李大夫在说话之前，把白帽子摘了下来，大家都预感到了不幸。

金明没等李大夫说话，便请他带大家到手术室里去。大家像李大夫一样，穿上了白大褂，戴上了白帽子和白口罩。

手术室的四壁和地面，全是用白色瓷砖铺成的，显得格外整洁。无影灯射出柔和的光芒。陆宏安详地躺在手术台上，闭着双眼，脸色苍白，奄奄一息，看来已接近死亡的边缘，很难挽回。

金明掀开盖在陆宏身上的白被单，见全身都好好的，没有伤口，没有出血。

金明把陆宏翻了个身，弯下腰来，细细看着他的小腿。金明熟练地从衣袋里取出两样东西——只有橄榄那么小的一个袖珍手电筒和只有铜板那么小的一个放大镜。那手电筒虽小，点亮之后，却射出眩目的白光。戈亮马上过来拿着小手电筒，金明俯身细细用放大镜查看着。突然，金明手中的放大镜停止了移动。他朝李大夫点了一下头，李大夫会意，拿过放大镜，细细察看着。

果真，小腿上的那一块肌肉上，有一点点异样：隆起一个比一粒人丹还小的疙瘩。

"立即用软X光检查！"李大夫说着，把一台机器推了过来。那机器发出"吱吱"的声音，一种看不见的光线——软X光射线，照射到小疙瘩上。顿时，在荧光屏上出现一个放大了的影像：在隆起的小疙瘩皮肤下面，有一个小小的黑圆点！

李大夫决定给陆宏动手术，揭开这黑圆点的秘密。

李大夫用铮亮的解剖刀轻轻划开陆宏的小腿皮肤之后，在血红的肌肉中，看到一颗银闪闪的圆珠子。李大夫借助放大镜，用镊子轻轻夹出这颗圆珠子，放在玻璃皿中。

人们的目光全都集中在这颗圆珠子上面：它银闪闪的，只有圆珠笔尖上那小圆珠那么大!"我看,是这粒小圆珠,要夺去陆宏的命!"直到这时,金明才说出这句话。

李大夫同意地点点头,他打心底里佩服这位精明的警察——这小小的疙瘩,连他这位外科医生都没有注意到!

不过,李大夫也有怀疑:这么小的圆珠,怎么会夺去一个人的生命?

金明从中心医院回来向市委作了汇报,市委同意作出四项决定:

一、马上用真迹电报发通告给滨海市各公安分局(内容就是本文开头提到的那个通告);

二、继续抢救陆宏,进行输血和辅助呼吸。在案情水落石出之前,陆宏手术室禁绝抢救小组之外人员入内;

三、慎重保存那粒小圆珠,深入进行研究;

四、有关案情严格保密。采取一系列措施,保护"407"国防工程主要负责人,其中特别是要保护好总工程师苗雨林。

小圆珠的秘密

金明办公桌的小台灯,通宵未熄。

桌上,放着那玻璃皿。金明盯着那粒神秘的金属小圆珠,苦苦地思索着。

尽管金明几十年来侦破过一系列重大案件，然而，他却第一次遇上这样的案件——由于是用雨伞杀人，这个案件被金明命名为"杀人伞案件"。

看来，破案的关键在于揭开那金属小圆珠的秘密。

一粒小小的金属圆珠，怎么会使一个人在十分钟之内就昏迷呢？这简直是很难理解的事情。

金明不是英国作家柯南·道尔笔下的侦探福尔摩斯，不是英国女作家阿加莎·克里斯蒂笔下的矮个儿比利时侦探埃居尔·博阿洛，也不是英国作家柯林笔下的探长克夫，金明是生活在科学技术高度发达的社会主义的中国，采用现代化的设备侦破疑案的具有广博科学知识的公安侦查人员。

金明简直像一位大学教授似的，有着一个藏书丰富的图书馆和设备精良的现代化实验室。他认为，作为一个现代化的侦探，是离不了各种科学书籍的帮助和各种仪器的指示的。

金明的助手戈亮接受了特殊的使命，连夜到"407"总工程师苗雨林家里去执行任务。另一助手小张，帮助金明仔细研究那粒金属小圆珠。

这粒小圆珠是什么金属做的呢？既不允许切下一小块化验，也不允许把它加热、溶解，因为它是破案的关键，决不能在弄清真相之前把它损坏掉。

金明的实验室里，有一台精密的"无损伤物质分析仪"。这台分析仪通常只有在考古研究里才有，因为从地下挖掘出来的古物，如果要知道它的成分，也是一定要在不损坏原物的条件下进行分析的。金明把那粒金属小圆珠放在分析仪上，便见荧光屏上出现许许多多明暗相间的线——

谱线。小张拿来了《元素谱线表》，一查对，那小圆珠是用贵重金属铱做的！

铱，银白色的金属。金笔尖上那粒银白色的小粒里，便含有铱，铱是一种很稳重的金属，几乎不与别的物质起化学作用。

为什么用铱来做呢？铱又没有什么毒性，不会致人死命。

金明接着用X光显微镜观察那银白色的小铱珠，在放大屏幕上出现了真迹：这小圆粒竟然是空的，有两个很小很小的孔！

"这么说，它只是个容器。"小张猜测道，"在里面，装着毒剂。进入人体后，一受热，毒剂体积膨胀，就从小孔里流出来，混进人的血液。"

金明没有回答，满意地点了点头。

然而，小圆珠里装着什么毒药呢？很显然，这毒药是很毒很毒的——只针尖那么一点点，就能杀死一个人。

要解决这个问题，金明不得不求助于他那藏书丰富的图书馆了。不过，这个图书馆全部装在一个只有普通半导体收音机那么小的方盒里！它藏书达十万册！因为这些书都析成全息照片，缩小成芝麻一般。查阅时，只要按动电钮，在荧光屏上很快就会出现所需要的资料。金明调阅了小方盒里关于毒药的中、英、俄、法、日文资料。

凭借金明多年的经验，知道最常用的毒药是"山茶"——氰化钾。然而，科学文献上记载着："氰化钾使一个成年人致死，起码要100毫克。"100毫克的氰化钾，比半粒米还大，无法装进那粒小圆珠。

荧光屏上出现有机剧毒药"氟化醋酸"和"二甲基灵"的致死数据，

均为50毫克。金明用右手手腕上的袖珍电子计算机算了一下，发现也绝非那颗小圆珠所能容纳的。

剩下的更毒的东西，荧光屏上出现这样两种名称"放射性元素""病毒"。

渐渐地，东方露出鱼肚色，即将拂晓了。清凉的晨风，吹走了倦意。金明眉宇间的"川"字纹紧皱着，陷入苦苦思索之中。

正在这时，电话铃声打断了金明的沉思。这是戈亮打来的，报告了紧张情况：在二楼苗总卧室的窗口，有一棵杨柳树。正对着窗口的柳枝上，歇着一只蝉。这蝉怎么歇在柳叶正面而不是歇在柳叶背面或树干上，引起了戈亮的注意。他用竹竿碰了一下蝉，蝉竟然呆若木鸡，一动不动。这样，他爬上了柳树，抓住了这只古怪的蝉。一看，原来是个伪装成蝉的窃听器！

这是一个危险的讯号——敌人魔爪果真已经伸向苗总！

就在戈亮的电话讲完之后，电话铃声又响起来了。这一回耳机里传出李大夫的低缓的声音：

陆副总工程师垂危，看来已经没有希望救活。他的血液经过各种现代化仪器分析，查明没有放射性物质，也不可能因病毒中毒——病毒致死没那么快，而且往往有明显的症状。目前还在继续化验。

金明只对李大夫说了一句话："一定要查出中毒的原因！"

查出了《捕蛇者说》

金明从冰箱里取出了一杯牛奶和一个面包，边喝边吃，算是早饭。

他刚把最后一小块面包塞进嘴里，电话铃声响了。这一次，从耳机里传出了李大夫兴奋的声调："从陆副总工程师的血液中，查出了生物毒剂。"

"什么？生物毒剂？"金明连忙追问道。

"是的，是生物毒剂——一种从生物体中得到的天然毒剂。"李大夫说道，"据我分析，很可能是蛇毒，是从毒蛇的毒液中提取出来的毒剂！"

金明放下耳机，对助手说道："马上启动电脑查阅档案，把全国研究蛇毒的专家全都查出来！"

过了两分钟，小张拿着一张纸进来了。金明一看，那纸上用打字机整齐地打印着这样的资料：

捕蛇者说

［唐］柳宗元

永州之野产异蛇，黑质而白章；触草木，尽死；以啮人，无

御之者……

金明对古文颇为癖好，虽然他曾多次读过这篇《捕蛇者说》，今天读来却另有一番风味。读罢，金明大笑起来："小张，是你把电子计算机的键按错了，还是电子计算机自己弄错了？我要的是现代研究蛇毒的专家，不是那位柳宗元笔下的蒋氏——他虽然三代专捕毒蛇，可是已经死了几百年了！"

小张看了看那纸上的《捕蛇者说》，也笑了。

又过了两分钟，小张又拿着一纸资料进来了。这一次，纸上打印着这样的档案资料：

我国现代研究蛇毒的专家

蒋阿龙：绰号"蛇王"，男，生于1900年，江苏省南通市人。据蒋阿龙自称，世代捕蛇为生。蒋阿龙善捕毒蛇，并有一祖传秘方，具有解毒、消肿、强心、镇痛的作用，能治愈毒蛇咬伤患者。蒋阿龙家贫，无妻室，收刘原为徒，后认为子，改其名为蒋阿大。

蒋阿大：蒋阿龙之徒，详见"蒋阿龙"条。新中国成立后，蒋阿大恢复原名刘原，是我国著名蛇毒专家。现任蛇毒研究所所长。工作单位地址——山口市郊林荫路2679号，家庭地址——山口市光明新村第84公寓，电话——6687748。

金明看了，笑道："这一次对了，我正是要这份档案材料。有趣，柳宗元笔下的捕蛇者姓蒋，如今的捕蛇者也姓蒋。小张，马上收拾一下，并通知机场派出一架专机，送我们到山口市去。另外，用载波电话拨6687748，查问一下刘原是不是在山口市，有没有出差。我们走了之后，请戈亮立即回局主持'杀人伞'案件的侦查工作。"

"是。"小张敬了一个礼，向后转，出去执行任务了。五分钟后，小张告知金明：刘原在蛇毒研究所里，去山口市的事都办妥了。

来到蛇的世界

金明是个办事利索的人，所以他训练出来的助手，也都非常精明强干。金明常说："'兵贵神速'，侦查工作也是'贵神速'。"十分钟之后，金明和小张已经坐在专机里，向着山口市飞去。

这架专机是一架喷气式战斗机，乘客只有两个——金明和小张。飞机起飞后，即窜入一万多米的高空，呼啸着前进。机翼下的景色，不断变化着：先是大片大片的平原，变成山头起伏的丘陵，后来变成群峰林立的山区。不到一个小时，专机就降落在群山环抱之中的一小块盆地里。一下专机，迎面吹来一阵清凉的山风，金明和小张虽然通宵未合一眼，却顿时感到精神振奋，头脑清醒。

山口市公安局派了专车来接。金明婉言谢绝了山口市公安局为他在山口饭店准备的午餐，而是驱车直奔蛇毒研究所。

汽车来到蛇毒研究所门口时，一个穿着白大褂的人，手里拎着一个白布袋，站在门口等候。

这人长得粗壮，几乎有一半的头发已变成白色，黑白相间，看上去成了灰色。他皮肤黝黑，额前、眼角、嘴角、眉间有着很深的皱纹。

"我就是刘原。"这人把右手中的白布袋换到左手，伸出右手和金明握手。金明一握，便感到对方的手特别大、有力，而且皮肤表面有点粗糙。

刘原上车后，坐在司机旁边，指点着司机时而向左，时而向右。刘原把那白布袋放在膝盖上。金明很快就发现，那布袋里似乎装着会动的东西。

这研究所真大哪，犹如一个巨大的公园似的，到处绿荫夹道，巨树参天。

刘原领着金明、小张来到一个从未见过的会客室：草绿色的地毯上，放着几张奇特的沙发。

金明仔细一看，才知道沙发套竟然是用蛇皮做的！这些蛇皮黑白相间，闪闪发光。金明、小张坐上去之后，感到凉爽、柔滑，非常舒服。

会客室的墙壁上，挂着一幅幅水墨国画，画着各种神态的毒蛇：那三角脑袋、细颈子、胖身子、短尾巴的，写着"响尾蛇"；那椭圆脑袋，身上有一道道白圈的，写着"银环蛇"；那只翘嘴的蛇，是"五步蛇"；那个脑袋顶上有成对排列的大鳞片、眼睛后面有一条黑纹的，写着"蝮蛇"。

　　会客室的两扇窗户之间，有一个玻璃大柜，柜子里陈列着各种各样用蛇制造的东西：蒙着蛇皮的二胡，蛇肉罐头，蛇酒，蛇干，用蛇胆做成的药——蛇胆川贝、蛇胆陈皮、蛇胆姜、小儿风疾丸散，用蛇毒制造的药——"阿特灵"止痛药、麻醉药，还有用蛇粪做成的药——用来治疗痔瘘。

　　金明和小张仿佛来到了一个蛇的世界，感到耳目一新。

　　刘原并不知道金明的来意，以为他们也是来参观的，就像接待一般的来访似的，打开布袋。

　　顿时，从袋子里窜出好几条毒蛇，瞪大了眼睛，直愣愣地看着金明和小张。然而，刘原却一点也不在意，像玩弄小猫小狗似的，把毒蛇拿在手里，向客人们介绍起来。金明一声不响，用心地听着刘原的介绍。

　　直到刘原把话讲完之后，这才问了一句："刘所长，我想了解一下，蛇毒的致死量是多少？"

　　刘原一听，悟出这两位远客是负特殊使命来的，便细细答复道："蛇毒，就是毒蛇的毒腺。这毒腺在蛇头的两侧。当毒蛇咬人的时候，毒腺上面的肌肉就收缩。蛇的毒牙是空心的，毒腺沿着毒牙，射到人的血液中，使人中毒。蛇毒是很毒的毒剂，比'山茶'厉害多了。一般来说，蛇毒的致死量在0.1毫克以下。有的蛇毒经过化学加工，那就更厉害了，比针尖还小的那么一点，就能毒死一个人！"

　　金明一听，便明白了许多。直到这时，他才把"杀人伞谋杀案"的经过，告诉了刘原。刘原听了，太阳穴上的青筋顿时鼓了起来，两颊泛起了红色，说道："真卑鄙！我们研究蛇毒，是为了用蛇毒做药，制造止痛药、麻醉药、血液抗凝剂、抗关节炎，是为了救人，而敌人研究蛇毒，却为了杀人！"

中午，刘原请金明和小张在食堂里吃便饭。食堂里正好供应饺子。金明咬了一口，马上发觉这饺子味道格外鲜。这时，刘原才哈哈笑了。原来，他们吃的是蛇肉饺子！刘原告诉他们，毒蛇的毒腺有毒，蛇肉并没有毒，尽管放心吃吧。在广州，还有专门的"蛇菜馆"呢。像"双龙出海"——蛇片炒虾片、"凤爪龙袍"——鸡脚爪炒蛇皮、"龙肝虎扣"——蛇肝炒羊肠，是那里的名菜。

吃完中饭，金明准备立即返回滨海市，并邀请刘原一起参加破案工作。在临走之前，刘原带领金明和小张去参观蛇房：在一间巨大的玻璃房里，饲养着成千上万条毒蛇，工作人员却若无其事地在蛇群中走来走去，给蛇"喂饭"——用手捏开毒蛇的嘴巴，对着它的嘴巴开了一枪。那射出来的不是子弹，却是用牛肝、骨粉和维生素组成的饲料。毒蛇不爱吃这东西，只好用人工强迫它吃下去。

痛苦的往事

在专机返回滨海市的途中，金明问起了刘原的身世，问起了他的师父和师兄。刘原脸上几乎所有的皱纹顿时都加深了。他长叹了一口气，谈起了那段痛苦的往事：

那是几十年前的事情。刘原因父母双亡，成了孤儿，无依无靠，被蒋阿龙收为徒弟，改名蒋阿二。

师父待刘原很好，虽然他上无片瓦，下无立锥之地，但是为人正直、热情，有一碗饭总是分半碗给他，有一个饼总是分半个给他。

刘原深深记得他跟师父、师兄分手的情景——那一天，师父领着他在广西梧州山中，捕捉了好几篓毒蛇。下山之后，遇上了国民党的军队，那个当官的说是要吃"蛇肉羹"，伸手抢蛇篓，被篓里的金环蛇咬了一口，很快就昏倒了。阿龙尽管有蛇药可以救活那当官的，可是他恨透了这班家伙，眼看着他死去，宁愿"见死不救"。那当官的死去之后，国民党军队就把蒋阿龙和蒋阿大抓去了。刘原那时候还是个孩子，那些"丘八"们把刘原痛打了一顿之后，把他扔在了路旁。

当刘原苏醒之后，吓了一跳——他怎么躺在一个兵的怀里？原来，那是中国人民解放军的战士，战士救活了他……

从那以后，师父和师兄便杳无音信。由于师父教给刘原一手捕蛇的技艺和祖传的蛇药单方，刘原成了一位蛇医，后来当上了蛇毒研究所的所长。

接着，刘原又同金明谈起他的本行——蛇毒的研究来。他说，蛇毒属于生物毒剂。用生物毒剂杀人，古已有之……

在《三国演义》第七十五回《关云长刮骨疗毒》里，曹仁招五百弓弩手，朝关云长射箭。关云长右臂中了一箭。后来才知"箭头有药，毒已入骨，右臂青肿，不能运动"。那时候的毒箭，头上涂了乌头。乌头是一种有毒的植物。不过，乌头还不算太毒。如果涂的是蛇毒，那关云长就一命呜呼，就连神医华佗也无法挽回了！

用蛇毒杀人，那是一些心肠比毒蛇还毒的人想出来的！蛇毒剧毒，只要用一丁点儿，就能致人死命，正因为这样，那些专门用暗箭伤人的人，才起劲地研究它、使用它……

金明保持他的老习惯，聚精会神地听着，偶然插一两句话，边听边思索着。

专机在高空翱翔着。机翼下的景色，又在不断变化着：先是群峰林立的山区，变成山头起伏的丘陵，后来变成大片大片的平原。

当专机在滨海市机场降落时，天空中布满了金色的晚霞。

左眉白毛之谜

戈亮来到机场迎接金明，并且告知了新的情报：今天上午，戈亮从苗总那里回到公安局之后，一直在思索一个问题——敌人怎么会那样准确地知道陆宏的行踪？

戈亮打电话把陆宏的司机吴英，从中心医院找来。

吴英细细回忆昨天的经过，忽然一拍脑袋，记起了一件事——他在拿到戏票之后，他的一位朋友打来电话，约他上公园玩，他就说自己晚上要去看话剧《闪光》。那位朋友说，"喔，你原来另有约会！"吴英一听，急了，连忙解释道，他是跟陆副总工程师一起去看，没有什么约会。

当戈亮追问那位朋友是谁时，吴英才不好意思地说，是一位刚认识才两三天的女朋友。她长得很漂亮，有一双迷人的大眼睛，笑起来很甜，又很热情。那天，吴英送陆宏到一个地方开会，陆宏到会场以后，吴英的汽车停在外面，他独自坐在那里看书。这时，忽然响起一个娇滴滴的声音，说："司机先生，让我在车里坐一会儿，好吗？"一边说着，那位姑娘就自己拉开车门，坐了进来。她说也是在等一个人，那个人参加会议，要等到散会，太无聊了，所以想跟吴英谈谈天，解解闷。就这样，他们认识了。这位姑娘自称姓赵，说她父亲是一个高级干部，和陆宏一起参加会议。

就在吴英走了以后，"407"国防工程保卫科打来了一个电话，说是苗总的司机小杨，主动向保卫科报告：这几天有个姑娘总是要坐进车里与他聊天，赶也赶不走。小杨很怀疑这个来历不明的姑娘，所以把情况作了汇报。

戈亮一查问，小杨所讲的姑娘，跟吴英遇上的那个姑娘一模一样！

"这是一条重要的线索！"金明听了，十分高兴。金明是难得讲几句夸奖话的。

"这么看来，敌人派来的特务起码有两个——一个是那个拿着尼龙伞、左眉有一撮白毛的男人，一个是这位长着迷人大眼睛的姑娘。"戈亮说道。

"这很难肯定。"金明摇了摇头。"现在敌人派特务来，总喜欢单独行动。特别是这种谋杀案，行动非常机密，人多了容易暴露。敌人究竟派了几个特务来，现在还无法判定。不过，我从一开始就有点怀疑，那个拿尼龙伞的人，左眉为什么会有一撮白毛？"

"哦？"戈亮不由得一怔，说道："这也值得怀疑？"

"当然值得怀疑。"金明冷静地分析道："一个人的眉毛上有一撮白毛，这不能不是一个非常明显的标志，叫人看一眼就记住了。一个杀人凶手，当然最希望在行凶之后，叫人记不清他的面目。再说，要把眉毛上的一撮白毛变黑，那是一件很容易的事——只消涂一点普通的白发染黑的染发膏就行了。为什么一个行动诡秘的特务，会疏忽了这一点？"

"有道理，有道理。"戈亮连连点头道，"这么说，是吴英看错了人？那个左眉有一撮白毛的男人，并不会是杀人犯？"

"也不见得！"想不到，金明又否定了戈亮的意见，"我请小张用电子计算机查过滨海市的人口档案，在滨海市的居民中，右眉上有一撮白毛的人有两个，左眉上有一撮白毛的人只有一个，而这个人是女人，不是男人。可见，那个左眉上有一撮白毛的人，不是滨海市居民。

然而，我与公安部档案局联系，请他们用电子计算机查了一下全国的档案，虽然查出有五十七个左眉上有一撮白毛的人，但在这些人之中，没有一个秃头、连腮胡子的。另外，他们还查了入境人员档案，也没有查到这样的人。"

"这说明，那个杀人犯可能是偷渡或偷越边境进入滨海市的。"戈亮说道。

"目前无法下结论。"金明用十分谨慎的语调说，"我只能说这个问题值得怀疑。恐怕只有在破案时，那左眉白毛之谜才会真正揭开。"

又一起谋杀案

真是一波未平，一波又起。就在金明回到滨海市半小时之后，又发生了一起谋杀案件：傍晚，从首都来了三位工作人员，到滨海市参加 "407" 国防工程第二阶段的工作。由于从今天起，对苗总采取了特别的保护措施，不让苗总坐车外出，苗总的轿车空在那里。工程指挥部便用苗总的轿车去接北京来客。上车后不久，其中一位来客突然昏死，跟陆宏昨晚昏倒的情景非常相似。

"苗总坐车时，喜欢坐哪个座位？"金明在电话里问苗总的司机小杨。

"苗总习惯坐在后排靠右的座位。"小杨答道。

"昏死的那位先生，正好坐在后排靠右的座位，对不对？"金明说道。

"对，对，一点儿也不错，正好是坐在后排右座！"小杨差不多惊叫起来。

金明放下电话耳机，立即和戈亮一起赶往现场。此时，刘原正在中心医院参加抢救陆宏的工作，接到金明的电话，也赶来了。

那位昏死的先生姓朱，金明马上派人把老朱送往中心医院抢救。

金明掏出那只橄榄那么小的袖珍手电筒，对后排右座仔仔细细进行检查。

没一会儿，就在坐垫上发现一枚朝上的小图钉。它的颜色跟坐垫的颜色完全一样，紧紧地吸在那人造革坐垫上，针尖朝上。

金明用镊子小心地取下这枚朝天的图钉，发现图钉上装了一个小小的吸盘，能够牢牢吸在人造革上。

正在这时，中心医院的李大夫打来电话：他遵照金明的意见，仔细检查了老朱的臀部，在右臀上发现一个小疙瘩。剖开小疙瘩，同样找到一粒银光闪闪的小圆珠！

金明放下耳机，司机小杨便好奇地问道："金明，你没到现场之前，怎么就知道正好是坐在后排靠右的先生中毒呢？"

金明笑了笑，拍着小杨的肩膀说道："这件事，跟你大有关系呢！我推测，这是那位来找你的姑娘干的。她很可能早就注意你这辆轿车，经过多次观察，发现苗总老是习惯坐在后排右座。于是，她在跟你在车里聊天的时候，把这颗杀人的图钉牢牢吸在坐垫上。这辆轿车是苗总的专车，除了苗总之外，一般是不会有别人坐的。所以，她以为准能干掉苗总。不过，你的警惕性比吴英高，你没有理睬她，把她赶走了，而她在被你赶走之前放好了图钉。"

"对，对。"小杨打心底里佩服金明精辟的分析，说道，"幸亏你对苗总采取了保护性措施。不然的话，苗总也惨遭毒手了。"

"你别以为万事大吉了。要记住，凶手还未捕获归案，仍逍遥法外，在进行阴谋活动！"金明十分严肃地提醒小杨。

在回到公安局之后，金明把刘原也一起请去了。

金明对破案工作，进行了部署。他说道："我们的最终目标，是捕获凶手。看来，今天清晨戈亮清除了那柳树上的窃听器，已经引起了敌人的注意。刚才用苗总的车去接客人，敌人也会注意此事，知道自己的计划已告失败，仍未刺中苗总。我估计敌人正在进一步逼近苗总。刘所长，要请你协助行动了……"

深夜黑影

敌人的魔影，果真又向苗总逼近了。

苗总似乎一点也没有觉察到自己已成了敌人谋杀的目标。夜深了，他依旧坐在临窗的书桌前，一边用电子计算机计算，一边聚精会神在写"407"国防工程第二阶段计划。

天是那么热，尽管敞开窗户，电扇飞快地旋转着，苗总那宽广的前额上仍沁着汗珠。

天上挂着银钩月，夜色苍茫。正在这时，苗总公寓的墙壁上，出现了一个难以辨别的黑影。

苗总住在二楼。那黑影的手、脚上都装有特殊的吸盘，在墙壁上居然能行走如飞。黑影爬近了敞开的窗口，伸过半个脸，见苗总埋头计算，松了一口气。

黑影轻手轻脚地从口袋里掏出一支圆珠笔，把笔尖对准苗总的耳朵。黑影揿了一下圆珠笔，只见苗总用手摸了一下耳朵，以为是蚊子碰了他一下，毫不在乎，继续埋头在他的计算之中。

约莫过了一两分钟，苗总站了起来，有点步履不稳，离开窗口，坐在床沿。没一会儿，朝后一仰，沉重地倒在床上。

那黑影一见苗总昏死了，马上轻手轻脚地爬下墙壁，双脚刚刚着地，就突然被什么东西拦腰抱住。这时，黑影立即意识到发生了意外，迅速地把别在胸口的宝石别针朝胸部刺了一下，随即瘫软下来。

原来这是金明导演的一出惊险戏剧：那个在窗前工作的苗总是个高级机器人，是吸引凶手的诱饵，而金明、戈亮和小张早埋伏在这里等候这个黑影多时了，终于逮住了猎物。金明用袖珍手电筒一照，黑影的面目终于暴露无遗：一个俊俏的姑娘，此时眼里射出的不是迷人的光，而是恐怖、阴森的光芒！

没一会儿，那个女谋杀犯的眼皮就合上了，脸色变得像糊窗纸一样苍白。

这时，金明看了一下电子手表，正好是夜里十二点——离昨天发生杀人伞案件，整整二十四小时。金明马上叫人把那个女谋杀犯送进中心医院。

戈亮和小张除了急切地希望刘原能够救活陆宏、老朱之外，还急切地希望能够救活那个女谋杀犯——要从她那里，继续侦破左眉有一撮白毛的特务的奥秘。

女间谍的自白

那个女谋杀犯果真被救活了。

她睁开了眼睛，看到几个穿着制服的公安人员正在注视着她，知道已无法逃脱人民的法网。

经过金明亲自审讯，女特务不得不交代了她的背景和犯罪活动——她虽然也算是个"死硬分子"，在被捕时用宝石别针刺了自己的胸部，别针上装有一颗银闪闪的小圆珠，她打算以死来对抗。然而，她终究被救活了，她也就明白，那小圆珠的秘密已经被公安人员所掌握，隐瞒已经毫无用处。

这样，女谋杀犯供认了自己的罪行——

她的父亲是中国人，但她不是在中国出生，也不是在中国长大。她的祖父母是珠宝商，去国外做生意。在那里，他们生下了这个姑娘的父亲。他父亲跟当地一位华裔妇女结婚，生下了她。

姑娘姓赵，单名伶。赵伶长得十分迷人，很快就被黑鹰财团的间谍机关所看中，而她的父母也乐意把她送入间谍机关。这样，她从小就受到间谍的训练。

在间谍机关里，赵伶受到间谍头子的重用，平步青云。因为现在间谍机关越来越重视使用女间谍，特别是那些长得像朵花一样的女间谍。间谍头子认为，女间谍比男间谍不易引人注目，漂亮的女间谍更具有吸引某些男人的魅力，所以他把赵伶当成了手中的"王牌"。

由于中国的"407"国防工程进展迅速，引起了对新中国充满敌意的黑鹰财团的注意。他们把"407"国防工程视为眼中钉，决定派遣赵伶谋杀"407"国防工程的主要技术人员，特别是苗总与陆副总工程师。他们估计，一旦谋杀了这两个人，便可使"407"国防工程群龙无首，陷入瘫痪。

黑鹰财团经常采用谋杀手段。间谍机关的头子认为，在现代化的世界里，必须采用高效、机密的谋杀手段。当这个间谍头子知道蛇毒是比"山茶"厉害得多的毒剂之后，一下子对毒蛇发生了浓厚的兴趣。

很快地，这个间谍头子手下的喽啰就发现，有一个流落在这里的中国叫花子——蒋阿龙，是一个捕捉毒蛇的能手。

原来，那时候蒋阿龙与蒋阿大失散之后，被迫充当了壮丁。后来，蒋阿龙在好心人的帮助下，逃出了虎口，来到黑鹰财团所在的国家。他在这里依旧以捕蛇为生。蒋阿龙贫病交加，年老体衰，明知捕蛇是"太岁头上动土"，非常危险，但除此之外无法营生，只得像柳宗元笔下的捕蛇者那样，在毒蛇口里讨饭吃！正在这时，一条更大更狠的毒蛇——黑鹰财团的间谍头子，向他袭来了！

黑鹰财团间谍头子把蒋阿龙抓去之后，对他说，只要他愿意捕毒蛇，养毒蛇，挤毒汁，就可以生活温饱。

蒋阿龙没办法，只好随遇而安，帮助黑鹰财团间谍头子抓了许多毒蛇，养了起来，挤出一瓶又一瓶毒汁。蒋阿龙一点也不知道他是给间谍机关干活，也不知道他们要这些毒汁干什么。间谍头子不告诉他，也不许他问。

间谍头子请了另几个洋专家，用现代化的设备加工这些蛇毒，提炼出来黄色的蛇毒结晶体。

他们把这些剧毒的结晶体装入那小圆珠，制成雨伞式、圆珠笔式、别针式、图钉式等各种秘密杀人武器。

间谍头子在制成这些秘密杀人武器之后，竟从监狱中提出那些政治犯，进行试验。当他们看到用伞尖碰了一下政治犯之后，只过了几分钟，政治犯就倒下去了，顿时，间谍们便狂笑起来。接着，又用圆珠笔射击，用别针、图钉刺政治犯，也使他们一一倒了下去。

黑鹰财团间谍们在进行了这番杀人试验之后，叫蒋阿龙去掩埋政治犯的尸体。蒋阿龙一看症状，便知道这些人是用蛇毒杀死的，顿时怒火万丈。谁知间谍头子用圆珠笔朝蒋阿龙揿了一下，没多久，蒋阿龙也死于非命。间谍头子之所以要杀死蒋阿龙，是因为他们那些专家们已经发明了人工饲养、繁殖毒蛇的方法，对他们来说蒋阿龙已经用处不大了。

黑鹰财团间谍头子利用这些新发明的蛇毒武器，在世界各地进行了好多次秘密暗杀，为他们独霸世界的美梦效劳。间谍头子因屡建奇功，受到主子的嘉奖。许多国家的反间谍机构只知道黑鹰财团间谍机关发明了一种新的谋杀工具，却不知道用的是什么毒素。

不久，黑鹰财团间谍头子便决定向中国派遣间谍赵伶，任务是谋杀苗总。

赵伶在中国边境用圆珠笔朝一个准备入境的姑娘身上一指，便谋杀了这个姑娘，盗用她的证件，改用她的名字——沈丽丽，进入中国国境，来到了滨海市。

赵伶在胸口别了装有小圆珠的宝石别针。她打算"背水一战"，如果一旦败露，就"杀身成仁"。

赵伶只承认她谋杀了苗总，却说不知道陆宏——因为黑鹰财团间谍机关交给她的任务只是谋杀苗总，并未要她谋杀陆宏。

破庙里的故事

陆宏究竟是谁谋杀的？那个左眉有一撮白毛的凶手究竟在哪里？

放下金明展开侦查这一头且不说，先看看陆宏、老朱以及赵伶被救活是何人所为。

这是刘原的劳绩。刘原在蛇毒研究所里，除了研究用蛇毒作为原料、制造各种治疗疾病的药物之外，还在研究各种解救蛇咬伤的药物。

毒蛇，是人类的大敌。现在世界上总共有五百多种毒蛇！有二十亿人口居住的地区，受到毒蛇的威胁。据不完全统计，全世界每年被毒蛇咬伤的人，达几十万之多！最严重的是印度，每年有三四十万人被毒蛇咬伤，死亡三万多人！在巴西，每年被毒蛇咬伤亡的人约两万五千人，美国约两万两千人。在我国，福建、广东、广西等地，每年也有不少人惨遭毒蛇伤害。为了从毒蛇口里夺回千千万万条生命，刘原花了几十年工夫，研究解毒药。

刘原曾从师父那里，知道了祖传秘方。后来，刘原把这祖传秘方献给了国家，大量生产了蛇药。用这个祖传秘方可以治好一些蛇咬伤病，可是，对那些被剧毒的蛇咬伤的人，还是效果不大。

刘原记起了一件往事：那是一个暴雨如注的夜晚，师父带着他和师兄在一间破庙里过夜。地上水湿，无法安身，师父把他抱在怀里，讲起了关于蛇的有趣的故事……

相传在很早很早以前，森林王国里好多动物都想当国王。毒蛇的野心最大，咬死了老虎，咬死了金钱豹，咬死了狐狸，在半路上遇上了刺猬。毒蛇问刺猬，你愿不愿意选我当国王？刺猬摇头说不愿意。毒蛇向刺猬扑去，虽然刺猬被咬了好几口，可是刺猬不怕蛇毒，没有死去，反而用刺把毒蛇刺死。于是，动物们都推选刺猬当国王，刺猬却说自己压根儿没想过要当国王，坚决推辞了。这样，直到现在，森林里还是没有国王，动物们自由自在地在那里生活着。

刘原回想起师父讲的这个有趣的故事，动手做起实验来：把毒蛇和刺猬关在一个笼子里，果然，刺猬不怕毒蛇，被咬了好几次也没有死！

刘原又拿好多动物做实验，结果发现最不怕蛇毒的动物竟然是袋鼠！即使把蛇毒注射到袋鼠身上，袋鼠也无动于衷！另外，刘原还从许多医学文献上看到，袋鼠是一种从未发现得过癌症的动物，更使他对袋鼠产生了浓厚的兴趣。

于是，刘原除了养蛇之外，大批大批地养起袋鼠来。大家都说他快成了"袋鼠研究所所长"了。

刘原发现，袋鼠不怕毒蛇，是由于它的血液中有一种抗毒素。刘原从袋鼠的血液里提取出这种抗毒素，称为"袋鼠抗毒素"。许多动物被毒蛇咬伤之后，注射了"袋鼠抗毒素"，也就转危为安、脱离险境了。后来，刘原拿自己做试验，注射了"袋鼠抗毒素"，然后伸手给金环蛇咬，居然平安无事！给眼镜蛇、蝮蛇、五步蛇、银环蛇咬，也安然无恙！于是，很多人报名进行试验，果然灵验。

就这样，蛇毒研究所制成了这种高效解毒药——"袋鼠抗毒素"。工作人员们注射这种抗毒素之后，在蛇房里走来走去，就像平常散步一样，一点也不怕毒蛇了。

金明把刘原专程请到滨海市之后，便送他到中心医院，救活了濒临绝境的陆宏。后来，又抢救了老朱。

陆宏在清醒之后，金明问他那个拿尼龙伞的人是什么样子的？陆宏的答复跟吴英一样："杀人犯是一个秃顶、连腮胡子、左眉有一撮白毛、中等身材、约五十来岁的男人。"

这个杀人犯在哪里？

真相大白

赵伶经过几次提审，口供总是这句话：我不认识那个左眉有一撮白毛的人，我没有担负谋杀陆宏的任务。

在一次进行提审的时候，金明让苗总走到赵伶面前，只见赵伶盯着苗总看着，表情没有多大变化；当老朱走到赵伶面前，赵伶似乎不认识他，毫无反应；然而，当陆宏出现在她的面前时，赵伶脸上出现惊讶的脸色，但立时收敛了起来。金明那敏锐的目光，马上觉察到赵伶表情的这一微妙的变化。

金明带着戈亮、小张，第二次来到赵伶的住处——建国旅馆1075号房间。他们曾来这里搜查过一次，只查获一般的资料。这一次，他们来个彻底大搜查。金明在抽水马桶那白色的水箱里，找到了一包用塑料布包得严严实实的东西，又在枕头芯里找到了另一包东西。

金明把这两项罪证，摊在赵伶面前：那包从抽水马桶水箱里查获的东西，是一把折叠式尼龙伞，它的伞柄镀着银闪闪的克罗米，伞顶特别尖；那包从枕头芯里查获的东西，是一包化妆用品，有秃顶的头套和连腮胡子的胡套，还有两只眉套，其中左眉上有一撮醒目白毛！直到这时，赵伶低下了头，作了如下供认：陆宏是我用尼龙伞刺杀的。我化装成一个具有明显特征的男人，是为了给人留下深刻的印象，以便制造假象，使人们去追查那个"左眉有一撮白毛"的人，而我却可以溜之大吉！

这时，人们才终于看清了这个毒蛇般的女间谍的真面目。

（写于1979年12月5至7日）

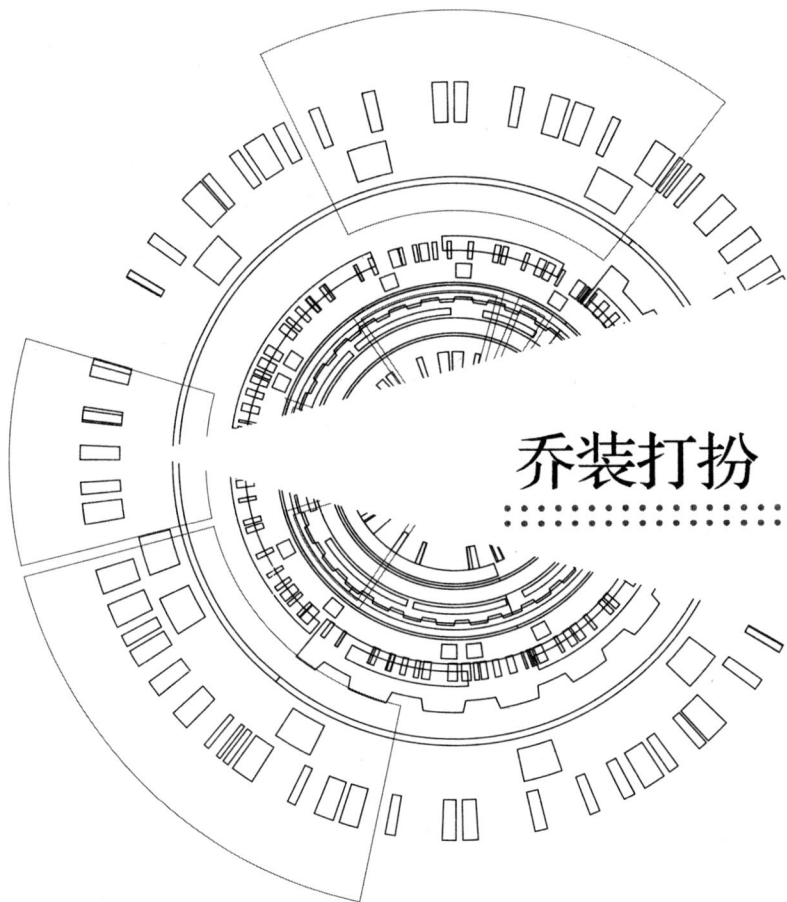

乔装打扮

短小的序幕

　　可以毫不夸口地说，普罗米修斯电影制片厂是世界上屈指可数的规模宏大的电影城。在宽大的厂门口，矗立着高达五十米的青铜塑像，一望而知是希腊神话中盗取天火的英雄——普罗米修斯。这家电影制片厂出品的每一部影片的第一个镜头，便是普罗米修斯塑像——该厂的厂标。

　　每天，普罗米修斯电影制片厂的门口，总是门庭若市。那十几米宽的大门两侧，站满许许多多人，用两眼紧盯着每一个从大门中进出的人。当他们发现其中有在银幕上见到过的熟悉面孔——电影演员，立即发出惊讶的叫声和叽叽喳喳的议论声。

　　这几天，普罗米修斯电影制片厂的门口，更是热闹非凡。有趣的是，来到普罗米修斯电影制片厂的华人华侨，明显地增多了。这些人往往远道而来，他们并不想来看热闹，而是为了来投考演员。因为普罗米修斯电影制片厂准备拍摄一部关于中国的故事影片，前几天在报纸上登了招聘演员的广告。然而，来的人太多了——只招聘一名男演员和一名女演员，来投考的人却多达数百人。在这些人中，大部分是年轻的"电影迷"，很想当当电影明星；也有一部分是为生活所迫，想当上演员，找到正式的职业。

　　一天上午八点半光景，这本是大门口最热闹的时刻——演员们在这时上班，看演员的、考演员的也差不多在这时围在大门口。突然，人群骚动起来，人们不再看演员了，就连演员也把小轿车停下来，从车里伸出脑袋观看：原来，一位二十来岁的男青年，昏倒在地上。他的脸色苍白，脸部肌肉颤抖着，手、脚抽搐，口吐白沫，嘴里不停发出羊咩般的声音。

"羊痫风！"有人这样喊道。

"快，快，快喊急救车！"立即又有人这样喊道。

这时，一位坐在车里的导演，马上拨打车内的无线电话。

不到三分钟，一辆漆着红十字的白色救护车发出一阵阵急骤的呜呜声，来到普罗米修斯电影制片厂门口。

人们闪开一条路，大夫来到病人面前，很快就断定："是羊痫风！快抬上急救车。"

两个护士利索地从车里拿出担架，把那位青年迅速地放上担架。正当他们俩要抬走担架时，出人意料，那青年忽然神志清醒了。他站了起来，用手绢擦去嘴角的白色泡沫，大笑起来。他问道："哪一位是电影导演？"

刚才打电话的那位导演走下轿车，来到他面前，答复道："我就是。"

"导演先生，"那男青年朝导演深深鞠了一躬，十分得意地说道："您看看，我够不够当一个电影演员？我刚才那番精彩的表演，不仅使您上当，就连医生也上当了——以为我得了'羊痫风'！"

谁知那位电影导演气得涨红了脸，转身对医生和护士挥挥手，便坐进自己的轿车，扬长而去。

这件事被一位小报记者知道了，第二天便在报纸上登了出来，标上了这样的题目：

◎普罗米修斯电影制片厂门口奇闻

◎假戏真做，众人上当

这条消息引起了市民们莫大的兴趣，也引起了某些特种职业的人的注意——他们很快就查出了这个男青年叫什么名字、住在哪里，以及他的家庭情况。

这个男青年姓胡，单名彬。胡彬中等身材，眉目清秀，长着一双聪凝而又流露出顽皮神情的大眼睛。说来也怪，他竟然不知道自己的父母是谁——他只知道自己是在香港的育婴堂里长大的。那里的孩子，十有八九都是刚生下就被遗弃的。他长到十来岁的时候，离开了香港，被卖到这里，在一个阔老板家里当佣人。这个阔老板是华裔，喜欢用中国血统的佣人。在这个阔老板的家里，胡彬学会了英语、普通话（阔老板在家里讲普通话），加上胡彬原是会讲粤语（香港话），这样他就会讲三种语言。

胡彬聪明伶俐，很快就得到了阔老板的喜欢，待他还算不错。阔老板知道胡彬是一个电影迷，在他三年做满之日，便送了一台大尺寸的彩色电视机给他。胡彬欢天喜地，从此一有空，就钻在他的小房间里看电视。他深深地被电影和电影明星所吸引，很想当个明星。在他的小房间里，墙上、床头、玻璃板下，全是明星的照片。

胡彬从报纸和电视广告中知道普罗米修斯电影制片厂招聘演员，又听说许多人去应考却考不上，他灵机一动，做好准备，便在普罗米修斯电影制片厂厂门口演出了那场"假戏真做，众人上当"的喜剧来。谁知弄巧成拙，惹得导演生气，反而"吹"掉了。

不过，当胡彬看了小报记者的报道，心里还是很高兴的——他第一次被登上报纸，居然还引起了很多人的兴趣。

正当胡彬津津有味地看着报纸上的报道时，两位不速之客来到他的小房间。他俩一胖一瘦，手持一只精美的大信封，上面用毛笔端端正正写着汉字："胡彬先生启"。

胡彬还是平生第一次收到来信。他急忙拆开，从里面露出一张粉红色的信纸，上面用红字打印着汉字：

聘书

得悉胡彬先生演技绝伦，特聘请为本公司电影演员，担任即将开拍的《乔装打扮》一片主角，薪俸从优。

黑鹰电影股份有限公司

胡彬一看，眉开眼笑，真是"柳暗花明又一村"。他本以为弄巧成拙，从此绝了明星之路，谁知喜从天降，黑鹰电影股份有限公司会对他垂青！

胡彬欣然跟随那一胖一瘦两个人，坐上橘黄色的"奔鹿"牌小轿车，在高速公路上飞驰。当小轿车从那座五十米高的普罗米修斯青铜塑像附近驶过的时候，胡彬的嘴里不由自主地蹦出了一个字："哼！"

胡彬沉醉在美好的"明星梦"之中。谁知他来到黑鹰电影股份有限公司主演《乔装打扮》的时候，命运却把他带上了另一条特殊的道路！

以上故事权且作为一段短小的序幕。欲知胡彬究竟走上了一条什么样的特殊道路，请你再细细读下去。

那是十年以后发生的事情了……

半夜火灾

真是出人意料，大兴安岭的古兰村在半夜里发生了一场大火灾，把村子里的七八座房子都烧掉了！

这时正是春天，大兴安岭的积雪化了，满地是枯黄的乌拉草。只要在草上丢一颗没有熄灭的香烟头，立即就会燃烧起来。加上春天多风，风助火势，火仗风威，一下子便会使整片的乌拉草变成火海。燃烧着的草烧着树木、森林，那就会酿成一场森林火灾。

一年四季之中，除了夏天草木繁茂、冬天盖着积雪不易引起火灾之外，春、秋两季是防火季节。每到春、秋两季，护林机定时在林区上空巡航。一旦发现起火，立即用飞机投掷灭火弹。

这次护林飞机是在深夜零点三十二分用红外遥测仪发现古兰村起火的。五分钟后，飞机到达现场。飞机绕着火光盘旋，看到已经有许多人在那里用微型化学灭火机在灭火。飞机在低空盘旋，不断闪亮机翼上的红灯。人们一看讯号，便退出现场。接着，飞机俯冲，扔下三枚高效化学灭火弹。随着灭火弹着地，升起三团白色的浓烟。很快地，火势减弱了。没一会儿，明亮的火光就不见了。

这时，人们又来到现场，用微型灭火机扑灭余火。

一刻钟后，从古兰村里响起三声枪声，天空中出现三颗绿色的信号弹。护林飞机的驾驶员一看到这火警解除的讯号，便不断闪亮机翼上的绿灯，向古兰村的居民告别，返回护林机场。

护林飞机刚刚离开，古兰村的上空又响起了引擎的轰鸣声。一架雪白的直升机出现在夜空之中。没多久，它降落在古兰村旁的一片空地上。

这架白色的飞机机身上，漆着巨大的红十字，一望而知是一架救护飞机。

古兰村的村长赵大伯已经是六十开外的人了，但精神仍很好，小跑着朝直升机奔去。他告诉医生，在大火之中，只有尹大娘一人不幸死亡，其余的人除在救火时有几人轻伤之外，均安然无恙。

大兴安岭的春夜是寒冷的，如水的月光照着大地。医生们来到现场，见有七八幢房子被烧成一片焦黑。这里是林区，有的是木材，正如一句谚语所说："不往森林里运木头。"人们一直习惯用木材建造住房——四壁、地板、门窗，全用木材制成。每座房子四周，围着木栅栏，院子里堆放着劈柴。尽管如今这些建造房子的木材，大都经过化学处理，不易马上燃烧，但是在烈焰的包围之下终究还是点着了，况且那些家具、木栅栏、劈柴未经化学处理，见火就猛烧起来。

赵大伯领着医生来到第一幢房子，这幢房子被烧得最厉害，散发着一股焦味。一进屋，在强烈的手电筒光芒照射下，见地上放着一副担架，围着好几个人，脸上都挂着晶莹的泪水。担架上躺着一个老大娘，脸色发青。她已满头银发，紧皱着眉头，嘴巴紧闭着。医生摸了一下额头，早已冰凉。再用听诊器听一下胸膛，什么声音也没有。医生一看就知道，这位尹大娘早已离开人世。不过，他还是决定把尹大娘用飞机载走——把她带到林区中心医院，再仔细检查一下。

乡亲们含泪把尹大娘用担架抬上直升机，目送着这架白色的飞机消失在黑色的夜幕之中。

赵大伯望着远去的飞机，口中不住地喃喃自语道："唉，都怪我，没有照料好尹大娘。'小三子'知道他娘死了，心里该多难过！"

金明出师

凌晨三点，滨海市侦查处值班室里响起了急促的蜂鸣器警报声。戈亮正在那里值班，立即站起来走到传真电报机跟前。

戈亮从传真电报机的滚筒上取下真迹电报，用敏锐的目光扫了两下，眉间马上出现了皱纹。

那真迹电报上面写着：

黑龙江大兴安岭古兰村在今零点三十二分发生火灾，"03"

的母亲死亡，现已送林区中心医院。请414速去现场协助当地公安局处理。随时汇报情况。

814

戈亮一看到署名"814"——公安部的代号，再一看是涉及03的案件，便知案情重大。戈亮马上按了一下刻有"414"字样的电钮。

不到两分钟，"414"——滨海市侦查处处长金明，便推门进来了。

金明住在侦查处里，很少回家。他睡眠很少，一有轻微的响声马上就醒。他的动作利索，能在几十秒钟之内穿好公安制服，系好皮鞋带，戴好大盖帽。一句话，他一天二十四小时始终处于"召之即来"的战斗状态。

人们常说："金明出师，必有大事！"他轻易是不大出马的，一般遇到重大案件，他才亲自出师。长期以来，"03"的安全工作，一直由他分管。"03"是在绿山市工作。每过一段时间，金明总是坐飞机到绿山市亲自检查一下对"03"的安全保卫工作。这次，"03"的母亲突然死去，"814"便指定金明去现场检查，以便确定究竟是死于天然火灾还是另有阴谋。

金明来到值班室看完电报之后，立即对他的助手戈亮说道："马上办两件事——第一，接通大兴安岭地区公安局的专线载波电话；第二，通知滨海市机场，我的专机在二十分钟后要起飞，飞往大兴安岭林区中心医院。"

戈亮惊奇地问道："不直接去古兰村？"

金明只是简单地答复了一个字："嗯。"

戈亮一听就明白了。"嗯"是金明的习惯用语——在情况紧急的时

045

候，金明用"嗯"字表示"这是命令，不必解释"的意思。

果真，金明在向大兴安岭地区公安局问明了一些基本情况之后，在二十分钟内到达现场，坐上他的喷气式超音速专机，直飞大兴安岭地区。

烧猪验尸

金明和戈亮在早上五点到达大兴安岭机场。这时，天还是一片漆黑。这里的清晨，比滨海市冷多了。

金明和戈亮刚走下专机，立即又爬上旁边的一架蜜蜂牌微型直升机。这是金明要当地机场事先准备好的。金明和戈亮坐着这蜜蜂牌微型直升机，径直向林区中心医院飞去。

约莫过了二十多分钟，金明在一片朦胧中看到一幢六层楼房——那便是林区中心医院。蜜蜂牌直升机降落在楼房的房顶上。

直升机刚刚停稳，医生们便上前迎接。手术室就在六楼，尹大娘躺在手术台上，用白布遮盖着，只露出头来。

金明细细查看尹大娘的脸，特别是细细查看了尹大娘那紧闭着的嘴。

"已经无法抢救了。"医生们说道，"我们只是检查了一下尸体。"

"有没有伤痕？"金明问道。

"没有。"

"把嘴巴撬开来看看。"出人意料，金明这样说道。

医生们把尹大娘的嘴巴撬开，金明用手电筒照着，很仔细地看了一遍。嘴巴里干干净净，什么可疑的地方都没有。

"尸体是在哪里发现的？"金明又问。

"据古兰村村长赵大伯说，尹大娘死在她自己的床上。当时，她的卧室被烧掉了一大半，连床头柜都烧掉了，床板被烧掉一块。"医生们答道。

"你们看到尹大娘的时候，她已经发冷，关节僵硬，对吗？"

"是的，是这样的。"

金明习惯性地踱起方步来，眉间出现深深的皱纹。沉默了片刻，他突然站住了，对医生们说道："建议你们把尹大娘肺部的气体抽出来化验一下，检查有没有毒气或麻醉剂，把化验结果迅速告诉我。"

接着，金明回头对戈亮说："我们马上离开这儿。"

金明和戈亮重新来到楼顶。金明上了飞机之后，对驾驶员说道："飞往古兰村。"

在飞机上，戈亮问金明道："为什么要化验尹大娘肺部的气体？"

金明很干脆地答道："尹大娘是被谋杀，而不是被天然火灾烧死的！敌人的魔爪伸到遥远的大兴安岭中一个小小的山村里，看来是一个大阴谋！"

戈亮马上追问道："你怎么断定是谋杀呢？"

金明爽朗地哈哈笑了，答道："我讲一个'烧猪验尸'的故事给你听听，然后你自己去思考，那就会明白的。"

在飞机上，金明用娓娓动听的语调，给戈亮讲述了这件古代的办案故事：

在很早以前，浙江省的句章县发生了火灾，有一家的丈夫被烧死，妻子哭得死去活来。句章县的县令张举看了那人的尸体，特别是仔细检查了那人的口腔，见里面干干净净，便断定是那妇女的丈夫是被谋杀的，经查证是该妇女所为。

那妇女不服，说是房子偶然失火，以致丈夫被烧死。她号啕大哭，说自己家破人亡，县令还要乱加罪名。她的许多亲戚也为她抱不平。

县令张举把众人请来，当场做了个"杀猪验尸"的表演——令人把一头猪杀死，把另一头活猪用绳子捆好手脚。然后把两头猪扔进柴堆，点燃木柴。

等大火熄后，张举请众人察看两头猪，只见那被杀死的猪口中干干净净，而那被烧死的猪张着嘴巴，口中有许多灰炭！

县令张举对那妇女说："凡是在大火中被烧死的人，势必在火中挣扎，口中要吸进许多灰炭。而你的丈夫口中那么干净，说明他是先被杀死，然后房屋才着火的。由此可以清楚断定，你的丈夫是被谋杀而死。"

那妇女听了，脸色发白，双腿发抖，在事实面前不得不招出了谋杀丈夫的罪行……

戈亮听了以后，会心地笑了。他想：金明到底不愧为"博士警察"，肚子里的货真不少哩。

谁知金明仿佛看出了戈亮心里在想什么，说道："古代的案例只能给我们某种启示，至于尹大娘是不是真的被谋杀，还要看现场侦查的结果怎么样。"

情况严重

　　天色微明，蜜蜂牌微型直升机在大兴安岭林区上空飞翔。从飞机上看下去，大地一片灰黄色，看不出一星半点绿意。

　　蜜蜂牌微型直升机来到了古兰村上空，驾驶员正准备着陆，金明却说："等一等。"他让飞机停留在被烧毁的那七八幢房子上空，用高感光度的胶片拍摄了好几张照片。然后，直升机才徐徐降落在古兰村旁的空地上。

　　金明和戈亮一下飞机，赵大伯和当地公安局的杨超便迎了上去。杨超身材魁梧，肩宽腰圆，三十多岁，操着一口东北口音，标准的"关东大汉"的形象。他已接到电报，知道大名鼎鼎的"414"前来侦查，非常高兴。他想，"414"亲自出马，势必案情严重。他深为能有机会当面向"414"请教而高兴。

　　杨超领着金明、戈亮来到现场，汇报了情况：火，是从尹大娘的壁炉那里开始烧起的，很可能是睡觉前没有熄灭炉火，不慎引起火灾。尹大娘家起火之后，火势蔓延，烧了另外几家。

　　尹大娘已经七十多岁了，尹大爷早就去世，家中只有小孙女尹英。尹英是兴安中学三年级的学生，学校离这里有十多里，平常骑摩托车上学，早出晚归，中午不回家。她是学校学生剧团里的主要演员，这几天因为要去兴安县城演出，演出的时间都在晚上，就跟她奶奶说好，隔两三天回来一次，不天天回家了。尹英每次回家，总是给尹大娘洗衣服，做好吃的饭菜，照料她的生活。昨天夜里，正好尹英不在家。

这时，金明忽然回头问赵大伯道："尹大娘不幸去世的消息，你告诉尹峻教授了吗？"

"是的，我告诉他了。"赵大伯答道，"尹大娘被送到林区中心医院之后，我们打电话去，医生回答说，尹大娘已经无法挽救。乡亲们知道这一消息，就叫我赶紧发电报给'小三子'——不，也就是尹峻教授。尹大娘就这么一个儿子，怎么能不告诉他？"

原来，尹峻排行第三，小名叫"小三子"，代号"03"。他的两个哥哥也是教授，在一次实验中不幸被炸死。尹峻继承两位哥哥的遗志，冒着生命危险继续试验，终于获得成功，在科学上做出重大贡献。尹英，是尹峻大哥的女儿。

金明听了，对戈亮说："立即把'03'知道他母亲逝世这一情况，报告'814'。在电报上要写明'情况严重，对'03'要采取严格的保护措施。"

窗下脚印

金明开始仔细地搜索现场。

尹大娘住的是平房，套间。她住在内室，尹英住在外间。本来，尹大娘是住在绿山市尹峻教授那里的。自从五年前那次不幸的爆炸事故发生之后，尹大娘过度悲伤，加上尹峻教授觉得她住在那里也不安全，尹大娘也希望回故乡居住，于是尹峻就亲自把她送回老家，并让尹英照料她的生活。尽管古兰村已经盖起了好几幢新式楼房，尹大娘仍爱住她的老房子。

这座房子已有几十年的历史。不过，四壁全部用塑料贴墙纸重新裱糊，倒显得干干净净。尽管被烧之后，四处是黑炭，未被烧毁的地方依旧露出那浅绿色的印着漂亮图案的塑料花纸。

由于尹大娘住的是老房子，木材未经化学处理，所以在七八幢房子中是烧得最厉害的一幢。

金明分析了那张从空中拍摄的照片，可以看出，被烧的几幢房子都是与尹大娘的房子邻近的。那些房子正在尹大娘房子的西面。而据赵大伯说，夜里刮的是东风，尹大娘东面的房子都完好无损，由此可推断火是从尹大娘家烧起的。

金明用他那锐利的眼光扫视了尹大娘住房的断垣残壁，可以看到壁炉四周的墙壁、地板烧得最厉害，一片焦黑，而壁炉对面的墙，却十有七八是完好的。

金明经过初步勘察，同意那位关东大汉——杨超的意见，即火是从壁炉那里开始烧起来的。

然而，金明并不完全同意杨超的另一条意见，即火灾"很可能是睡觉前没有熄灭炉火"而"不慎引起"。

金明在炉前蹲了下来，从衣袋里取出一个只有橄榄那样大的微型手电筒。一按开关，微型手电筒便射出白炽强光，把黑漆漆的壁炉照得一片明亮。金明从另一只口袋里拿出放大镜和镊子，仔细审视着壁炉内的一切。

不久，金明发现了什么。他回头对戈亮说："给我玻璃皿。"

金明小心翼翼地从壁炉的余烬中，用镊子夹出一个东西，放在玻璃皿中。大家一看，呵，原来是一颗子弹头形状的东西，但已变成了灰烬，只有很小心地夹起它，才不至于碎成粉末。

紧接着，金明在另一个玻璃皿中，放进一些灰白色的粉末，他关照戈亮道："赶紧把这灰白色的粉末化验一下，看它含有什么化学元素。"

金明站了起来，转过身子，背朝壁炉，面向对面那十有七八完好的墙壁。金明的目光扫视着墙壁，见有两扇玻璃窗，朝南。此时，初升的太阳正以它那金黄色的光芒，透过窗玻璃，撒落在满是焦炭的地板上。

金明那精明的眼睛，敏锐地注意到这两扇窗。他小心地绕开地上的木炭，做到不踩碎一颗木炭。他来到第一扇窗前，检查了一下，窗玻璃有三块裂了，但没有破碎，窗闩得紧紧的，没有什么可疑的地方。

接着，金明来到第二扇窗前，窗玻璃完整无损。他检查了一下窗闩，咦，居然没有闩上。金明戴上薄薄的尼龙手套，轻轻一推，窗就开了。

窗开了，金明也仿佛开窍了。他审视了一下窗闩，发觉窗闩下方的窗框下，有金属的痕迹。

金明把头伸出窗口，朝下一看，窗下的草地上，清楚地印着一双皮鞋脚印！金明用眼睛估了一下，这皮鞋大约40码。

这时，杨超也注意到这脚印。他想，会不会是救火者留下的脚印？

金明走到窗外，往脚印中倒入速凝塑料。过一分钟，他拿起塑料，塑料便变成了鞋底形状。

这双鞋底，似乎是一双新的，鞋底花纹轮廓非常清晰。金明注意到鞋跟前凹进去的地方，清楚地印着一行字："绿山市第三制鞋厂出品"。

这时，连赵大伯都觉得有点蹊跷：古兰村全村才三百来人，从来没有男人穿过绿山市制造的皮鞋——有时尹峻给母亲以及尹英寄来过鞋子，但是，她们穿的是女鞋呀！尹峻也给乡亲们捎来过衣服、笔记本、书之类，没听说过给谁送过皮鞋。作为这三百来人的小村的村长，赵大伯心里很明白——他看这些事儿，就像看玻璃板下的照片似的，清清楚楚。这是怎么回事呢？

推理谋杀

金明根据现场的种种迹象，经过思索，进行了这样的推理：

"尹大娘是被谋杀而死的。谋杀犯是从绿山市来到这里。

"谋杀犯是穿着皮鞋来到这扇朝南的窗下。很显然，他在事先经过了详细的观察。

"你们看一下尹大娘房间的这幅俯视图，就可以看出这扇窗的重要性。"

金明一边说着，一边拿出笔记本，画出草图给杨超和赵大伯看。

金明指着俯视图说道："这个窗口，正对着壁炉和尹大娘的床。谋杀犯是在天黑之后躲在窗口附近。他已经摸清楚尹大娘的生活规律，知道她每天晚上九点钟就上床休息。于是，他趁尹英不在家的昨天晚上，用薄的金属片悄悄撬起窗闩，把窗打开。先用无声手枪朝壁炉里射了一枪，赶紧把窗掩上，我刚才在壁炉里找到了子弹头形状的灰烬，经化验就是塑料弹头燃烧后的残渣。塑料弹头是目前国际上间谍常用的谋杀工具，把它射在炉子、水汀等热的东西上面，塑料马上受热熔化，弹头内的剧毒液体立即挥发，使人中毒而死。如果落在壁炉中，遇上余火，塑料能够燃烧，变成灰烬，叫人不易查出作案痕迹。

"使尹大娘昏迷、中毒致死之后，到了深夜，谋杀犯又撬开窗，发射一颗燃烧弹。为了给人造成壁炉失火的错觉，他特地朝壁炉发射燃烧弹，从那里烧起。"

金明的推理，合情合理，使杨超深为佩服，方知"智多星"名不虚传。

不过，金明的推理，还未得到证明。

正在这时，戈亮进来报告说："用快速光谱分析仪经过分析，灰白色的粉末中，含有大量的磷和镁。"

白磷，是一种一见空气就会自燃的物质，燃烧弹里常常装着它；镁粉，是一种点燃后会猛烈燃烧的金属粉末，燃烧弹里也常常装着它。当然，燃烧弹里还含有别的燃烧剂，只是它燃烧以后，跑到空气中去了，没有留下什么痕迹。

没多久，林区中心医院来了长途电话，报告道："在尹大娘肺部的残留气体中，查出毒气。"

这样一来，金明的推理得到了证实。

这时，杨超这个关东大汉腼腆起来，带有几分歉意地说道："金明，这次幸亏你来了，我差一点断错了案！"

接着，这位大汉用手搔了搔头皮，对金明说："刚才，你在推理案情时，我一直在考虑这样一个问题——那个谋杀犯，既然可以用塑料弹头悄悄地把尹大娘置于死地，为什么在尹大娘死后，又明火执仗，烧掉她的房子？我想了一下，那谋杀犯很可能怕用毒气毒死尹大娘，使尹大娘突然死亡，令人猜疑，容易露出马脚。放了一把火，使人错以为是失火造成尹大娘死亡，虽然这把火引人注目，却反而可以把人们的注意力吸引到火灾上去，把谋杀案轻轻地遮掩而过——我，就上了这个当。"

金明对杨超的坦率、诚挚十分感动，连连说道："你刚才的分析，非常正确。敌人放了那把火，正是要摆迷魂阵。"

然而，大家都感到不解的是：那个穿着绿山市第三制鞋厂制造的皮鞋的人，干吗来到深山小村，谋杀一个年逾古稀的农村妇女呢？

诱鱼上钩

一波刚平，一波又起。

戈亮把一纸电报，递给金明。只见电报上写着：

"03"知母猝逝，深为哀痛，拟即飞往古兰，请即与"03"联系，妥善处理此事。

814

金明一看完电报，焦急地说道："这简直是送货上门，正中敌人调虎离山之计！"

杨超问道："你估计那个谋杀者现在哪里？"

金明答道："就在我们附近！"

金明的回答使杨超和戈亮都感到震惊。

直到这时，金明才说了他对刚才那个问题的看法：那个穿着绿山市第三制鞋厂出品的皮鞋的人，为什么来到深山小村，谋杀一个年过七旬的农村妇女呢？他真正的攻击目标，显然在于"03"！

金明认为，那个谋杀犯显然已经到过绿山市。他起初是准备在绿山市攻击"03"的，但是，"03"在那里处于我们严格的保卫之下，他无法接近"03"。这个谋杀犯鞋底上的"绿山市第三制鞋厂出品"几个字，无意之中暴露了他的行踪。

看来，这个谋杀犯是经过长期间谍训练的人，鬼主意不少。他大约从某个侧面收集了"03"的背景材料，知道"03"的家庭情况，了解"03"有个老母亲住在大兴安岭的古兰村。于是，他采用了《三国演义》中曹操和诸葛亮都用过的办法：当年，被称为"天下奇才"的徐庶成为刘备手下的谋士，使刘备如虎添翼，大败曹兵。曹操深为不安。曹操手下谋士程昱向曹操提供了徐庶的家庭情况，说徐庶"幼丧其父，只有老母在堂。现今其弟徐康已亡，老母无人侍养"。于是，曹操派人从乡下劫取徐母，迫使徐庶离开了刘备。当年，诸葛亮与姜维交锋，惊叹姜维"真将才也"。诸葛亮为了招降姜维，摸清姜维老母在冀县居住，便吩咐魏延虚张声势，诈取冀县。姜维闻讯，急忙赶到冀县，结果中了诸葛亮之计被收服……

那位谋杀者在古兰村杀死03的老母，又明目张胆地放了一把火，就是为了使"03"闻讯赶来。在这儿，谋杀者就容易下手，比绿山市方便多了！如今，"03"急着要来古兰村，岂不正是中了奸计？看来，"03"在科学上是一位天才，而在考虑社会问题的时候，头脑却常常太简单了！

杨超和戈亮听了，都很同意这位"博士警察"的推理分析。戈亮一边听，一边不由得记起金明常挂在嘴边的一句话："侦探人员应当博览广闻，只有这样，破案时才会思路宽广。"金明和杨超、戈亮仔细分析了敌情，给"03"发了回电，制订了诱鱼上钩的行动计划……

林中巧遇

僻远的深山小村一向寂静，如今却一下子变得热闹了起来。

又一架直升机在村外空地上降落，从飞机里抬出一副担架，担架全部用白被单遮盖。人们迈着迟缓、沉重的步伐，抬着担架。前来迎接的乡亲们也都摘下了帽子、头巾。人群里发出低低的哭泣声。尹英扶着担架，泪水湿透了她的前襟。

尹大娘的遗体被运回来了，安放在古兰村的会议室里。

小村子里的消息，用不着登报纸，也用不着电台广播，照样会飞快地传进每一个村民的耳朵里。

"后天，全村给尹大娘开追悼会！"

"'小三子'明天要回来了，他媳妇也回来，要给尹大娘送葬！"

尹大娘是一位德高望重的老人，受到全村老小的爱戴。大家都怀着深深的敬意，给她制作花圈。这里每家院子里差不多都有一个塑料暖房，除了种些黄瓜、西红柿、青菜外，总是种些花卉。有的有黄花，有的有白花、蓝花，村民们互通有无，使每家做的花圈上，都有各色不同的鲜花。孩子们到森林里采集松枝，扎制花圈。

消息很快传到各村去，附近各村的人们也做起花圈来，准备参加尹大娘的追悼会。

不论是村里，还是村外，人们都在传说尹大娘不幸失火遭祸，深为惋惜。不少人埋怨尹英，不该去演什么戏，不好好照料尹大娘。尹英本来已经很伤心，听到这些议论，更加心如刀绞，非常悲痛。

除了村长赵大伯之外，谁也不知道尹大娘是被谋杀身亡，也不知道村里来了大名鼎鼎的"智多星"警察。他们只知道公安局派人来调查起火的原因，后来原因查清楚了，是尹大娘睡前忘了熄灭炉火，不慎引起火灾……

村民们忙着做花圈，金明和杨超、戈亮却忙着进行他们的工作——他们在悄悄地忙，忙得连睡觉的功夫都没有。他们都换穿便衣，装扮成从外地赶来悼念尹大娘的亲友。

就在这时，发生了一件意外的情况！

那天，小陆子和小胖子气喘吁吁地跑来找赵大伯，报告道：他们俩为了给尹大娘做花圈，到森林里采松枝。他们采着，采着，经过一棵樟子树跟前时，突然看到树洞里睡着个什么东西。小胖子年纪小，惊叫了一声"熊瞎子"。谁知这么一叫，果真从树洞里跳出一只黑熊来。

小陆子和小胖子吓坏了。小胖子扔下松枝，没命地在森林中飞奔。小陆子到底是初中生，比小胖子懂事。他跑了一会儿，贴在一棵树后，回头看看，只见那黑熊突然站立起来，像人一样用双脚朝相反的方向飞奔，没一会儿就不见了！

赵大伯问："那'黑熊'有多高？"

小陆子答道："跟你差不多。"

赵大伯是中等身材。也就是说，那"黑熊"是中等身材。

另外，根据小陆子所形容的奔跑速度之快，可以推测那披着熊皮的是个男人。

杨超和戈亮知道这个消息，非常兴奋。他们认为那只"黑熊"就是谋杀犯，或者是谋杀犯的同伙。他们摩拳擦掌，跃跃欲试，建议立即到森林里去搜索那个树洞，一定可以获得许多重要线索。

金明听了这个消息，也很兴奋。他同意杨超和戈亮的见解，即那"黑熊"是谋杀犯或谋杀犯的同伙，但是坚决不同意到现场去搜索。金明说，我们一定要沉住气，绝不可"打草惊蛇"。要牢牢记住，我们的任务是"诱鱼上钩"。

就在这样紧张的气氛之中，金明和杨超、戈亮在古兰村度过了第一个昼夜。

绰号叫"牛"

第二天中午，古兰村上空响起了飞机的轰鸣声。不久，一架蜜蜂牌微型直升机降落在古兰村村外。村民们不分男女老少，都自动来到村外，欢迎这架从大兴安岭机场飞来的飞机。大家事先都已听说，"小三子"上午从千里之外的绿山市坐超音速飞机来到大兴安岭机场，然后在那里换乘蜜蜂牌微型直升机，来到古兰村。

尹峻，是古兰村村民引为骄傲的儿子。人们从小看到"小三子"怎样在古兰村长大，至今，老人们还深深记得"小三子"小时候的事情：

"小三子"的绰号叫"牛"。他有一股"牛"脾气，有一股"牛"劲。小学二年级时，"小三子"的算术不及格，同学们都嘲笑他是"落汤鸡"。从此，"小三子"横下一条心，算术非考个一百分不可。有一次，已经是深夜了，尹大娘听见"小三子"的房间里不断传出"七七四十九，七八五十六，七九六十三"的声音。推门一看，里面黑洞洞的，"小三子"早就睡了。原来，"小三子"在做梦呢，梦里仍在背"九九"乘法表！他用那股"牛"劲，不仅算术连连得一百分，别的功课也门门优秀。

还有，"小三子"上中学，也是在兴安中学，离古兰村十多里，快毕业时，老师在每天晚上给同学们上复习课。大人们都劝"小三子"晚上别去上课，回来时不小心会遇上熊瞎子的。"小三子"的"牛"脾气又发了，坚持要去。有一天夜里，十点多了，在回家的路上，真的遇上了熊瞎子！"小三子"眼明手快，迅速爬上一棵樟子松，才没出事儿。第二天，大人们以为这下子"小三子"不会在晚上去上复习课了。谁知那天他回到家里，照旧是夜里十点多！

"小三子"成亲的事儿，同样被大家传为笑话："小三子"举行结婚典礼，是在大学毕业那年。可是，他真正结婚，却是在他研究生毕业之后。原来，他的对象是同村的姑娘，叫林巧。他们青梅竹马，两小无猜。两家老人催着他们结婚。没办法，他们大学毕业时，只好在北京举行了非常简朴的结婚典礼，让老人们宽慰。然而，举行结婚典礼之后，他们仍各自住在大学的单身宿舍中。他们把全部精力用于学习。直到两人研究生毕业之后，这才真正结婚。

在真正结婚时，他们当然没有再举行结婚典礼——有的不知道他们在三年前曾举行结婚典礼，都感到非常奇怪，笑称他们为"科学夫妇"。

"小三子"在林区长大，深知火灾是森林的大敌。他在当研究生的时候，就发明了高效化学灭火弹。这种灭火弹能够迅速、有效地扑灭森林火灾，深受乡亲们的欢迎。

后来，乡亲们从尹大娘那里知道，"小三子"和林巧都当上了教授。"小三子"在进行重要的研究工作，发现了新的化学元素。至于他后来研究什么，尹大娘说她也不知道。

古兰村的乡亲们尊敬"小三子"和林巧，所以当他们俩回到故乡的时候，乡亲们扶老携幼前来迎接。

"小三子"走出飞机时，老人们差不多不认识他了："小三子"上了年纪了，变成了一个秃顶的胖子！那亮光光的头顶，在中午的阳光下尤显得突出。不过，"小三子"的神态还是老样子，一说起话来，笑眯眯的，两腮出现两个笑窝。他离乡多年，乡音未改，说起话来依旧带着浓重的东北口音。

林巧呢？头发中已夹杂着许多白发，显得有点苍老。她倒不胖，还是那瘦瘦的脸，颧骨略高，前额、眉间、唇侧都已有明显的皱纹。他们俩，都是中等个子。

当赵大伯陪着尹峻教授朝着尹大娘的灵堂走去时，他脸上的笑容消失了，变得严肃起来。他的心情是复杂的，重返故里的喜悦与母亲溘然长逝的悲痛交织在一起。

地下密商

当尹峻从灵堂里出来，迈着缓慢、沉重的步伐，两腿仿佛灌了铅似的。林巧的母亲已经逝世，林大爷还健在。

林大爷把女婿和女儿、尹英，领到自己家中。

林大爷的家，是一幢两层的新建楼房，米黄色，十分宜人。林大爷把自己居住的楼下的那一间，让出来给女婿、女儿居住，他搬到楼上孙子的房间里去睡。

林大爷的卧室有着三扇朝南的大窗，房间里非常明亮。林大爷喜欢打猎，也爱画画，墙壁上既挂着货真价实的老虎皮，也挂着栩栩如生的老虎下山图。有趣的是，他房间里的所有的椅子上，全都披着兽皮——虎皮、熊皮、鹿皮。

尹峻夫妇刚刚进屋坐定，乡亲们就来看望他们了。有的来安慰他们，有的来谈论尹大娘失火的经过，有的来叙述别后的情景，有的来听尹峻夫妇介绍关内的情况，还有的小青年则拿来解不出来的数学题向两位教授请教……乡亲们都知道，时间是非常宝贵的——因为尹峻夫妇只有今天晚上住在这里，明天上午开完追悼会，他们就离开古兰村，护送尹大娘的遗体去兴安县城火化，然后马上回绿山市。

林巧陪坐了一会儿，围起围裙，到厨房里帮助妹妹做菜、烧饭去了。她虽然是教授，但做起家务事来，却称得上一把好手。她往厨房里一走，妇女们也跟着去了，在厨房里一边干活，一边谈天。林巧看到那金针菜、木耳、蘑菇，看到那切菜用的又大又厚的树墩，听到乡亲们亲切的话语，心中充满了那种使人陶醉的乡土气息。

在林大爷的卧室里，尹峻身边也围着一大群乡亲。他们"小三子"长、"小三子"短，在那里畅述重逢的喜悦。

也就在这个时候，在尹峻和林巧房间的下面——一间地下室里，气氛截然相反。这里肃穆、紧张，二十来个人围坐成一圈。地下室里有日光灯，他们却不点（据说白天点灯，小火表上的转盘一转动，就会引起一些不必要的猜疑），室内只点亮着两盏橄榄那么大的微型手电筒。金明站在中央，众人注视着他，聚精会神地听着金明那低声而又清晰的说：

"今天夜里，是一个关键时刻——因为敌人在这里放了一把火，在这里谋杀了尹大娘，是为了调虎离山，把尹峻教授从绿山市'调'到这偏僻的小村。今天，尹峻教授被'调'来了，而且在这里只住一夜，这一点村里所有的居民都知道，作为时刻关注尹峻教授动向的敌人当然也知道。敌人势必会在今天夜里行动。我们之所以把尹峻教授'调'来，为的是'诱鱼上钩'。今天夜里，我们要撒好网，一举捕获敌人。参加这次战斗的每一位'战士'，都务必记住，这是一个关键时刻，举足轻重，万万大意不得！"

这时，地下室内鸦雀无声，只有人们轻微的呼吸声隐约可闻。

接着，金明在小黑板上画好了地形图，标明每一个战士的战斗岗位。他特地在尹峻住房附近安排了两台长焦距红外望远镜，这种望远镜在夜间可以清晰地观察景物。如有必要，还可以把景物拍成照片，供破案时详细研究。

在金明讲完之后，战士们又认真讨论，推敲每一个细节，尽量做到万无一失。这二十来位战士，除了杨超和戈亮早已来到这里之外，其余都是今天装扮成尹大娘的亲友，从四处赶来的。有的坐汽车来，有的步行而来，他们都是兴安地区的公安人员。

晚上九点多，乡亲们才一一散去。这时，林巧似乎觉得有点累，到卫生间里刷牙、洗脚，然后上床先睡了。

尹峻习惯于深夜工作。他上过厕所之后，回到卧室，便在窗前的桌子上，看起随身带来的科学专著。尹峻是一个惜时如金的人，他善于抓住一分一秒的时间，用于学习，用于科研。他常出差，总是随身带着手稿、卡片、书籍，一有空就坐下来钻研。

尹峻把吊灯熄了，只点着台灯。他看了一会儿书，习惯性地摸了一下上衣右边的衣袋，没有找到什么。他抬头看了一下，走到茶几旁，拿起茶几上的香烟和打火机。然后，他回到书桌前，一边看书，一边抽着烟，完全沉醉在他的科学王国之中。

尹峻没有把窗帘拉上。透过那又大又明亮的玻璃窗，在外边可以清清楚楚看到尹峻的一举一动……

扑了个空

在尹峻卧室附近，多少双警惕的眼睛睁得大大的，密切注视着周围的一切。两台长焦距红外望远镜在来回扫视着。

尹峻显得很安详，他一页接一页地看着英文版的化学专著，一根接一根地抽着过滤嘴香烟。

周围的一切是那么安静，仿佛生怕惊扰尹峻看书似的。

时间一秒秒过去，平安无事。

突然，长焦距红外望远镜发现一百多米外的森林里，一棵树的树梢上有个白色的影子在慢慢移动。那白色的影子在树梢上停留了一会儿，然后以十分敏捷的动作沿树干滑了下去，很快消失在密林之中。

长焦距红外望远镜是一种很好的夜间侦察工具。它能在漆黑的夜里观察几公里乃至几十公里以外的动静。它跟普通望远镜不同的是，它是按照物体射出的红外线强弱来辨别的。红外线是一种看不见的光线，一切物体都在不断向周围射出红外线。物体的温度越高，射出来的红外线也就越强，在红外望远镜中就能出现白色的影像。如果在森林中站了一个人，用红外望远镜观看，森林近乎黑色，而人却成了一个白色的影子。这是因为森林的温度远比人体的温度低，所以森林的颜色远比人体深。

金明估计刚才那树梢上的白影，很可能是敌人。他之所以要爬上树梢，可能是想用望远镜观看这边的动向。也许敌人也会用红外望远镜进行观察，所以金明事先关照每一个埋伏的公安人员，必须隐蔽在房间内、墙后、树后以及地道内，不得暴露目标。

林中白影的出现，顿时使现场增添了更为紧张的战斗气氛。

夜渐渐深了。大兴安岭的春夜是寒冷的，尹峻卧室那几扇玻璃窗上，渐渐出现水珠，从外边看进去，尹峻的形象慢慢变得模糊起来。

深夜十二点了，尹峻手腕上的日历表，那表示日期的数字悄悄地从七日变成了八日。尹峻沉醉在他的科学王国之中，没有感觉到时光在飞逝。

直到深夜一点多，尹峻才感到有点疲劳，他站了起来，伸了个懒腰，然后拉上窗帘，上床睡觉。

灯，熄灭了，四周变得一片黑暗。公安战士们更加擦亮了眼睛。

时间一秒秒过去。

时间一分分过去。

夜，是那么寂静，连风都没有。往常那哗哗的林涛声，此时也停止了，一切都无声无息。从子夜到拂晓，到东方升起了太阳，竟然毫无动静。

埋伏的队伍悄悄地撤了，集中到地下室去。公安战士们通宵未合一眼，仍精神抖擞。然而，大家感到纳闷的是：为什么会扑了个空？为什么敌人会不露面？

金明的心情是沉重的。他十有八九是打胜仗，也有时会打败仗——真正的"常胜将军"是没有的。不过，这次撒了空网，断了线索，错了很重要的一步棋。

时间不允许金明过多地思考扑空的原因。他振作精神，抓紧布置好保护尹峻夫妇参加尹大娘追悼会，去兴安县城火化尹大娘遗体以及返回绿山市。

破绽何在

敌人，再也没有露面。一切都很平静。第二天下午，戈亮陪同尹峻夫妇平安地登上返回绿山市的超音速飞机。

尹峻夫妇一走，公安战士们都松了一口气。金明对工作却一点也不放松，要大家仍旧留在古兰村，检查扑空的原因。

地下室里，又亮起了微型手电筒的光芒。二十来个人围成一圈，金明依旧居中。

这一次，跟昨天下午金明布置行动的时候气氛截然不同。开头，金明简单地检讨了自己这次没有指挥好战斗之后，就沉默不语，用心倾听大家的意见。而大家呢，七嘴八舌，各抒己见。金明每当吃了败仗，总是用这样的会议分析失败的原因。

有人认为，在夜间埋伏的时候，在黑暗中可能有谁露出了脸或手，暴露了目标，让敌人用红外望远镜发现了。这样，敌人就不敢动手，溜掉了。

然而，每一个战士都说，自己是严格按照金明的命令行动的，绝不存在暴露目标的问题。这些公安战士都是经过严格训练的，都深知服从命令、遵守纪律的重要性。

也有人认为，敌人被那两个孩子——小陆子和小胖子遇见之后，吓破了胆，逃之夭夭，不敢再露面。至于用长焦距红外望远镜发现的树梢上的白影，可能并不是人，而是野兽。因为野兽的体温同样远比周围的树木温度高，用红外望远镜看上去也是一团白影。

甚至还有这样的意见：尹大娘是失火烧死的，根本不是谋杀案。我们自己神经过敏，以为有敌人在活动。实际上压根儿就没有敌人，当然也就空等一夜！

金明用双手托着下巴，一言不发。他眉头紧锁，反复考虑着大家的意见。特别是最后一种意见，那么尖锐，金明却是最为慎重地加以考虑。他不断地反问自己：难道真的不是谋杀案？难道古代"烧猪验尸"的案例与尹大娘之死之间毫无共同之处？难道壁炉中那两种奇怪的灰烬是因为"神经过敏"而乱加怀疑？难道尹大娘卧室朝南的那扇窗本来就是尹大娘自己忘了闩？难道小陆子和小胖子在树林中遇到的真是黑熊？难道用红外望远镜看到的白影真的是野兽？

金明默默地思索着。他看着坐在他对面的老刘也陷入了沉思，不断地抽着香烟，猛地一怔，心里豁然开朗。

金明脱口而出，大声地对老刘说："我看，破绽就出在你昨晚抽烟！"

这是怎么回事呢？

原来，老刘是"假尹峻"！

昨天，尹峻夫妇来到了古兰村。由于他们俩是敌人攻击的目标，在夜里，乡亲们回去之后，金明来了个"调包计"，用假的尹峻夫妇来做替身。

老刘是兴安地区公安局的炊事员，长得胖胖的，身材跟尹峻很像。不过，老刘并不秃顶。金明请来了兴安地区公安局侦缉科的化妆师，给老刘戴上肉色的头套。这样一来，老刘就成了一个秃子，远看上去很像尹峻教授。当然，近看的话，看出了脸上的化妆油彩就露馅了。至于林巧，则是由兴安地区公安局的一位机要收发员"扮演"的。她瘦瘦的，中等个子，颧骨也略高，跟林巧的模样差不多。

昨天晚上，当乡亲们一一散去之后，林巧到卫生间去刷牙、洗脚的时候，那位机要收发员已经事先躲在里面。林巧脱下外衣，给机要收发员穿上，而她则穿了机要收发员的便衣，悄悄来到地下室。机要收发员装扮成林巧，来到卧室，上床睡觉去了。

接着，尹峻来到厕所，炊事员老刘经过化妆，也已事先躲在里面。他们互换了外衣，尹峻到地下室隐蔽起来。老刘来到尹峻的卧室，在台灯下看着英文版化学专著。

老刘是一个一坐下来就想抽烟的人。他是炊事员，平时在切菜、炒菜的时候，不允许他抽烟，所以他养成了一坐下来就想抽烟的习惯。

老刘看了一会儿书，"老习惯"来了：他摸了摸上衣右边的衣袋，平常他的香烟就放在那里。谁知这时换穿了尹峻的上衣，尹峻是一个从来不抽烟的人——作为一个科学家，尹峻深知抽烟对身材有害，而且还会污染空气，毒害别人，所以他从不抽烟。

老刘找不出香烟，抬头一看，茶几上放着几包过滤嘴香烟！这烟，是林大爷用来招待客人的。林大爷自己也不抽烟，因为在打猎时香烟味会使野兽避而远之，画画时抽烟会弄脏画面。

老刘烟瘾上来了，他想："先借用一包吧，明天还给林大爷。"

就这样，老刘一页一页地翻看着英文版的化学专著，一根接一根地抽着过滤嘴香烟。

金明认为，老刘抽烟，看来是一件微不足道的事，却露了破绽，把整个伏击计划毁掉了！金明还清楚地记得，在去年全国举行"戒烟月"的时候，尹峻曾经应约在报纸上发表了《我为什么不抽烟》一文，从一个科学家的角度谈了他为什么不抽烟。尹峻教授是国内著名的教授，他那生动、活泼的文章吸引了不少读者，有的"老烟枪"就是因为读了尹峻教授的这篇文章才下决心戒了烟，与香烟"永远告别"。很显然，那些密切注视尹峻教授动向的敌人当然会很仔细地读这篇文章，并且由此得知尹峻教授是一个从不抽烟的人。

当敌人用望远镜观看动静时，发现这位"尹峻"教授在不停地抽烟，看出了马脚，当然也就不敢动手了！

大家都很同意金明那精辟独到的分析，连那位露了馅的"演员"——老刘也承认这一点，沉重地低下了头，把手中一支还未抽完的香烟踩在脚下。

然而，金明并没有责怪老刘，而是检讨了自己的疏忽：他知道尹峻是不抽烟的，也知道老刘是个烟瘾很大的人，却在老刘"扮演"尹峻时，没有提醒他注意这一点。

破绽终于找出来了。然而，那位潜伏在森林中的敌人，现在溜到哪儿去了呢？他的下一步棋，打算怎么走呢？

新的敌情

断了线的风筝，是很难找的。

不过，金明以为，只要风筝还在，总可以找到的。

据金明分析，由于尹峻夫妇已经离开古兰村，敌人是不会再到古兰村来的。敌人已经知道我们识破了那把遮人耳目的火，一定会更加小心谨慎。这样，敌人很可能会从森林里出来，以便尽快地转移到别的地方。金明估计，敌人会再一次到绿山市去。

金明已经派出自己的助手戈亮，随尹峻夫妇同机回到绿山市。金明打算在大兴安岭再住几天，观看一下动静。如果没有什么线索，也准备到绿山市，在那里等候敌人的到来，再来一次张网待鱼。

就在金明和杨超来到兴安县地区公安局不久，从电话里传来了新的敌情。

原来，在晚上七点多，汽车站附近的兴安旅社里来了一个约莫六十来岁的男旅客，中等个子，脸色黝黑，头发稀疏，嘴唇左上方有一颗明显的黑痣，满腮的胡子大约已有个把月未剃了，脸色憔悴、疲劳，拎着一只手提箱。他掏出工作证，上面写着"宁夏银川市土产公司采购员曾广新，年龄五十九岁"。曾广新说自己到这儿来是采购木耳的。

像曾广新这样的旅客，兴安旅社里每天进进出出，不知有多少。他看上去很平常。服务台的小王一边把旅客登记表递给他，一边给另一个即将离开这儿的旅客结账。然而，当小王拿到旅客登记表之后，见其中的"从何处来"一栏中，曾广新把"宁夏"的"宁"字，先是写成"寜"字，随后又把它涂掉，写成"宁"字。

这件事，马上引起了小王的暗暗注意。他装成若无其事的样子，照例办好手续，把208房间的房门钥匙递给了曾广新。

曾广新上楼去了。小王仔细看着登记表，并没有发现其他可疑的地方。不过，小王觉得这件事值得注意，就到办公室内屋，用直线电话向杨超报告了这件事。

杨超赞扬了小王高度的警惕性之后，叫他密切注意曾广新。接着杨超马上把这件事转告金明。

金明认为这一情况很值得重视，便请杨超陪他一起去看看。他们俩穿上便衣，骑着一辆自行车，到兴安旅社。

约莫过了一刻多钟，金明就到了兴安旅社。这是一家大众化的旅社，面对兴安长途汽车站，所以生意颇为兴隆——金明一看旅店门口停着几十辆自行车，就看出这"生意兴隆"的迹象，因为既然来探亲访友的人那么多，当然旅客也就不少了。这家旅社进出很随便。

一进门，尽管杨超穿了便衣，小王还是一眼就看出来了。小王曾多次向杨超报告过可疑线索，协助破案，所以跟杨超熟悉。小王马上把杨超请进办公室内屋。金明没有跟杨超同时进来，两人一前一后相隔了十几米。当金明走进办公室里时，却被小王挡驾了。直到杨超朝小王点点头，他才允许金明进入内屋。

坐下来谈了几句，金明问道："他穿什么鞋子？"

小王抓抓头皮，答不上来："这个问题，我倒没有主意。"

小王思索了一下，说道："你们等一下，我现在反正该给各个房间送开水了，顺便去看看曾广新，注意一下他穿什么鞋子。"

金明马上又补充了一句："不光是注意鞋子，也注意一下他的各种特征和可疑之处。不过，不要引起他的怀疑。"

小王去了。当他一手拎着热水瓶，一手曲着手指敲208的房门时，里面响起了"请进"的声音，这声音相当洪亮。

小王进去一看，一个人坐在椅子上，正在看报纸。双手拿着报纸，遮住他的脸。他跷着二郎腿，可以清楚看到，脚上穿着一双黑色新皮鞋。

"请用开水！"小王很热情地说道。

那人放下报纸，朝小王说了声"谢谢"。

这时，小王大吃一惊：坐在他面前的并不是曾广新，却是一个眉目清秀的青年人，满头黑发，脸刮得干干净净，穿着整整齐齐的干部服。只是模样儿隐隐约约有点像曾广新。

小王急忙问道："先生，曾广新呢？"

那青年人答道："我也在找他。我是他的亲戚，在这儿等了好久啦。"

小王感到奇怪："你怎么进来的？"

"请二楼的服务员开门的。"

小王心里想："曾广新刚来不久，这个青年人怎么就知道他住在这里呢？"

小王便问："你跟他是什么关系？你在哪儿工作的？"

那人有点不耐烦了，答道："刚才我不是说过了，我是他的亲戚。我不在本地工作，我也是出差到这儿来的。"

小王一听口气不对，不便再问下去，说了声"您再等一会儿吧"，便走了出来。

小王到二楼服务员小李那里一问，她说没有人来找过曾广新，也没有给208室开过门。小王赶紧来到金明和杨超那里，汇报了刚才的情况。

金明一听，说道："情况复杂，需要对208室进行监视。"

又被溜掉

正在这时，只见小李气呼呼地跑来找小王，小王立即把内屋的门关上，跟小李在办公室外屋谈话。

小李用急促的语调向小王诉说道："刚才，你走了以后，我就到208室去，问那个青年，'你怎么进208室的？你怎么说我给你开的门，我什么时候给你开过门？'那人却说，'我没说过是你开门的呀！我来看望我的亲戚，房门开在那里，一进去，里面没人，我就坐在这儿等他。'这人真怪，一会儿这么说，一会儿那样说，前言不搭后语，也许是小偷！"

"你别急，208室的情况是相当可疑。不过，你怎么可以把我的话，拿去问他呢？这样一来，反而引起他的注意！"

小李一听，也有点后悔了。她赶紧转身回去，担心那青年会趁无人之际溜掉。

小李走到楼梯口，一个烫发女人提着一只旅行袋下楼，从她的身边擦过。小李急于要到二楼去，没有注意这个擦身而过的旅客。

小李坐在二楼服务台，双眼不时朝208室看看，只见房门紧闭着，室内亮着灯，毫无动静。

过了一会儿，小王领着金明、杨超上来了。此时，金明和杨超穿着白色的工作服，戴着白帽子，一副旅馆服务员的模样。

又等了十多分钟，208室依然如故。

这时，小李对小王说："我再去看看，反正我也该去给208室换一下枕巾和被单——原来住在208室的那个客人在下午走了以后，我还没有来得及换过枕巾和被单呢。"

小王又朝金明和杨超看了一下，金明点了点头，关照说："你就像平常一样，换好枕巾和被单就出来，不要多问。"

小李虽然不知道这两位穿着服务员服装的陌生人是干什么的，但看到连小王都向他们请示，便知道肯定是上级派来的，也就点了点头，表示照办。

小李敲了敲208室的房门，没有人答应。她一推门，见门反锁着，便用钥匙打开了门。小李进去一看，灯亮着，却空无一人！卫生间里，也没有人！

小李走出房间，向金明等报告了这一意外情况。金明迅速走进208室。他弯下身子看了看床下，又打开壁橱检查了一下，确实没有人，就连行李也一点没有留下！

"溜掉了！"金明迅速做出了判断，对杨超说："我们又打了一次败仗！"

金明思索了一下，问小王道："在我们来到之前，你去过208室了吗？"

小王答道："去过了。杨超在电话里要我'密切注视曾广新'，我就到208室盘问了他几句，问他什么时候来的，坐什么车子来的，准备住几天，为什么听上去没有宁夏的口音……"

金明明白了：尽管小王和小李既不是公安人员，也不知道古兰村发生的案情，然而敌人是惊弓之鸟，格外小心。小王和小李的盘问，吓走了那位过于敏感的敌人！

金明从手提包中拿出那双塑料鞋底——把速凝塑料注入尹大娘卧室窗下的脚印而获得的罪证，请小王观看。小王很快就说："那个青年穿的皮鞋，就是这个样子的！自从你提醒我注意那个老头儿的鞋子以后，我虽然没有遇上老头子，却清清楚楚看到那青年穿着一双崭新的这种样式的皮鞋。"

在骑自行车回大兴安岭地区公安局的路上，除了偶然发出一阵铃声之外，金明和杨超都沉默不语。金明的心情是沉重的：敌人又一次从眼皮底下溜掉了！

不过，好在对案情有了进一步的了解：敌嫌有两个，一个是近六十岁的男人，一个是三十来岁的男青年。

另外，临走时，金明戴上手套取走了208室的那份《兴安日报》，小心翼翼地放入手提包中。从这张报纸上，将可以得到罪犯的指纹。

谁的指纹

线索，又断了。

金明估计，敌人已处于心惊胆战的状态，势必不敢在这儿久留，会决心远走高飞，赶快离开。

一到公安局，金明就与杨超分工：杨超坐在车站、机场监视屏前负责监视，金明对那张《兴安日报》上的指纹进行鉴定。

杨超把监视屏的画面一一调节好之后，小王和小李就来到了。他们是金明请来的。刚才，他们把手头的工作向别的服务员交接之后，换了衣服，就骑自行车来了。金明让小王和小李协助杨超工作。

原来，大兴安岭地区离边境不太远，这儿情况比较复杂，为了能够及时捕获潜逃的罪犯，在长途汽车站、火车站和飞机场的检票口，安装了电视摄像机。这样，坐在公安局里，就可以从荧光屏上看到检票时每个旅客的面孔。那电视摄像机可以遥控，按照需要把镜头推近或拉远。

在监视室里，还装有录像机，可以把值得怀疑的旅客的面孔形象记录下来，并在五秒钟之内印出彩色照片，以供详细研究。

由于小王跟曾广新和那位青年打过交道，小李也熟悉那位青年的长相，于是金明就请他们俩来了，一旦看到荧光屏上出现曾广新或者那位青年，便立即按一下那个刻有"记录"两字的电钮，把荧光屏上的形象记录下来。

另外，长途汽车站、火车站和飞机场的公安人员也接到了通知，在各检票口做好准备。一旦他们所戴的手表里的小红灯亮了，那就要对进入检票口的旅客进行监视以至采取行动。长途汽车站有两个检票口，火车站有四个检票口，机场有两个检票口，这么一来，在公安局的监视室里便安装了十个荧光屏（其中有两个备用，以便在使用中哪个荧光屏出了故障，立即启动备用荧光屏代替）。好在夜间的旅客不像白天那么多，这些检票口没有同时进行检票，所以小王和小李可以从从容容地看着从荧光屏上逐一闪过的旅客的面孔。他们俩的手指一直放在那刻有"记录"两字的电钮上面，可是，看了好久好久，他们的手指一直没有按过电钮。

花开两头，各表一枝。且说金明在公安局的公验室里，埋头研究那张《兴安日报》。他用一种"显纹水"喷洒在报纸上，那药水喷后，很快就挥发了，而在报纸上却清晰地显示出一个个黑白分明的指纹。金明把报纸的正反两面都喷上药水，找到许多指纹。这些指纹大都集中在报纸左右两边的空白处，也有几个指纹出现在上方或下方。凡是印着文字的地方，反而很少有指纹。在空白处留下的指纹，非常清楚。金明很熟练地把这些指纹用复印机放大复印，把每一个指纹都放大到一本杂志封面那么大，然后标明"右拇指""左无名指""右中指""左食指"之类的字眼。

指纹是一种很有趣的东西。尽管世界上有几十亿人口，可是，却找不出两个指纹相同的人！即使是孪生兄弟或孪生姐妹，指纹也不相同。正因为这样，自从一百多年前一位在印度当警察的英国人用指纹侦破了一件疑难案件之后，指纹就引起了各国的重视，成为破案的重要佐证。

指纹实际上是皮肤的真皮层的乳头向表皮突起，形成一种有规则的花纹。金明研究指纹多年，发明了"显纹水"，能够清楚显示指纹，给破案工作带来了许多方便。

这一次，金明用"显纹水"从报纸上查出了起码有六个人的指纹。兴安旅社给每一个房间，都订了一份《兴安日报》，以方便旅客。这份《兴安日报》是当天的。据小王说，在早上七点半，邮递员就会把当天的《兴安日报》送来，然后由服务员分送到各个房间。一般来说，旅客在八点之前，就可以看到当天的《兴安日报》。208室是单人房间。一位名叫江益的旅客在208室住过三天，直到今天下午才走。那位曾广新是在晚上七点多才来的。在那六种指纹中，有四种指纹只留下几个，估计是邮递员、印刷工人以及服务员留下来的。有两种指纹很多，而且大都集中在报纸左、右两侧空白处，估计是阅报者——也就是208室今天的两位旅客留下的。

金明又一想：不对呀！据小王说，当他第二次进208室时，那位青年人正在那里看报纸。可见那位青年也在报上留下了指纹。

这么一来，报上的两种指纹，可能是由三个人留下来的，这三个人是江益、曾广新和那位青年。

三个人，怎么会只留下两种指纹呢？在这两种指纹之中，有一种肯定是那位青年留下的，这是无疑的。另一种则既可能是江益，也可能是曾广新。金明估计，江益的可能性比曾广新大。因为江益上午、下午都住在208室，送来了报纸，总要看看的。而曾广新匆匆而来，又是惊弓之鸟，可能顾不上看报纸，所以没有留下指纹。

不过，估计只能是估计而已，估计只是主观的推测，而事实才是客观的依据。判断案情，必须依靠事实，而不能依靠估计。金明为了弄清指纹真相，决定请兴安地区公安局侦缉科的工作人员协助做这几项工作：查明江益的去向，设法取到江益的指纹；取到今天送报的那位邮递员的指纹；取到今天给208室送报的那位服务员的指纹。

金明想，如果查明了这些指纹之后，那么，剩下的较多的那种指纹，则肯定是那位青年留下来的。

这时，金明看了看电子手表，在不知不觉中，竟已是子夜零点三十二分——离前天发现古兰村失火，已经过去整整四十八小时。电子表上表示日期的数字，又悄悄地从"八日"变成了"九日"。

金明信步踱到电视监视室，室内静悄悄的，尽管金明的皮鞋在塑料地板上发出"吱吱"的声音，杨超和小王、小李竟没有发觉他来了。他们三个用六只眼睛紧盯着的荧光屏，在聚精会神的工作。

金明一看就明白，一定是到现在还未发现可疑的旅客。金明没有打搅他们，在一旁朝荧光屏看了一会儿，又悄悄地信步踱回化验室。

案情没有重大突破。金明尽管表面上非常冷静，但是内心也有点暗暗焦急。

柳暗花明

金明已是四十八小时未合眼了。尽管他一向是个"夜游神"，每天总是深夜一两点钟才睡，此时也感到有点倦意。

金明拿起那张《兴安日报》，又细细地研究起来。他发觉，报纸当中有两团不很明显的手掌的印纹——它落在报纸上那密密麻麻的文字中间，所以不易看出来。

金明再一看，蓦地，他看出那两个手掌印纹中间的纸上，有几处细细的凹纹。金明立即从衣袋里摸出微型手电筒和放大镜，仔细一看，发觉那凹纹似乎是在报纸上放了一张纸，往纸上写字，于是在报纸上留下了很不显眼的痕迹。

至于这些凹纹是什么字，由于它不很清晰，而且夹杂在一大片文字之中，看不出来。

金明急中生智，想起了那速凝塑料：他往泥土中的脚印凹坑里注入速凝塑料，不是从塑料上清楚地看见"绿山市第三制鞋厂出品"的字样吗？

于是，金明赶紧拿来速凝塑料，把这水一样的液体倒在报纸上。没一会儿，速凝塑料凝固了，变成了玻璃般透明的固体。不过，速凝塑料上的字是凸出来的，是反写的，不太清楚。金明找来一张复写纸，放在塑料的凸纹上，再在复写纸后面放了一张白纸。金明用刷子在白纸上来回刷了几下，结果，复写纸就在白纸上印上这样几个字：

秀文：

　购买去滨海市的飞机票一张。

38

根据这三行字之间的距离、字体的大小以及文字的内容，金明很快就断定，这是在填写一张介绍信时留下的痕迹。

按照规定，购买飞机票时，必须持有单位介绍信。很显然，这是一张购买飞机票的介绍信。

写介绍信的人，很可能持有空白的、已盖好公章的介绍信，临时往上填写内容——这是一种违反规定的做法，但许多间谍、特务则常带有伪造的空白介绍信，以便进行各种阴谋活动。

很显然，那人是用圆珠笔在空白介绍信上写字的。大约那人在写介绍信时，把报纸垫在下面，所以在报上留下了凹下去的笔迹。

金明发现了这一重要线索，仿佛是"山重水复疑无路，柳暗花明又一村"。他倦意顿消，双眼闪闪发亮。

不过，奇怪的是，为什么姓名只写"秀文"，这显然只是个名字，而不是姓。另外，"秀文"这名字有点模棱两可，既可以作为男人的名字，也可以作为女人的名字，从名字很难推断那个去滨海市的究竟是男人还是女人。

然而，时间紧迫，不容金明多加思索。金明立即把杨超找来，让另一位公安人员代替杨超在监视室里同小王、小李一起工作。

杨超知道了金明的重要发现，也很兴奋。杨超来到值班室，用手按了按那个刻有"紧急集合"的红色按钮。不到三分钟，原先参加古兰村伏击战斗的公安战士们，除了戈亮已去绿山市，还有两位根据金明的命令已去调查江益的指纹之外，其余都到齐了。

金明很简短地介绍了新情况之后，用目光扫视了一下，只见大家个个跃跃欲试，摩拳擦掌，他深为高兴。

金明条理清楚地谈了行动计划：

一、立即派人去飞机场售票处，取来那张写着"秀文"的购票介绍信，查明这个人买的是哪一班的飞机票；

二、立即派人对飞机场候机室进行监视；

三、通知滨海市公安局，对来自大兴安岭的客机的旅客，在出口处用电视摄像机监视，并进行录像；

四、把有关情况用传真电报告知戈亮，使他在绿山市了解敌人的动向；

五、找小王、小李弄清曾广新与那青年的肖像特点，立即转发滨海市和绿山市公安局；

六、立即派人去兴安旅社，取来曾广新填好的旅客登记表，以便鉴别笔迹；

七、其余的人随时做好出发准备。一有情况，摩托车队立即出发。

杨超十分佩服金明那滴水不漏的周密计划，他除了表示完全赞同之外，马上具体部署了计划。公安战士们接受命令之后，在浓重的夜色之中分头出发了。

电子画像

小王和小李终于从紧张的气氛之中，松了一口气。因为在夜里一点以后，不论是长途汽车站、火车站，还是机场，旅客都已经大为减少。金明要他们着重监视机场检票口，同时也要注意长途汽车站、火车站的检票口——因为只知道那个"秀文"要坐飞机去滨海市，至于曾广新及那个青年（当然也可能那青年就叫"秀文"）可能坐长途汽车或火车离开这里。

然而，当杨超回到监视屏幕室之后，小王和小李又忙碌起来。杨超在监视屏幕上全部出现红灯——停止检票的时候，拧亮了另一个荧光屏。

这是一个非常奇特的荧光屏，屏幕上先是出现一种方形的脸。

杨超问小王："曾广新的脸是这样的吗？"

小王马上答道："不是！"

杨超一揿电钮，方脸马上变成圆脸、鸭蛋脸、马脸。当屏幕上出现狭长的马脸时，小王赶紧说："是这个样子的！"

接着，出现眉毛——扫帚眉、寿星眉、柳叶眉、卧蚕眉……

出现各种眼睛——杏核眼、丹凤眼、三角眼、肉泡眼、金鱼眼……

出现各种鼻子——鹰钩鼻、马鼻、蒜头鼻、高鼻子、塌鼻子……

出现各种嘴巴——阔嘴巴、樱桃小嘴、歪嘴巴……

至于耳朵，小王倒记不起来了。因为耳朵是人的脸上最不引人注意的器官。杨超按了一下一个刻有"普通耳朵"的按钮，荧光屏上的那幅人脸肖像上，就长出两只普通的耳朵。

经过这样"识别"，在小王看来，荧光屏上的那幅人脸肖像，倒有点儿像曾广新。

小王补充说："他长着大胡子，前额有许多皱纹。"

杨超一按电钮，荧光屏上的肖像马上长了络腮胡子，前额出现"三"字纹。

小王说："胡子太长了。"

荧光屏上的胡子马上变短。

小王说："胡子太短了。"

荧光屏上的胡子又慢慢变长。

小王说："正好。"

荧光屏上的胡子停止了生长！

小王说："曾广新的脸很黑，头发很稀。"

荧光屏上的脸色变深了，头发变少了。

这么一来，荧光屏上的人脸肖像，就十有九分像曾广新了。

忽然，小王记起来了："他的嘴唇左上方有一颗明显的黑痣，痣上长着几根毛。"

小王的话音刚落，那荧光屏上的人脸上，果真出现一颗黑痣，长在嘴唇左方。

这时，小王满意地说了句："真像！"

杨超一按电钮，五秒钟之后，便从荧光屏下方的一条狭长的缝里，伸出来一张硬纸片。杨超拿给小王一看，上面就印着荧光屏上人脸的肖像，下方注明"曾广新"三字。

接着，杨超请小王和小李一起回忆那位男青年的形象。由于小王和小李共同回忆，就比刚才快多了，荧光屏上出现的人脸肖像也更加像那位青年，真可以用"惟妙惟肖"四个字来形容。没多久，那位青年的肖像也被印出来了。

杨超把这两张肖像交给他的助手，嘱咐他马上送给金明过目，并用快速印照机各印一百份，用传真机把照片发往滨海市与绿山市。

这时，荧光屏上出现机场检票口的景象，一个个旅客从荧光屏上闪过。在旅客中，小王和小李没有看出可疑对象。旅客们走完之后，荧光屏上又亮起红灯。由于是机场检票，杨超格外谨慎，特地把整个检票过程用录像机记录下来了。

小王和小李松了一口气，见杨超也稍微有点空，就问他那只特殊的荧光屏是怎么回事。经杨超一解释，小王和小李才恍然大悟。

原来，这荧光屏叫"画像机"！

平常，当案情突然发生之后，在场目击者往往只是看到罪犯逃走，却没有用照相机把罪犯的形象拍下来。然而，为了追捕罪犯，各地的公安人员都急需罪犯的照片，以便辨认罪犯。如果要目击者画吧，十个里头有九个不会画画的，一百个里头有九十九个是画不像的！怎么办呢？为了解决破案工作中的重要问题，公安战士跟画家、电子专家合作，制成了这种奇特的"画像机"。

他们分析了成千上万张人物照片，总结出这样的规律：人的脸形，可分为四十二类；人的眉毛，可分为十七类；人的鼻子，可分为二十四类；人的眼睛，可分为十四类；人的嘴形，可分为九类；人的耳朵，可分为七类；人的发型，可分为三十七类……

一个人的脸，无非是由脸颊、眉毛、鼻子、眼睛、嘴巴、耳朵、头发，以及胡子、皱纹等几种"元素"组成的。

"画像机"里有一架微型电子计算机。电子计算机中事先储存了各类"元素"的信息。这样，只要请目击者帮助"挑选"各种"元素"，再加以适当修改，便可以把嫌疑人的脸逼真地"画"出来。

"画像机"里还贮存着各种身材、上衣、裤子、裙子、鞋子、帽子、围巾之类的"元素"，可以画出嫌疑人的全身像。在案情紧迫的时候，一般只是画出嫌疑人的脸。因为脸是一个人最主要的特征嘛！

在杨超紧张地进行"画像"工作的同时，金明在更为紧张地进行一系列工作……

巧取指纹

　　第一个回来向金明汇报工作的，是最早出发的老刘和另一位公安战士。老刘自从那天因为抽烟露了马脚，使伏击计划失败，心情一直很沉重，总想有机会多做点工作，弥补自己的过失。正因为这样，当他一听说金明要查清江益、邮递员和送报的服务员的指纹，便自告奋勇承担任务。杨超怕他再出差错，指派了一位有经验的侦查人员，跟他一起去执行任务。

　　这一次，老刘又遇上了难题：江益是出差到这儿来的，他离开兴安旅社，势必是离开了这儿，出差到别的地方去了。旅社一向只是在旅客到来的时候在登记表上登记，离开时结完账就走了，谁知道他到哪儿去了？退一步说，即使江益现在仍在本地，然而在深夜去找他，也很不方便。

　　老刘开动脑筋，终于想出了巧办法：到兴安旅社的服务台，取到江益填写的旅客登记表，不就行了吗？因为江益在写登记表时，势必留下手印，而且登记表上的手印可以肯定就是江益的指纹。

　　那么，怎样取到邮递员的指纹呢？老刘想，兴安旅社服务台的旁边插着许多旅客尚未取走的信，每一个信封上不都留着邮递员的指纹吗？只要借走几封信，一早就送回来，不就解决问题了吗？

　　至于送信的服务员的指纹，那好办，只要问一下送信的是谁，即使本人不在，借走这位服务员在旅社里使用的茶杯或饭碗，不就行了吗？因为有几天兴安旅社的炊事员病了，老刘曾临时来帮过几天忙，知道这儿服务员各有专用的茶杯和饭碗。

就这样，老刘没费多大气力，又没去惊动众人，便轻而易举地完成了本来颇为艰巨的任务。

金明听了老刘的汇报及取来的物证，脸上露出了笑容，表扬了他："你也精明起来了！当侦查人员的头一个条件，就是要精明。"

老刘一天多没笑过了，这下子开心地笑了，负疚的心情仿佛也随之减轻了许多。

金明用"显纹水"显示了指纹，发现报纸上、下的那几个指纹，果然是邮递员和送报的服务员留下的，而左、右两侧留下的那两种较多的指纹，其中有一种与江益的指纹一样。这样一来，问题就清楚多了：只剩下一种指纹，是未知数。

正在这时，那张曾广新亲笔填写的旅客登记表取到了。

金明把曾广新的笔迹，跟那报纸上凹纹的笔迹一对照，粗粗一看，似乎是两种笔迹：曾广新的字，几乎每一个字都是倾斜的，又瘦又长，而报纸上凹纹留下的笔迹却是端端正正的。

然而，金明注意到，那两个表示月、日的阿拉伯字——3、8，笔迹却一模一样！

金明用放大镜细细看了两种字体，分析其中的笔画，发现有许多共同的地方。

金明深知，一个久经训练的间谍或特务，一般都能用好几种字体写字——这，是间谍或特务的基本训练课目之一。然而，他却疏忽了那阿拉伯数字，露出了马脚！

金明把"显纹水"喷在曾广新的登记表上，查出曾广新的指纹。非常奇怪，竟与那未知指纹一模一样！

按理，那未知指纹，应当是那位看报的青年留下的，怎么会与曾广新的指纹一样呢？

这时，派往机场售票处的公安战士回来了，送给金明那张介绍信，一看，见写着"沈秀文"，多了一个"沈"字，其他的字完全一样。这是一张盖着"湖南长沙药材公司"公章的介绍信。由于大兴安岭出产人参、鹿茸、虎骨、麝香之类名贵药材，各省药材公司倒确实常派人前来采购。金明敏锐地注意到，那公章的红色印泥已明显地向周围渗开，这一点说明，这个章绝不是昨天——3月8日刚刚盖上去的，而是盖上去已经有好几个月了！

金明把介绍信对着灯光看了一下，发现纸上隐隐约约有几个水印的外文字母。很显然，这种纸不是中国出产的。所以，这张介绍信很可能是伪造的。

令人不解的是，为什么介绍信上多了一个"沈"字呢？

金明用放大镜观看那个"沈"字，发现它的笔迹比其他的字要细。这下子，金明明白了：兴安旅社客房里的桌子，都是用漂亮的人造大理石作为桌面的。这种桌面又平又硬，把一张纸放在这种桌面上，用圆珠笔写字会打滑，笔迹就会很细。那位曾广新大约写了一个"沈"字之后，发觉笔迹太细，便顺手拿过那张《兴安日报》垫在下面，于是就在报纸上留下了凹纹。也正因为这样，凹纹少了一个"沈"字！

那位从机场售票处回来的公安战士，还报告了一个重要的消息：从售票处查出，沈秀文买了夜里315航班飞机票，飞往滨海市。

315航班是在深夜两点半起飞的。金明看了一下电子手表，见时间已是"3：40"，不由得说了声："赶快抓紧！"

烫发女人

金明查了一下民航班机的时刻表，查出315航班四点半钟到达滨海市。在滨海市，有好几班早班飞机是在早上六点起飞，315航班的旅客在四点到达那里，可以换乘早班飞机，转赴各地。

现在，离飞机到达滨海市还有五十分钟。

那个"沈秀文"，如果他（或她）买到飞机票之后，不要什么花招的话，当然现在一定坐在这架飞机里。不过，从飞机票的存根上，是很难查出"沈秀文"究竟坐在哪个座位的——因为旅客上飞机时要领登机牌，是按登机牌上指定的座位就坐的。飞机票上是不写座位号码的。那个"沈秀文"是谁？是曾广新的化名？是那个男青年？还是另一个不知是男是女的人？根据现有线索，还很难做出准确的判断。

滨海市机场的长途载波电话接通了。接电话的是张正——金明的助手。小张报告说，发来的曾广新与那青年的肖像画片已经收到，已印了十几份，每个在机场执行任务的公安战士都有一份。

金明告诉小张，已查出"沈秀文"坐315航班到达滨海市，在这一班旅客下飞机时，要特别注意监视。金明还嘱咐小张，把出口处的电视摄像机与滨海市公安局的通信卫星地面站的线路接通，通过通信卫星，把信息转发。这样，金明和小王、小李坐在大兴安岭地区公安局里，可以看到滨海市机场出口处的情景。一有紧急情况，立即告知。

金明在布置好工作之后，看了一下电子手表，离315航班降落还有二十分钟。杨超说，刚才315航班旅客检票时，他已经把全过程录像，可否趁现在有点空，再看一遍？

金明一听，立即同意了，并表扬了杨超细致的工作态度。

金明来到了监视屏幕室。小王、小李坐在金明旁边。荧光屏上重现了315航班旅客检票的情形。一个个旅客从屏幕上闪过。当一个烫发女人从屏幕上闪过时，小李不由自主地"咦"了一声，但她没说什么。

当录像放完之后，金明看出小李仿佛陷入了沉思，便问道："小李，刚才你为什么'咦'了一声？"

小李十分惊讶，自己这一细小的动作，竟被金明注意了。她如实地谈了自己的想法：315航班检票时，当那个烫发女人第一次出现在荧光屏上，她的脑海中闪过似曾相识的感觉。这一次放映录像时，杨超特地降低了放映速度，人物影像慢慢地经过荧光屏。这时，小李又看到那烫发女人。那种似曾相识的感觉又出现了，所以"咦"了一声。小李尽力回忆，才记起在她急匆匆地朝二楼走去的时候，一个烫发女人提着一只旅行袋下楼，擦身而过。小李跟这烫发女人只有一面之遇，当然印象不深，不过，烫发女人那又细又弯的柳眉，引起了小李的注意。

小李虽然不知道金明、杨超在追查什么案件，但是她知道这是一个重大案件。正因为这样，她不敢随便讲话，怕没有十足的把握，给破案工作带来麻烦。

金明十分赞许小李那种谨慎的态度。然而，他认为小李所提供的情况非常重要。

金明问小王："你在服务台负责旅客登记工作，有没有见过这样一位烫发、柳眉的女人？"

小王摇摇头。

奇怪，这个烫发女人是从哪儿冒出来的呢？她为什么急匆匆提着手提包下楼？她会不会就是"沈秀文"呢？

金明觉得这个烫发女人值得怀疑，立即请杨超把录像中这个烫发女人的镜头印成照片，用传真机火速发往滨海市机场。

当张正收到这张烫发女人的传真彩色照片，315航班客机已经降落在滨海市机场……

咄咄怪事

旅客们走下315航班客机，站在自动走廊上。那地板自动向前移动，旅客们一步也不必走，便被送到了出口处。

金明在千里之外，从荧光屏上清楚地看到一个个旅客走过出口处。

当一个烫发女人从荧光屏上闪过时，小李高叫起来："是她！是她！"

就在这个时候，张正从传真接收室匆匆跑到出口处。当他看到那个烫发女人时，心里非常高兴——呵，总算找到了！张正不由得紧紧盯住她。

然而，张正的行动，有点太暴露！尽管他穿着便衣，那烫发女人东张西望，很快就发现背后有人盯梢。

烫发女人来了个"绝招"——当她走过一扇写着"女厕所woman"字样的门时，忽然闪身进去了。

张正愣住了，只得止住了步伐。他一使眼色，周围另外三个便衣，也走近这扇门，八只眼睛监视着这个女厕所的门。

没多久，一位年轻的女外宾推开女厕所的门，正想往里走。

正在这时，从女厕所里走出一个满头白发的女外宾，穿着颜色鲜艳的格子上衣，下穿劳动布的喇叭裤。她向年轻的女外宾问道："what time is it？"（"几点钟了？"）

年轻的外宾看了看手表，答道："It's a few minutes after four."（"四点过几分。"）

满头白发的女外宾连声说："Thank you！Thank you！"（"谢谢你！谢谢你！"）

说完，那位满头白发的女外宾，驼背，弯腰，手里提着小皮箱，蹒跚地走出女厕所。然后，她走出机场大门，消失在黑暗之中。

这时，张正仍监视着那扇女厕所的门。张正忽然想起了什么似的，叫另一位公安人员赶紧到外边，监视着女厕所的那扇窗。窗紧闭着，窗上装着乳白色的毛玻璃，窗外装着铁栅栏。看来，越窗而走是绝不可能的。

过了一会儿，那位年轻的女外宾走出女厕所。然后，她又走出机场大门，消失在黑暗之中。

约莫又过了十多分钟，女厕所一直没人进出。

直到另一航班的旅客走下飞机，又有两位女旅客走进女厕所。当她们从厕所里走出之后，却仍不见那烫发女人的影子！

张正有点着急了，他想派人进去看看。可是，他环顾四周，今天来执行任务的公安人员，竟然全是男的！

张正只得临时请机场的女服务员帮忙，进女厕所看看。当她出来时，竟然说："女厕所里一个人也没有！"

张正大为震惊！他打开女厕所的门，与几个公安人员进去搜查，果真一个人也看不到！

张正环顾了女厕所，除了那装了铁栅栏的窗之外，就只有一扇门，没有别的门窗可逃。张正特地把窗打开，用手抓住铁栅栏使劲地拉了拉，连动都不动！

奇怪，那烫发女人怎么会逃走的呢？要知道，好多双眼睛在监视着女厕所的门呢！

这真是咄咄怪事！

摇身一变

张正赶紧跑到机场大门口，这时，已经是清晨五点了，天已蒙蒙亮。机场门口行人稀疏，除了有几辆小轿车驶进机场送客上六点钟起飞的班机之外，冷冷清清，哪里还能看得到烫发女人的影子？

张正知道那狡诈的烫发女人已溜掉。至于她是怎么溜掉的，弄不清楚。

张正赶紧用长途载波电话，向金明汇报了情况。金明一听，这是第三次溜掉了——第一次是伏击落空，第二次是在兴安旅社，第三次是这次在滨海机场女厕所。

金明深知，由于他在不久前接连破获了"杀人伞案件""X-3案件""碧玉岛案件"，使敌人大为震惊。敌人从失败中吸取了教训，改变了手法，这一次派了一个久经训练、诡计多端的家伙来了。正因为这样，像金明这样精明的人去追捕，居然也三次扑空！

这一次，尽管金明不在现场，但是他听了小张的详细汇报，分析前两次扑空的原因，金明心中已经明白了几分。

金明在电话中除要求张正在滨海市继续追踪那神秘的女人之外，还要求张正和几位见过那位满头白发的女外宾的公安人员，一起用"画像机"

把满头白发的女外宾的肖像准确地"画"下来，立即用传真机发来。

不久，在金明的办公桌上，便放着三张肖像画和一张照片：满腮胡子的曾广新、眉目清秀的男青年、中年的烫发女人、满头白发的女外宾。

粗粗一看，这四个人不仅性别、打扮截然不同，年龄也相差悬殊：眉目清秀的青年大约三十岁，烫发女人近四十岁，曾广新六十多岁，白发女外宾则七十多岁。

这四个人的脸型大不相同——曾广新的脸长长的，是马脸；男青年是方脸；烫发女人是鸭蛋脸；白发女外宾则是梨形脸（窄脑门，宽下巴）。

这四个人就连眉毛也各具一格——曾广新是两道浓黑的扫帚眉，男青年是匀称的俊眉，烫发女人是又细又弯的柳眉，白发女外宾则是淡淡的白眉。

金明细细揣摸着，发觉这四个相貌迥异的人，也有共同之处：眼睛差不多，细长，眼白布满血丝。特别是那张烫发女人的照片，眼里透露出狡黠的目光。

另外，金明还发现，这四个人有一明显共同之处——都是中等身材！

在第二次扑空之后，金明便曾久久地思索着这个不解之谜：为什么那个男青年明明在208室里手持《兴安日报》在看，而报上的指纹除了江益、邮递员、服务员的之外，只剩下一种（个别的一两个指纹不在内，那可能是印刷工人留下的），这种指纹却与曾广新在旅客登记表上留下的指纹一模一样？

金明曾怀疑，那青年可能就是曾广新，两者是一个人。然而，两人的相貌、年龄相差悬殊，怎么可能会是一个人呢？

当第三次扑空之后，详细比较了那四个人的特征，金明终于得出一个惊人的结论：这四个人是同一个人，而这个人就是谋杀尹大娘的罪犯！

金明认为，只有从这样的推断出发，才能解释那些不解之谜。

比如说，曾广新从古兰村潜逃到兴安旅社，刚一到那里，心里还是忐忑不安，所以在填写旅客登记表时，无意之中把"宁"字写成了繁体的"寧"字。他在国外写惯了繁体字。他一发觉自己露了马脚，慌忙之中，加以涂改。谁知一涂改，反而"此地无银三百两"，又进一步露了馅！这时，曾广新用眼睛的余光扫视了一下面前的小王，发觉小王正在注意他的这一动作。尽管后来小王装成若无其事的样子，但曾广新已经心中有数。

本来，曾广新可能想在兴安旅社住几天，观看一下动静。由于他知道已经暴露目标，此地不可久留，连忙"摇身一变"，变成了年少英俊的男青年，并开好伪造的介绍信，打算立即离开208室，到机场买票。

谁知这时小王又来了，盘问了一通。紧接着，小李又来问了一通。这下子，敌人决计火速离开。他又"摇身一变"，变成了烫发女人，以致当小李在楼梯上面对面碰见了，却让她溜之大吉！

至于发生在滨海市机场女厕所里的奇特的一幕，金明作了如下解释：烫发女人进去之后，"摇身一变"，变成了满头白发的女外宾，大摇大摆地从张正面前走了过去，而没有引起张正的怀疑！

当金明把自己这一惊人的见解告诉了杨超之后，杨超思考了一下，觉得金明的见解是符合逻辑的。只有承认那个敌人（至今仍弄不清楚究竟是男是女）善于乔装打扮，变成形形色色的人物，才能解释那些令人费解、不可思议的种种现象。

杨超还补充了一点："那敌人在介绍信上之所以写上'沈秀文'这样男、女皆可用的姓名，为的是可以随机应变，变成男的或女的，都可以用这个名字购票、上飞机。"

金明听了，同意地点点头。

不过，杨超接着又说道："老金，我同意你的见解。可是，'摇身一变'只是《西游记》之类神话小说中的幻想，那白骨精一会儿变成漂亮的姑娘，一会儿变成老头子，一会儿变成老太婆。幻想终究是幻想，现实终究是现实。敌人怎么可以在短短的几分钟之内，'摇身一变'，变成一个截然不同的人呢？"

金明一听，双眉一扬，哈哈大笑起来，说道："我们的敌人，是现代的'白骨精'。他们大概是从白骨精那里得到启示，采用现代化的技术使他们的间谍或者特务可以像白骨精那样'摇身一变'。这样一来，不仅可以使间谍或特务容易从你的眼皮底下溜走，而且一个人可以变成不同角色进行阴谋活动，一个人顶几个人的作用。人多手杂，容易暴露，这是敌人最忌讳的。至于敌人是怎样'摇身一变'的，这至今还是一个谜。我们的任务，就是揭开这个谜。"由于那个敌人时而自称"曾广新"，时而又叫"沈秀文"，为了统一起见，金明给他（或她）取了一个代号，叫作"白骨精"。

"白骨精"现在在哪里？怎样才能抓住这个诡计多端的"白骨精"？

金明决定立即回绿山市！

杨超一听金明不去滨海市，而去绿山市，感到有点惊讶。金明打了这样一个比方：桌子上有一盘鱼，苍蝇逐腥而来，这时你用手赶它一下，苍蝇就嗡嗡到处乱飞。它飞了一阵子之后，又会重新朝着那盘鱼飞来！正因为这样，你要逮住这只苍蝇，用不着跟着那苍蝇到处乱跑，而只要沉住气守候在那盘鱼旁边！

不过，金明在动身之前，仍打了长途载波电话给张正，叮嘱他在滨海市注意"白骨精"的动向，告诉他"白骨精"是一个善于"摇身一变"的人物，需要倍加警惕。

两篇特写

金明坐上他的喷气式超音速专机，离开了大兴安岭地区。这时，已是中午时分，这架专机在大兴安岭逗留了两天多。

天气晴朗，从一万多米高空看下去，只见大兴安岭逶迤起伏，河流中闪耀着银色的光芒。机舱里只有金明一个人。因为戈亮已随尹峻的专机，回到绿山市了。

金明这时觉得自己仿佛是一个刚从球场上下来休息的篮球运动员似的，他的心情是松中有紧、紧中有松：上半场比赛结束了，场上比分一比一。稍事休息之后，下半场比赛就要开始，胜负将在下半场定夺。

为什么说上半场的比分是一比一呢？金明认为，"白骨精"想调虎离山袭击尹峻，未获成功，而我们追捕"白骨精"也未获成功，正好一比一。另外，由于我方的疏忽，造成尹大娘被害，而在追捕"白骨精"的过程中，却又掌握了他"摇身一变"的特点，这也可以说是一比一。

在专机上，除了引擎单调的轰鸣声之外，非常安静。金明从衣服口袋里拿出一只像普通工作笔记本那样大小的长方形塑料盒子，按了一下开关，盒子上的小荧光屏马上就亮了。金明转动盒上的旋钮，小荧光屏上就出现了这样的字：

> **尹峻：代号"03"，职称一级教授**
>
> **单位：中国科学院0777研究所**
>
> **籍贯：黑龙江古兰村**
>
> **学历：滨海大学化学系本科毕业后，留该系研究生毕业，获**
>
> **博士学位。**

原来，这长方形塑料盒子，叫作"袖珍资料显示器"。只要往里放进火柴头那么小的信息片，就可以在荧光屏上显示出大约十万字的资料。塑料盒子上有两个旋钮。转动其中一个旋钮，荧光屏上不断出现不同的资料——每一次可以往盒子里装入几十张信息片；转动另一个旋钮，则可以使某一份资料的不同部分显示在荧光屏上。每一次出现在荧光屏上，大约相当于一页书上的内容。

金明知道这一次是关于"03"的案件，临走时便往袖珍资料显示器上装入有关尹峻的信息片，便于工作中参考。信息片中的内容，包括尹峻的人事档案，各报关于尹峻的报道，尹峻的论文、专著等等。虽然金明在接受上级交给的保护"03"的任务时，曾看过这些资料。然而，今天重读，依旧在他的心中激起对尹峻教授的深深敬意。

其中最使金明感动的是两篇特写。

一篇特写是这样的：

钟的发现者们

杨舟

一提起钟，请你不要误以为是钟表的钟。不，它是一种化学新元素的名字！由于这种化学新元素是三位中国人发现的，而这种元素又是金属，所以在"金"字旁加了个"中"字，命名为"钟"。

有趣的是，钟的发现者竟是三位亲兄弟，名叫尹雄、尹杰、尹峻。

三兄弟出生在中国边远的大兴安岭地区的一个小小的山村，叫作古兰村。早在中学时代，他们听老师说，化学元素差不多都是外国人发现的，其中镍、锌等金属是中国人在公元四世纪和公元一世纪就已发现，早于世界各国。兄弟仨立志要为祖国争光，长大后要为发现新元素而努力。那时候，兄弟仨就给未来的新元素取名为"钟"，并且要用"CH"作为这个元素的化学符号，因为中国的英文名字叫"China"，他们用开头两个字母命名，用以纪念自己伟大的祖国。

有志者事竟成。后来，兄弟仨果真实践了自己的诺言，把中学时代的幻想变成了现实，用人工的方法制成了一种新的化学元素。这种新元素是铅灰色的金属，密度为每立方厘米16克，沸点为147℃，熔点为67℃。经中国科学院批准，这种奇特的新元素被命名为"钟"，化学元素符号定为"CH"。

钟是一种具有强烈放射性的化学元素，性能稳定。在此之前，虽然好几位外国化学家也曾制得新的化学元素，但是它们的寿命都很短，有的在几秒钟内就分裂了，裂变为别的元素。有的寿命只有1毫秒。钟，却是一种长命的新元素！

尹雄、尹杰、尹峻的发现，引起了世界化学界的重视，承认了中国化学家的这一新发现，并同意中国科学院对这一新元素的命名。

金明看完了这一篇特写，抬起头来，朝窗外瞧了瞧。这时，机翼下的景色全变了，一眼望去，一片白茫茫的云海，除了云，还是云！金明一看，就知道飞机已经飞入多云的江南地区了。

金明对这单调的景色毫无兴趣，接下去又从袖珍资料显示器的荧光屏上，看另一篇特写：

中国的诺贝尔

洪林

尹雄、尹杰、尹峻兄弟仨因制成新元素钟，荣获世界科学奖金。在举行授奖仪式的前夕，一次意外的爆炸，竟使尹雄和尹杰丧生，尹峻受重伤！

原来，兄弟仨在进行一次新的努力——试制另一种新的化学元素。他们打算命名为"铧"，即中华的"华"的意思。他们制成的铧越来越多，当体积越过一粒花生米那么大的时候，发生了极为强烈的爆炸。尹雄和尹杰正在现场操作，当即身死。尹峻刚下班，在回家途中受到冲击波袭击，受了重伤，后来竟因此秃发。除尹雄、尹杰之外，当时还有许多中国化学工作者被炸死。

尹峻忍着悲痛，继承兄长遗志，继续攻关。尹峻夫人林巧教授在完成本身研究工作之余，也助尹峻一臂之力。经过几年努力，不仅正式宣布制成了铧（用Ci作为化学符号，取China的第一、第三字母），而且使铧获得重要用途。为此，尹峻第二次荣获世界科学奖金。

须知尹峻是冒着生命危险进行铧的研究。历数世界科学巨匠，能与尹峻媲美者唯有瑞典化学家诺贝尔。诺贝尔在研究炸药时，发生猛烈爆炸，炸死五人，其中有他的亲弟弟卢得卫，诺贝尔及其父亲均受重伤。诺贝尔毫不畏缩，在送葬归来之后依旧研究炸药，终于获得重大成果，成为科学界的佼佼者。

尹峻，可谓是"中国的诺贝尔"。他的献身精神，何等感人！

金明读完，心潮难平。正在此时，忽然觉得猛地一震，抬头一看，呵，原来飞机已在绿山市机场着陆，戈亮亲自开车来迎接他。

真假难辨

　　金明和戈亮分别才一天，却仿佛阔别多日似的。他们俩紧紧握手，刚刚上车，正想把别后的情况叙谈一下，这时，车内的无线电话发出"嘟嘟"声。

　　戈亮一拿起耳机，听了两句，立即双眉紧锁，急促地说道："什么？重大敌情？我马上就来！"

　　戈亮把耳机交给金明，调过小轿车的车头，开出飞机场，沿着高速公路飞一般前进。

　　绿山市是一个漂亮的山城。在各个山头、山腰，许许多多漂亮的别墅式的房子掩映在绿树丛中。当大兴安岭还是一片枯黄的时候，绿山市却已是绿意浓郁了。

　　戈亮驾车径直向0777研究所前进。这个研究所在绿山市的远郊区，在一个人烟稀少的山谷里。有的实验室，建造在地下。

　　金明拿过耳机之后，一听声音，就知道是中国科学院0777研究所保卫科的鲁文浩打来的。金明跟小鲁很熟。自从金明分管尹峻的安全保卫工作以来，经常到绿山市的0777研究所里来，一来就找小鲁。

　　金明很喜欢小鲁，他是一个办事利索而稳重的小伙子。如今，虽然情况十分紧急，小鲁仍有条有理地向金明汇报情况：原来，在0777所里，发现了一个假的尹峻教授！

有趣的是，这个假尹峻竟然是真的尹峻首先发现的！

尹峻是昨天回来的，他从机场下来，连家都不回，直接到0777研究所的实验室里来。林巧也一起来了。尹峻想，赶快抓紧工作，把损失的时间补回来。昨天，他一直干到深夜。今天，他一大早就到实验室里来，进行关于铧的核动力实验。戈亮已对尹峻采取了特别的保卫措施，委派小鲁和保卫科的科员小朱寸步不离地跟着尹峻。

中午的时候，尹峻在实验上突然需要查对一个数据，就跑到自己的办公室去。他的办公室在二楼。一进门，咦，奇怪，保险柜上装着一个不断旋转着的东西！小鲁上前一看，认出来了——这是"电子开箱器"！原来，保险箱上有个拨号盘，只有拨对了号码，才能打开保险箱。这号码是保密的，只有保险柜的主人才知道。电子开箱器是用电子计算机控制的，它能自动地从1拨起，从1到2，到3……不断拨动拨号盘。一旦到了所拨的号码，保险箱也就被打开了。

这时，尹峻赶紧跑到办公室的内屋去。这内屋里有张单人床、书、资料，尹峻有时在0777研究所做实验，干到深夜一两点，就不回家了，在这儿休息。尹峻一推门，吃了一惊，内屋里有个人长得跟他一模一样，衣着也一样，正在那里乱翻东西。

尹峻大喊一声："你在干什么？"

想不到那个假尹峻，也大喊起来："你在干什么？"

一听到假尹峻和尹峻的吵闹声，小鲁和小朱跑进内屋，他们两人互相指责对方"你是假的"，小鲁和小朱看呆了，一时竟无法分辨真假。

这时，其中的一个尹峻喊了一声："我去报告！"一边说着，一边朝外跑。他跑出去的时候，由于小鲁、小朱担心留下的那个尹峻也许是假的，迟疑了一下，未追上去。

后来，小鲁对小朱说了声："你看住他！"这时，小朱负责看管旁边的尹峻，小鲁跑出去追那个尹峻。

可是，那个尹峻已经无影无踪！

小鲁着急了，连忙给戈亮打来了紧急电话。他一听金明来了，那颗紧张的心也就镇定下来。

金明听完鲁文浩的汇报，问了一句："林巧教授现在在哪里？"

小鲁答道："在家。她体质弱，这两天一累，病倒了，发烧。"

金明听了，眉头一皱，很快做出了两个决定。

金明要求小鲁，立即释放小朱监视着的那个尹峻，好好保护他，并把有关情况迅速告知林巧教授。

金明要求戈亮，立即调转车头，直奔尹峻教授的家！

"什么？不去0777研究所？"戈亮非常吃惊地问道。

金明只是简单地答复了一个字："嗯。"

戈亮明白，金明又用他的习惯用语——"嗯"来答复他，表示"这是命令，不必解释"。戈亮调转车头，轿车朝着尹峻的家飞奔。

抢先一步

一路上，金明只对戈亮说了声"把枪拿出来"之外，一言不发。戈亮知道，这意味着一场紧张的战斗，即将开始。

金明把车头调转，直奔尹峻的家，是经过深思熟虑的。

金明是这样分析敌情的：

今天凌晨四点多，当"白骨精"乔装打扮成满头白发的女外宾，从滨海市机场的女厕所里溜出去以后，并没有坐车进滨海市市区，而是马上换乘飞机，直奔绿山市来了！也就是说，一般的苍蝇在受惊之后，总是在空中乱飞一阵，才向目的物袭去，而这只苍蝇却什么圈子都不绕，再一次闪电般向目的物奔袭。

"白骨精"为什么会采取这样反常的行动呢？这是因为在"白骨精"看来，他（或她）在古兰村、兴安旅社、滨海市机场都已经受到中国公安人员的注意，说明行踪已经暴露。另外，他杀死了尹大娘，无疑等于暴露自己的攻击目标是尹峻，这样一来，中国人势必会在绿山市加强保卫工作。越是去得晚，越是难下手。

"白骨精"知道尹峻已经返回绿山市，而中国公安人员却又以为他在滨海市，趁这个机会以迅雷不及掩耳之势立即飞往绿山市，发动攻势，可能会成功。

"白骨精"攻击尹峻教授，可能有三种方式：第一，绑架；第二，谋杀；第三，偷取科学资料。

"白骨精"在金明之前到达绿山市，"摇身一变"，变成了尹峻教授。正因为这样，"白骨精"进入0777研究所便通行无阻。

"白骨精"事先可能很详细研究过0777研究所的环境，了解尹峻教授的资料存放在何处，尹峻教授的家在什么地方。他知道进入0777研究所是很危险的，一旦被识破就完了，但事已如此，不孤注一掷，铤而走险，是不行了。

"白骨精"估计尹峻教授刚从大兴安岭回来，可能很劳累，会在家里休息，办公室里没人。

正因为这样，就直奔办公室。他想，只要尹峻教授不在那里，即使碰见什么人，谁都不会怀疑的，因为假尹峻只有跟真尹峻在一起的时候，才会露馅。

果真，一切都很顺利，尹峻办公室里空无一人。"白骨精"便用"电子开箱器"准备打开保险箱。

谁知在这个节骨眼上，真尹峻出现了！"白骨精"仓皇逃走。

金明估计"白骨精"在逃走时，又重演故技：经过楼梯口的男厕所时，闪身进去。转眼之间，变成所里普通工作人员的模样，溜出0777研究所。正因为"白骨精"会"摇身一变"，所以就很容易从一般人的眼前溜掉。

至于金明为什么要调转车头，直奔尹峻的家呢？

这是因为"白骨精"在绿山市要想获取关于钟、铧的研究资料，只有两个地方，一个是0777研究所，一个是尹峻教授的家。"白骨精"知道林巧教授在一次实验中也受过重伤，体质很差，如果能在家里找到林巧教授，那也一样——因为林巧教授多年帮助尹峻教授进行研究工作，洞悉一切。正因为这样，金明断定，"白骨精"在逃出0777研究所之后，必定直奔尹峻教授的家，想再来一次突然袭击，先下手为强。

戈亮开足油门，小轿车全速前进。金明对戈亮说："我们必须赶在敌人之前——抢先一步！"

智擒顽敌

小轿车开始上山了。

山顶，在绿树丛中，有几幢两层楼的别墅式房子，那便是尹峻教授和其他几位教授、研究员的家。

小轿车开到半山腰，速度慢了下来，从一座小岗亭前驶过。岗亭里的值班战士一见是金明和戈亮，马上放行了。

小轿车又以飞一般的速度前进，一转眼，就来到了山顶。

尹峻教授住在4号楼。正当戈亮要把小轿车停在4号楼前面时，金明却对戈亮说，把车子停到8号楼前面去。车子转了一个弯，来到8号楼。金明下车后，与戈亮重新走到4号楼后面。金明由于分管尹峻的安全保卫工作，所以持有尹峻家门的钥匙。金明轻声打开尹峻家的后门，悄悄地走到楼上。

这时，林巧教授正站在阳台上朝外张望，一见金明和戈亮来了，喜出望外。原来，林巧教授一接到小鲁的电话，便支撑着病体，赶紧把最重要的资料转移到安全的地方。这时，她的女儿、女婿都上班去了，只有一个念小学的小外孙在家里做功课，帮不了什么忙。

金明见了林巧，也放心了。这说明他捷足先登，抢在敌人之前到了。

金明朝外一看，一辆乌黑的绿山牌小轿车正朝山上驶来，知道情况紧急，便叫戈亮赶紧把林巧教授扶到地下室里去休息，以保证她的安全。

金明从腰间拿出两把手枪，持在手中——右手持激光手枪，左手持另一把新式手枪。

金明在尹峻教授的卧室里隐蔽起来了。戈亮安置好林巧之后，也手持双枪，在楼下尹峻的书房里隐蔽起来。他们的动作是那样轻捷，以致尹峻的小外孙——小丹丹一点也不知道家里发生了什么事情。小丹丹是尹峻二哥——尹杰的外孙。尹杰不幸炸死之后，尹峻就把小丹丹接到家里来住。

正在这时，门外响起了汽车的喇叭声。小丹丹一听，习惯地把笔一撂，"咯噔咯噔"跑去开门。

他一见外公——尹峻从汽车里出来，高兴得手舞足蹈。他，已经好几天没见到外公了，用双手搂着尹峻的脖子直喊外公。

"尹峻"问道："外婆呢？"

小丹丹朝楼上指指："外婆还发烧，在床上躺着。"

"尹峻"一听，径直向楼上走去。不过，他一上楼，并没有马上朝卧室走去，而是快步走上阳台，伸头从敞开的窗口朝卧室里望了一下。卧室里静悄悄的，床上的羊毛毯摊开着。

"尹峻"这才轻轻推开卧室的门，随手把门反锁上。

"尹峻"朝床上一看，林巧不在。尹峻用手一摸羊毛毯，温热的，这说明林巧刚走开。

"尹峻"朝卫生间里看了一下，空无一人。

这时，"尹峻"想打开那大壁橱。壁橱的门紧锁着。"尹峻"从口袋里拿出一支手枪模样的东西，对着橱门的锁，一按扳机，便从枪口喷出一股亮闪闪的火焰。

橱门打开了。就在这时，从"尹峻"头顶上忽然响起"叭"的一声，天花板上的大吊灯突然碎了，从灯里喷射出白色的浓烟。只一两秒钟，整个房间里就一片浓雾，伸手不见五指！"尹峻"惊魂未定，觉得被什么东西刺了一下，凉飕飕的，顿时就昏倒在地。

原来，尹峻的卧室有一大排落地南窗，窗敞开着，窗帘蜷缩在墙角。金明就隐蔽在墙角。为了保护尹峻教授的安全，金明在前几次来到这里时，已事先在他的卧室里安装了特殊的大吊灯。在灯里，装着强烈的发烟剂。一按暗钮，大吊灯就自动炸裂，射出发烟剂，使整个房间里一下子变得像牛奶似的！这暗钮有好几个，一个装在尹峻的床头，一个装在沙发扶手内侧，一个装在金明隐蔽的墙角。这样，一旦发生意外，尹峻教授可以就近按动那不醒目的暗钮，使室内变得一片混浊，而在此时，尹峻教授只要按一下另一个暗钮，墙上一扇平常看不出来的暗门就会自动打开，尹峻教授可以从暗门中转移到安全地带。这一切，是金明事先就设计好的。

金明见那位"尹峻"进入卧室后的种种行动，便断定他是假尹峻——"白骨精"，决定智擒"白骨精"。

在浓雾弥漫之中，金明戴上了"透雾镜"。戴上这种眼镜之后，可以透过浓雾，看清四周。

金明用左手所持的特殊手枪朝"白骨精"射击，特殊手枪内装的麻醉剂，射入"白骨精"体内，使他昏迷了。

戈亮听见楼上吊灯的碎裂声，三脚两步跑上楼，与金明一起，抓住了老奸巨猾的"白骨精"，给他戴上了手铐、脚铐，把他从楼上抬下来。

小丹丹一看，误会了，以为坏人要把他的外公抓去，跑过来用小拳头往金明、戈亮身上使劲儿地打，金明、戈亮哈哈大笑，说道："这不是你的外公，这是坏蛋！"

小丹丹不相信，硬是把大门反锁起来，不让金明、戈亮把"外公"抬出去。

正在这时，林巧教授从地下室里走出来了。直到林巧教授对小丹丹说："这个是假外公、坏外公！"小丹丹才算相信了，把大门打开。

金明和戈亮刚刚把"白骨精"放上汽车，电话铃声响了。林巧到书房里接电话，一听，笑了，连声说道："让他上来，让他上来，他是真的尹峻教授！"

原来，电话是山腰哨所打来的。他们感到奇怪，刚刚尹峻教授驾驶着他的车号为"9943267"的绿山牌黑色轿车上山，怎么一转眼又来了一位尹峻教授，也驾驶着车号为"9943267"的绿山牌黑色轿车要上山？

没一会儿，一辆乌亮的轿车停在4号楼前，从车内走出尹峻教授和小鲁。

林巧指着尹峻对小丹丹说："这才是你的真外公！"

小丹丹"咯咯"笑了，他跑过去，紧紧搂着外公的脖子。

尹峻教授干脆把小外孙抱了起来，走过来跟金明、戈亮热烈握手。

当尹峻看着金明的汽车里死猪般横躺着一个跟他一模一样的人，不由得爆发出爽朗的笑声！

尾声

"白骨精"从昏迷中醒过来之后，低头看到手上的手铐、脚上的脚铐，抬头看到面前坐着穿白色公安制服的金明和戈亮，心里明白了自己的处境。

审讯开始了。"白骨精"的面前放着话筒和录音机。

金明没有说什么话，只是把那曾广新、男青年、烫发女人、满头白发的女外宾、穿解放军军装的中年军官（"白骨精"从滨海市飞往绿山市时，为了更加安全起见，摇身一变，变成解放军军官。事后，被金明从录像中查出了）、尹峻教授等肖像画成照片一一展示给"白骨精"看。另外，金明还从"白骨精"的汽车内搜出一只手提箱，也拿出来给"白骨精"看。金明的沉默，反而使"白骨精"极感惊恐。因为金明所展示的这些物证，足以说明已经掌握了"白骨精"的秘密。"白骨精"已经处于黔驴技穷的地步了。

"白骨精"默默无言。审讯室里寂静得连绣花针落在地上都听得见。

金明知道"白骨精"虽然认输了，但是要"白骨精"彻底交代，还要再给他一点颜色看看。

金明打开了手提箱，拿出一只像电动剃须刀似的东西。上面有"+""-"两个按钮。金明对着"白骨精"——假尹峻的脸，手指按在电动剃须刀的"-"按钮上，发出"吱吱"的声音。顿时，假尹峻的脸皮浮动了，金明用手一揭，揭下了一整张脸皮，露出了真相——一个三十来岁的男青年，眉目清秀，满头黑发！那模样，和兴安旅社里那青年一模一样！

这下子"白骨精"原形毕露，原来是他，而不是她！

"白骨精"直到这时，才开了腔。他的头一句话是这样说的："唉，我好像做了一场噩梦！"

"白骨精"对着录音机，慢慢地叙述着自己的身世，交代了自己的罪行。

"白骨精"，就是序幕中介绍的那位在普罗米修斯电影制片厂门口假装"羊痫风"的胡彬。那时候，胡彬是一位天真烂漫、富于幻想的青年，沉醉在"明星梦"里。

然而，当他应聘来到黑鹰电影股份有限公司之后，才知道上当了！

这个黑鹰电影股份有限公司据说设立在一个小岛上。当胡彬来到这个小岛，看到的只是铁丝网、暗堡、地牢和刑场，哪有摄影棚的影子？

原来，黑鹰电影股份有限公司是个骗人的招牌，它实际上是黑鹰财团的一个间谍机构。

它不仅刺探各国的军事情报，也刺探科学情报。因为迅速地采用外国某种保密的新技术，可以使黑鹰财团牟取暴利。

黑鹰间谍机构为了把黑手伸向中国，很注意收罗一些在国外的华侨或华裔青年，把他们训练成为间谍。他们深知，要在中国进行间谍工作，不找他们是不行的。

然而，自愿当间谍的华侨或华裔青年，几乎是没有的。黑鹰间谍机构就采用骗或绑架的卑劣手法，一旦把他们弄到这个小岛上，那就不怕他们不服从了：不听话，轻则用电子干扰器弄得你几天几夜睡不着觉，重则用激光照射你的皮肤，疼痛难受。如果谁想反抗或者逃跑，就给你注射毒剂处以死刑。

黑鹰间谍机构从小报上看到《假戏真做，众人上当》那条新闻之后，细加分析，觉得胡彬倒是一块当间谍的"料子"：

第一，胡彬居然别出心裁地想出装"羊痫风"，说明他聪明能干，肯动脑袋，当间谍正需要这样的才能；

第二，胡彬能够假戏真做，使众人信以为真，说明他遇事不慌，镇定自若，当间谍正需要这样的才能；

第三，胡彬是中国人，二十来岁，经了解后是孤儿，无牵无挂，目前正需要派往中国这样的间谍。

就这样，他们设下圈套，让胡彬上当。

到了那个小岛，胡彬起初很不习惯，由于间谍机关不断给他看间谍电影，看希特勒的《我的奋斗》，看反华影片，灌输间谍意识，渐渐地，胡彬走上了背叛祖国的道路。

尽管那个小岛上没有电影制片厂，奇怪的是，却关押着普罗米修斯电影制片厂的著名化妆师史密斯。史密斯从事电影化妆工作四十多年，能够化妆各种形象。不过，他深感电影化妆太费事：给一个电影演员化妆，少则半小时、一小时，多则三小时、四小时。当天拍完镜头，要卸装。第二天重新化妆，而且要求化妆跟昨天一模一样，以使电影镜头相互衔接。

后来，史密斯听说一位外科医生为烧伤病人制成了人造皮肤。这种人造皮肤粘贴在烧伤病人身上，可以遮掉难看的伤疤。特别是有的伤疤长在脸上，非常难看，贴上人造皮肤之后，变得俊俏多了。这种人造皮肤是用特殊的泡沫橡胶做的，加入不同的染料，可以制成不同颜色的皮肤。这种皮肤的外观跟真的皮肤很像，也有汗毛、汗孔，可以透气、透汗，经久耐用。

史密斯立即找这个医生合作，把人造皮肤用于电影化妆。史密斯制成各种不同形象的人造皮肤头套。演员只要把头套往头上一套，一两分钟之内就化妆完毕。头套上粘着头发、胡子、眉毛，甚至还可以粘上一颗黑痣。

不过，演员跟烧伤病人不一样，人造皮肤不能永远粘贴在皮肤上，在演完戏之后要取下头套。史密斯发明了一种电子振荡器——样子就像电动刮须刀似的。头套背面，事先涂着一层胶水。电影演员戴上之后，手指按着电子振荡器上的"+"字按钮，电子振荡器发出一种电磁波，使人造皮肤紧紧粘在皮肤之上。电影演员演好戏之后，把手指按在"-"字按钮上，用电子振荡器照着脸，它会发出另一频率的电磁波，使人造皮肤不断振动，脱离皮肤，于是可把头套取下。

史密斯发明了这种化妆新技术之后，引起了那家"黑鹰电影股份有限公司"的注意。他们派人用重金聘请史密斯，结果把史密斯骗到这个小岛软禁起来。他们威逼史密斯，用这种化妆新技术为间谍工作服务。在那里，史密斯开始化妆第一个"电影演员"——胡彬。他为胡彬制作了曾广新、烫发女人、满头白发的女外宾等不同形象的头套。

正在这时，间谍们开始注意中国报纸上发表的报道《钟的发现者们》，着手收集尹雄、尹杰、尹峻三兄弟的有关资料。不久，当《中国的诺贝尔》一文发表之后，间谍们引起了莫大兴趣。

黑鹰财团的间谍们跟一般的间谍不同，他们很多是大学理科毕业生，懂得自然科学，很注意从自然科学的角度分析各种情况。他们读了《中国的诺贝尔》一文，很注意其中这样一句话：

"他们制成的铧越来越多，当体积超过一粒花生米那么大的时候，发生了极为剧烈的爆炸。"

间谍们认为，铧肯定是一种极好的原子弹材料。自从第二次世界大战以来，人们一直用铀来制造原子弹。这种原子弹的缺点是太笨重了。如果用铧制造原子弹，那么，一颗原子弹只有花生米那么小！这种微型原子弹对于间谍们来说，真是太需要了！如果用这种微型定时原子弹去破坏什么城市或国防工程，根本用不着出动飞机，而只要派一名得力的间谍，悄悄把微型定时原子弹放在火柴盒或者香烟盒中，随便扔在什么不醒目的地方，就可以达到目的。这样做，又几乎不留痕迹；整座城市被炸毁，查不出谁是罪魁祸首。

后来，他们从侧面获悉，尹峻教授领导的0777研究所，正在加紧制造铧。他们打算用铧作为飞机、汽车、轮船以及工农业生产上的新动力——原子燃料，也打算用铧制造微型原子弹，既作为新式武器，也作为移山填海的新炸药。铧的成本比铀低，可以大量生产，成为原子能家族中的后起之秀。

于是，黑鹰财团的间谍们便以尹峻作为攻击目标，拟订了"乔装打扮行动计划"。他们从中国的影片、电视、画报、报纸、杂志上，大量收集关于尹峻的镜头和照片，命令史密斯制成了尹峻头套。另外，还收集了关于绿山市以及尹峻家庭的许多资料。

这时，胡彬经过训练，已经成为相当老练的间谍。他跟黑鹰财团中的一个女间谍结婚了，这样，财团的老板们觉得胡彬在这边有了"根"，更加可靠了。

胡彬被多次派到东南亚国家中进行"实习"。为了让他熟悉中国的环境，胡彬也多次被作为一个旅游者，在中国作长途旅游。不过，黑鹰财团的老板警告胡彬，他在旅游时，不得进行任何间谍活动，因为胡彬是作为重要间谍使用的，切不可随便暴露身份，不能因小失大哪！

经过反复研究，"乔装打扮行动计划"制订出来了。这时，胡彬的小箱子里带了各种准备好的面具和服装。胡彬经过多次训练，已能在很短时间内更换面具和服装，做到了"摇身一变"。另外，胡彬还经过"拟音训练"，能够模拟各种男人、女人、小孩、老人的声音。

正因为胡彬是这样一个善于乔装打扮、采用新间谍技术的重要角色，所以像一条泥鳅似的，几次从金明的手中滑掉。然而，"白骨精"终究斗不过"孙悟空"，最后还是落到金明的手里，终于原形毕露。

初次审讯结束了。戈亮知道金明已经三天三夜没有休息，劝他赶快好好睡一觉。谁知金明耸了耸肩膀，笑道："睡觉？已经有人坐在办公室里等我了。"

谁来了呢？原来，是电影制片厂的化妆师和医院的外科大夫应金明之请，前来取经。金明准备把胡彬的那只手提箱（有时外边套个旅行袋）转交给他们，也许对他们的工作会带来有益的启示。

唉，看来黑鹰财团的间谍们是"偷鸡不着蚀把米"，他们没有捞到关于中国的钟与铧的一点秘密，反而把他们那乔装打扮的新技术"送"给了中国——送货上门！

其实，不光是黑鹰财团的间谍们"偷鸡不着蚀把米"，一切想从中国"偷"点什么的间谍们的下场也都如此。

（写于1980年4月）

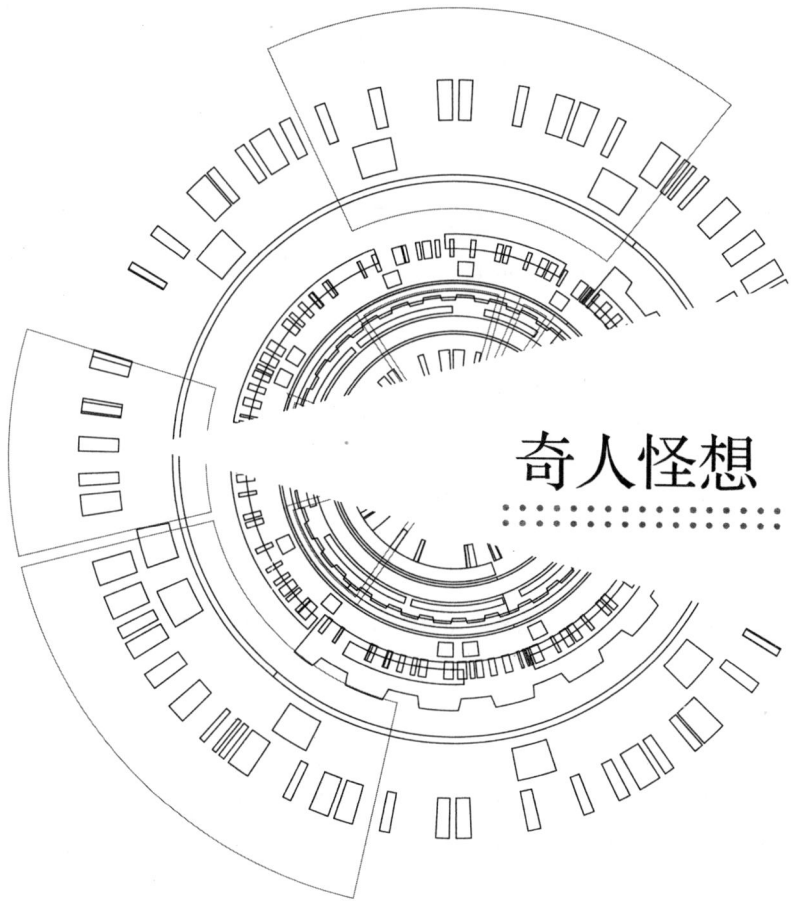

奇人怪想

谁的脚印

故事得从十年前一件轰动世界的新闻说起。

那一年，国际火山研究所的科学家们预言，多年没有喷发过的阿里阿斯火山，将在七月八日上午九点爆发。

阿里阿斯火山位于太平洋中的一个小岛——阿里阿斯岛。这个岛上只住着百来户渔民和农民，他们听从科学家们的劝告，在一星期前都陆续离开了阿里阿斯岛。

科学家们真可能称得上料事如神。果真，在七月八日上午九点十分，阿里阿斯山顶突然喷出了黑褐色的浓烟，那烟柱直插碧空，高达三千多米！

紧接着，从火山口裂缝中，涌出了火红色的熔岩。那熔岩在小岛上奔突，纵横驰骋，吞噬了小屋，吞噬了田野，吞噬了树木。

到处是火，火，火；到处是烟，烟，烟。

火山的爆发还使周围的海水剧烈地震动起来，翻滚起来，掀起狂涛恶浪。

入夜了，小岛上一片火红。熔岩还在那里不断奔腾。前面的熔岩凝固了，后面的又涌了上来，覆盖在上面。

过了一个月之后，国际火山研究所的专家们宣布，阿里阿斯岛上已经太平无事，居民们可以重返故土了。专家们说，阿里阿斯火山下一次喷发，要在一百七十年以后。

居民们都很相信科学家的话——因为他们如此准确地预言了这次火山爆发的时间，当然他们也一定很准确地预言下一次火山爆发的时间。

居民们踏上小岛，小岛已经面目全非。到处弥漫着热气和刺鼻的硫黄味儿。尽管最近接连下雨，但是岛上的热气依旧未消。小屋只剩几根焦黑的木柱，有的连影子都不见了。青草不见了，树木不见了，飞鸟也不见了。

国际火山研究所的几位科学家跟随居民们一起来到阿里阿斯小岛。他们前来调查这次火山爆发后的情况。

科学家们穿着用玻璃纤维织成的防火衣、防火鞋，头戴透明的钢化玻璃面罩，朝着火山口走去。他们越走越热，浑身汗流浃背。尽管火山爆发已经一个来月了，脚下的土地依旧滚烫。

他们实在无法走到火山口，只能半途而返。

就在他们准备往回走的时候，突然，发现了奇迹：地上，留着巨大的脚印！这脚印是长方形的，五个脚趾也是长方形的。每个脚印，大约有写字台的桌面那么大！看这脚印的方向，是朝火山口走去吧。

这是什么脚印？如果说是人的脚印吧，即使身高三米的人，也不会有这么大的脚；如果说是动物的脚印吧，那脚印的形状分明像人的脚印，何况即使是动物，也没有这么大的脚印。

科学家们想沿着脚印追踪，然而，实在热不可耐，他们只得回到山脚下。

过了几天，科学家们调来了一架直升机。他们坐在直升机里，在低空飞行，沿着脚印追踪。咦，那脚印竟然一直走到火山口！

后来呢？脚印又在火山口盘旋，然后朝海边走去，消失了——脚印被厚厚的火山灰淹没了。

"在阿里阿斯火山口发现了巨人脚印！"这新闻立即轰动了全世界。

人们七嘴八舌，推测这奇特的脚印的奥秘。

有人说："这是宇宙人的脚印！大约是阿里阿斯火山爆发，引起了其他星球上的宇宙人的注意。他们驾驶宇宙飞船，来到小岛上考察。"

马上有人反驳："在阿里阿斯火山爆发的那些日子里，阿里阿斯岛上空别说是没见到过宇宙飞船和飞机，就连鸟儿也不敢飞近！"

又有人说："这是野人的脚印！在阿里阿斯岛上，可能有一种野人或猩猩、猿，他们见到火山爆发，很惊奇，想跑到火山口看看。"

这种说法也立即遭到反对："阿里阿斯小岛只有十几个平方公里，居民们世世代代在那里居住，从没看到过有什么野人或猩猩、猿。即使有的话，脚印那么大，他们起码高达十几米，怎么可能呢？"

还有人说："这是火山人的脚印！火山人是一种生活在火山中的特殊的人。当火山爆发时，他从地下钻出来，到外面散步，然后又钻进地下了。"

这种说法遭到群起而攻之："不值一驳！"

就这样，那奇特的巨大的脚印，成了一个不解之谜。

怪事连篇

阿里阿斯小岛上的脚印之谜还没有弄清楚，这年冬天，在南极洲那白茫茫的冰雪上，又出现轰动世界的奇闻。

南极洲是很有趣的地方，这里的夏天从早到晚全是白天，而在冬季则昼夜全是伸手不见五指。南极洲是一个诱人的科学迷宫。这里风景奇特，到处是巨大的冰川和嶙峋的冰块。这里的动物——企鹅、海豹、贼鸥，格外引人喜爱。这里海中生活着美味的磷虾、南极鲤、南极鳕。

每当夏季来临，来自几十个国家的上千名科学家，群集在这里，探索着南极的奥秘——南极的气候、南极的磁场、南极的动物、南极的岩层、南极冰下的湖、南极的矿藏……然而，每当冬季来临，这里成了世界上人口最稀少的地方。除了几十个在这里值"夜班"的科学家之外，考察队都纷纷撤走了。

冬季，暴风雪不断袭击这里，气温下降到摄氏零下七十多度。科学家们只能躲在科学考察站内过冬，没有人在这时候敢于向南极深处挺进。

然而，科学家们在科学考察站附近，居然发现陌生的脚印：这脚印大得出奇，长方形的，朝着南极腹地走去！

在闪光灯的帮助下，科学家们拍下了这些奇特的大脚印的照片。他们还巧妙地在脚印里刷了一层薄薄的油，再往里倒水。水一倒进去，立即冻成了硬邦邦的冰。由于事先刷了一层油，脚印中的冰没有与冰天雪地的冰连接在一起。他们从脚印里整个儿取出了冰，用雪橇运回科学考察站一看，放在雪橇上的是一只冰做的巨足！

科学家们用尺子仔细量了脚的大小：长一米零三点五厘米，宽三十七点一厘米。奇怪的是，脚底板上长着许多长长的刺刀般的东西，看上去像一双跑鞋鞋底的长钉。

当报纸上发表了这只冰冻巨足的照片之后，人们马上联想起阿里阿斯小岛上那奇怪的脚印。

对比了一下，发现这两双巨足的形状、大小完全一样，只不过南极那巨足脚底多了许多长刺。

凡事有一总有二，有二总有三。

在第二年五月，在世界上最大的沙漠——北非的撒哈拉大沙漠，还发生了一件怪事。

撒哈拉大沙漠纵横千里，一片黄沙，又干又热，人称"不毛之地"。在那里，可真是一个没有鲜花、没有人迹，连鸟儿也不飞的地方。在那里，还有许多地方，没有留下过人类的脚印！然而，撒哈拉却流传着美好的神话，据说该沙漠深处有许多闪闪发亮的大金刚石，有无数的宝藏。许多人在"沙漠之舟"——骆驼的帮助下，向撒哈拉进军，可是，谁都没有深入到沙漠的中心。

每年五月，撒哈拉沙漠在炎热的太阳照耀下，狂风呼啸，卷起弥天黄沙。这风，被称为干热的"五旬风"。当"五旬风"大作的时候，撒哈拉沙漠更是人迹稀少。

然而，这年五月，当一架直升机飞过撒哈拉沙漠纵深地区上空时，却看到沙丘上留着一行很明显的大脚印。直升机里坐着埃及《开罗日报》的记者，便请驾驶员把飞机稍停片刻。

驾驶员把直升机渐渐降低，打开舱门，放下软梯。记者沿着软梯爬下去，终于来到那大脚印跟前。

唔，这大脚印也是长方形的，长着五个长方形的脚趾。至于脚底板上有没有长刺，倒看不出来——即使有刺的话，那凹坑早就被沙填满了，无法看出。记者用照相机拍了几张照片之后，自己躺在脚印旁边，用自动照相机拍了一张。那大脚印，有他大半个身体那么大！

这几张照片在《开罗日报》上发表之后，又轰动了世界。不难看出，撒哈拉沙漠上的奇特的大脚印，跟南极、阿里阿斯火山口的大脚印，是一样的。

是什么怪物，一会儿来到阿里阿斯小岛滚烫的火山口，一会儿出现在南极严寒的冰原上，一会儿又漫步在撒哈拉沙漠干热的沙丘上？

这下子，各国科学家都卷入到热烈的争论之中。

令人奇怪的是，从此，那奇怪的大脚印，再也没有在什么地方出现过。

随着时间的流逝，渐渐地，大脚印被人们淡忘了，关于大脚印的争论也慢慢平息下来。

椅下有"耳"

整整十年过去了。

想不到，十年后在中国滨海市西郊一座小别墅里发生的一桩窃听案，却使人们又记起那奇特的大脚印。

事情发生在"霜叶红于二月花"的秋天。在滨海市西郊风景如画的西山，枫叶如火。这里是著名的疗养区，有许多别墅式的小楼房。这里行人不多，十分安静。"1011"会议，就选择了山顶上一座孤零零的别墅里召开。

"1011"会议是重要的国防科学会议。这类会议为了保密起见，一般是用会议召开的日期命名的。所谓"1011"会议，也就是在十月十一日召开的会议。前来开会的人不多，只有十来个人，就包下了这座小别墅，静悄悄地在这里开会。这十来个人，都是来自全国各地的"07"国防工程的主要科学家，分住在小别墅的各个房间。这座小别墅四周有很高的围墙，独门出入，平时，许多小型重要会议，也常在这里召开。

"1011"会议准备开三天。会议是在小别墅的最高层——三楼会议室里召开的。

会议刚开了一天，我公安部门就获悉，奥斯罗间谍机关已经知道

"1011"会议头一天的内容。奥斯罗间谍机关是隶属于奥斯罗财团，它专门刺探各国的军事情报、科学情报，以便把最新科学、最新技术迅速应用到奥斯罗财团的工厂中去，使这个财团从中谋利。奥斯罗财团专门设立了间谍机构，训练了一大批间谍。这些间谍不同于一般的间谍，他们自称是"科学间谍"。因为这些"科学间谍"一般都具有大学理科毕业的水平，懂得现代科学。他们善于应用现代化的间谍手段，来窃取现代科学的情报。正因为这样，他们窃取科学情报的手段多种多样，要比一般的间谍高明得多。

十月十二日清晨，一辆黑色的宝石花牌小轿车来到小别墅门口。金明和戈亮从车里走出来。

他们俩都穿便衣。

金明对这座小别墅可以说是熟门熟路。在门口，警卫战士一见是金明来了，立即放行。金明沿着那铺着红地毯的楼梯，直奔三层会议室。因为会议是在这里召开的，很可能是这个房间里出的问题。

金明和戈亮站在会议室门口，没有立即进去，而是用精明的眼光扫视了一下整个会议室：天花板上垂挂着大吊灯。窗户都是双层的，玻璃窗开着，纱窗关着。会议室当中是一张长方的大桌子。四周放着四只双人沙发、四只单人沙发。地板打蜡。

接着，金明和戈亮从手提包里拿出一个小方盒，拉出小方盒上的天线，戴上耳机。金明不断转动小方盒上的调频旋钮，一边侧耳细听。

原来，金明、戈亮不同于一般的公安侦查人员，他们深知科学，擅长于用现代化的科学技术，来侦破各种疑案悬案。奥斯罗间谍用现代化的科学作为间谍手段，来盗取最新科学情报，而金明、戈亮则以现代化的科学作为反间谍的手段，来侦破奥斯罗间谍的阴谋。

金明用电子监听器细细检查着。戈亮把细长的探头伸向各个角落。这时，他们俩仿佛成了地道的电子专家。

戈亮把皮鞋脱掉，穿着尼龙袜在打蜡地板上小心翼翼地走着，尽力不发出任何声响。这位彪形大汉，一下子变得像绣花姑娘一样细心。

戈亮把细长的探头伸向吊灯、方桌的背面、茶几、沙发。金明一言不发，只是用不断地摇头表示没有发现什么异常的情况。

当戈亮把探头伸向正上方的那张单人沙发（一般来说，会议的主持人总是坐在这张沙发上）的背面时，金明从耳机里听到轻微的噼噼啪啪声！金明兴奋地连连点头。戈亮慢慢地移动探头，最后查明，当探头接近沙发的前左脚时，噼噼啪啪声最响。

金明也把皮鞋脱去，轻声来到沙发跟前。金明断定，在沙发的前左脚装有窃听器！

金明从衣袋里摸出一面小方镜，慢慢移近沙发的前左脚。果真不错，在前左脚朝里的一面，站着一颗只有图钉那么大小的暗褐色的东西。如果不仔细看，会以为是木头上的节疤呢。金明一看就明白，这是一只微型窃听发射机，它还在那里工作哩！

这微型窃听发射机，就是奥斯罗间谍集团常用的间谍工具。它应用现代化的电子技术设计的，小巧而灵敏度高，能够窃听一百米以内的轻微谈话声，然后把这声音用电波发射出去。这窃听器，实际上就是敌人安在会议室里的一只"耳朵"！

不要惊动

尽管金明发现了那只沙发脚上的"耳朵",可是,他对戈亮摇摇手。戈亮马上明白了:不要惊动它!

金明轻轻地趴了下去,从衣袋里掏出一个只有橄榄那么小的微型电筒。顿时,一道雪亮的光芒,便照射到沙发底下。

金明屏着呼吸,观看着沙发底下的一切。沙发底下干干净净,一尘不染。蓦地,当金明把微型手电筒换了个角度,从侧面照射的时候,他发现了奇迹:沙发下的打蜡地板上清晰地留着两行脚印!

金明屡破疑案,不知察看过多少脚印,却从来没有见到过如此奇特的脚印:它是长方形的,五个脚趾也是长方形的,而整个脚印只有一粒绿豆那么小!

金明被人们誉为"警察博士",又称"博士警察",他是一个知识渊博、留心各种事情的人。他认为,一个公安侦查人员,应当既是一个专家,又是一个博家、杂家。广博的知识使他在破案时思路宽广,能从多方面加以思索。当金明一看到那奇怪的小脚印,马上联想起十年前那轰动世界的旧闻——曾在阿里阿斯火山口、南极冰原、撒哈拉沙漠上出现过的大脚印。

这小脚印跟大脚印形状酷似,只是大小悬殊。

戈亮拿出照相机，想把奇特的小脚印拍下来。金明连连摇手，因为拍照时的"咔嚓"声，会惊动那只沙发下的"耳朵"！

这奇特的小脚印究竟是怎么回事情呢？如果这小脚印是人的脚印的话，按照比例，这个人只有火柴杆那么高！这么矮小的人，别说比世界上最小的侏儒还小，甚至比小老鼠还小！

金明沿着脚印追索，发现这脚印是朝沙发左前脚走来的，安装好窃听器之后，按原来的路线走回去。走到沙发靠墙处，就不见了。在脚印消失的地方，还有好几个更细小的脚印。这些脚印似乎是一种六只脚的动物留下来的，每个脚印只有芝麻粒那么小，只有三个脚趾，这三个脚趾呈三叉状分开。

金明看了一下手表，见已是七点三十分，离开会只有半小时。时间不允许他们更多的侦查和思索，因为过半小时之后，科学家们便到这个会议室里，继续开会了。

金明和戈亮悄然退出会议室。他们带着了电子监听器来到一楼会议室。他们用电子监听器仔细搜索了一楼会议室，以及会议室附近的树木、走廊、厕所，确信没有窃听器之后，金明附在戈亮耳边，悄声地对他吩咐如此如此。

戈亮连连点头，十分赞许金明的意见。金明见戈亮同意了，便又找"1011"会议的召集人商议，他们也欣然同意了。

这时，已经是七点五十分了。金明走进三楼会议室，开始收拾那里的茶杯，不时发出茶杯与茶杯盖之间的碰击声。

约莫七点五十五分，三楼会议室的门被推开了，戈亮出现在门口。

戈亮对金明说："服务员，快开会了，怎么这儿没人？"

金明："你不知道？换地方啦！"

戈亮："换到哪儿去？"

金明："在一楼会议室开会。因为今天增加了好几位新的代表，这儿坐不下，就改在一楼开会了。"

戈亮："你拿杯子下去？"

金明："嗯。"

戈亮："我帮你拿几个吧。"

金明："谢谢。"

说着，两人拿着好几个杯子，咯噔咯噔下楼去了。

金明和戈亮讲话，给谁听呢？

嘿，讲给沙发下的"耳朵"听！

在离开三楼会议室的时候，金明曾抬头看了一下门上的气窗。他注意到这气窗敞开着，外面又未加纱窗。

忙里偷闲

当金明和戈亮来到一楼会议室，已是七点四十七分。科学家们非常遵守时间，正在一个个朝会议室里走去。

金明把戈亮留在一楼会议室，在会议室里安装了电子监听器，以便在开会过程中随时监视有没有窃听器在工作，防止泄密。

另外，金明还打电话给滨海市公安局，叫他的另一个助手张正立即带着电子搜索器赶来，以便对附近进行搜索，查出用接收机接收来自窃听器的电波的间谍。

金明是一个头脑异常冷静、遇事不慌不急的人。尽管在别人看来，情况正越来越紧张，他却泰然自若，竟忙里偷闲，信步踱到附近的西山俱乐部，在阅览室里看起"闲书"来了。

金明看什么书呢？他借了英国著名作家江奈生·斯威夫特的讽刺小说《格列佛游记》，看得津津有味。

金明早在念小学的时候，就看过这本书。如今重读，依然趣味盎然。不过，这一次他只是着重读第一卷和第二卷。

第一卷《利立浦特游记》，描写格列佛游历一个奇特的王国——小人国。有一次，他躺在草地上睡着了。醒来时，"只觉得有个活东西在我左腿上蠕动，它越过我胸脯，慢慢地走上前来，几乎来到我的下颔前了。我尽可能用眼睛朝下望，却原来是一个身长不到六英寸、手里拿着弓箭、背着一个箭袋的活人。同时，我觉得至少还有四十来个一模一样的人（我猜想）跟在他的后面……皇帝下令给我准备一张床铺。他们用车子运来了六百张普通尺寸的床，就在我房里安置起来。他们将一百五十张小床缝在一块，做成一张长宽适度的床，其余的也照样缝好，四层叠在一起。但是我睡在上面也不见得比睡在平滑的石板地上好些……"

金明看着看着，不由自主地笑了起来。旁边的人见他在那里独自发笑，也不由自主地笑了。

紧接着，金明看起第二卷《布罗卜丁奈格游记》。

在这一卷里，格列佛漫游了更为奇特的大人国。格列佛看见海里有一个巨人，"海水还够不到他的膝盖！"这些巨人们的"一个耳光能把一队欧洲骑兵打倒"，叫喊起来像在"打雷"，"胡子茬比野猪鬃还要硬十倍"。巨人国的秫草，也"大约有二十英尺高"，而"猫大概有三头公牛那么大"！

金明看着看着，又暗暗笑了。金明联想起那桌面那么大以及绿豆那么小的奇怪的长方脚印，心想：如今会不会是斯威夫特笔下的巨人国和小人国，真的出现在世界上？

直到十一点多，金明才回到山上的那座别墅。这时，一楼会议室里的会议，差不多要结束了。戈亮告诉他，一切正常，没有发现窃听器。

就在会议结束之后，金明却与戈亮一起，极为紧张地开始工作。

只花了十来分钟，金明与戈亮就在会议室的四壁、天花板、地板，安装了八只微型电视像机。紧接着，他们就退到隔壁的一个小房间里。

在离开一楼会议室时，金明注意到，会议室门上方的气窗也斜开着，外面同样没有装纱窗。

瓮中捉鳖

金明来到隔壁的小房间，把一卷纸挂在墙壁上。在接好电源之后，那一大张白纸上，便出现各种不同的画面。

原来，这不是普通的纸，而是挂壁式电视屏幕。不用时，只消一卷，就可以收起来，携带很方便。

这张纸有一扇窗那么大，上面分为九个屏幕，叫作多屏幕电视。其中有一个画面很大，其余八个比较小。那八只微型电视摄像机拍摄的内容，分别出现在八个电视画面上。如果你要仔细看清哪一个画面，一按电钮，就可以把这个画面放大到左下角的大画面上。

中午，是科学家们吃饭、休息的时候，下午的会议直到两点钟才开始。然而，金明却认为，从上午十一点半散会，到下午开会，这段时间正是敌人趁机到一楼会议室来安装窃听器的时候！

突然，电视屏幕上出现了人：一个穿着白衣、白裤，戴着白帽子的人，走进了一楼会议室！

戈亮用双眼紧盯着那个穿白衣服的人。金明看了一眼，毫不在乎。金明看出那是服务员小沈，她在收拾好茶杯、扫好地、擦好桌子之后，就走开了。临走，把门顺手反锁上。

从此，一楼会议室里安安静静，挂壁电视屏幕上的九个画面，都一动也不动。

已经十二点半了，依旧毫无动静。戈亮对那单调、无变化的画面有点厌倦了，金明却精神倍增，用锐利、精明的目光注视着九个画面。

猛地，一个小小的黑点，引起了金明的注意：小黑点从门上敞开的气窗飞了进来，开始在房间里盘旋。后来，小黑点歇在天花板垂下的吊灯上。

金明赶紧把那个从天花板上拍摄吊灯的画面放大，看清楚原来是一只蜻蜓。

　　奇迹出现了：从小蜻蜓上，下来一个只有火柴梗那么高的小人！这小人长着长方脑袋，长方身体，长方的脚板，长方的手掌，浑身银光闪闪。它走起路来，非常机灵。它的双手捧着一个扁圆形的东西，看上去像图钉帽子。拿在它手中，按照比例来看，犹如一个普通的人手里拿出一顶草帽似的。

　　那小人迈着稳健的步伐，走在吊灯上。它的手十分聪明，并不把那圆东西——微型窃听器粘贴在乳白色的灯罩玻璃上，因为那样一开灯，就很容易被人看见。它把那圆东西粘贴在吊灯的金属链条的背面。

　　金明看着、看着，不由得想起《格外佛游记》中的"小人国"。

　　当那小人安装好窃听器之后，正要朝蜻蜓走去，金明已悄悄来到门口，轻轻把好那扇敞开的气窗关上了。

　　这下子，小人和蜻蜓成瓮中之鳖，无法逃脱。金明和戈亮摩拳擦掌，准备关门打狗，活擒小奸细。不过，金明觉得既然顽敌在握，不如让它再表演一番，看它还有几手好戏。

　　这时，只见那小人爬上蜻蜓的背上。对于它来说，蜻蜓仿佛是一架舒适的飞机似的！

　　小人爬上蜻蜓研究室后，蜻蜓就起飞了。蜻蜓在会议室内盘旋了一圈，便径直朝气窗户向飞去。蜻蜓似乎没有看见气窗已关上，一头撞在气窗玻璃上。顿时，响起了"啪！""啪！"两声，那蜻蜓与小人便从画面上消失了！

　　戈亮一见，拔腿就要朝会议室奔去，被金明一把拉住。金明连连摇手，制止了戈亮。

金明经过刚才的详细观察，已经初步弄清楚了情况。金明断定，那只蜻蜓是一只遥控电子蜻蜓，它能够自动飞行。三楼沙发脚上的微型窃听器，也是用这种电子蜻蜓和小人前来偷偷安装的。在电子蜻蜓和小人身上，都装有"自爆装置"，一旦发生危险，就会自我爆炸，消踪匿迹。

金明所以要拉住戈亮，那是因为会议室内已经安装了窃听器。如果急急忙忙地开门进去，在现场叽叽喳喳地研究，敌人马上会听见，给破案工作带来困难。

金明并不急于想到会议室里去。他估计，地上顶多只不过能够找到一些电子元件碎片而已，而目前的关键是赶紧抓住那个进行窃听、遥控电子蜻蜓的间谍！

千钧一发

下午一点五十分，会议室的门开了。服务员小沈进来往热水瓶里灌开水，她像没有发生任何事情似的，哗哗地灌好开水，便走开了。

科学家们像时钟一样准确，在一点四十七分，开始陆续进入会议室。在会议室门口的黑板上，写着一行字："第一会议室内发现窃听器，请发言不要涉及机密。"

这是十分有趣的事情：因为窃听器只有"耳朵"，不长"眼睛"，所以尽管黑板上大模大样地写上这样的字句，窃听器是无法发觉的。

下午的会议，从两点开始，又继续进行。科学家们像往常一样，热烈地进行着讨论。会场上，金明除了留一名公安人员在那里观察之外，带领着戈亮、张正以及其他公安人员，离开了小别墅。

金明是这样分析敌情的：上午，敌人无法进行工作。因为敌人在三楼的第三会议室虽然安装了窃听器，但是那里没有开会，没办法收集情报。一楼的第一会议室里正在开会，但是那里没有窃听器，也没办法收集情报。正因为这样，张正在上午没有搜索到敌人。

在中午，当敌人放出电子蜻蜓的时候，除了金明、戈亮在屏幕前紧张地工作之外，张正按照金明的命令，正在那里紧张地搜索着那遥控电子蜻蜓的电波来自何方。

张正的年龄跟戈亮差不多，矮墩墩的，圆脸平头，身体壮实。他经过仔细搜索，已初步判明遥控电波是从一千多米外的另一座山头发出来的。这座山在西边，山顶零零落落有好几座别墅式的小楼房。因为这里是著名的风景区，来疗养的、旅游的，就住在这些小楼房里。在旅客中，也有华侨、外宾。

从西边的山头，可以清清楚楚看见这边的动静。为了不引起敌人的注意，金明把所有的人员分散开来，装扮成散步的游客，三三两两朝西边的山头走去。

张正的判断是不错的，他指着一只塑料水壶，壶里没有水，却装着电子搜索器。当他一边采着枫叶，一边向西边的山头走去时，电子搜索器里的"嘟嘟"声越来越响，这表明离敌人越来越近了。

当张正走近西边的山顶时，电子搜索器已经明确查出，在山顶最高的一幢米黄色的二层楼房里，不时发出电波。张正断定，敌人一边在收听窃听器传来的声音，一边立即把情报用发报机发往国外。

金明见张正拧开塑料水壶的盖子，"喝"了三口水，他就明白了：敌人在三号楼内，也就是那幢米黄色的二层楼房里。

就在这时，一只蜻蜓飞来了，在张正头顶上盘旋。张正一看，便知道电子蜻蜓出动侦察了，马上与服务员小沈手拉着手慢慢散步，看上去仿佛是一对正在谈情说爱的青年人。那蜻蜓盘旋了一会儿，似乎没有发现什么疑点，就飞走了。这时，张正清楚地看见，电子蜻蜓背上，坐着一个小人！电子蜻蜓在别处飞了一阵之后，飞入了三号楼楼上一扇敞开的窗口。

就在金明、戈亮、张正、小沈逐渐走近三号楼，离那只蜻蜓七八米的时候，一件意外的事情发生了：戈亮突然发现，在门前的一丛菊花下面，有一个寸把长的小人，正在窥视着他们！

戈亮心里一急，伸出他那双大手，想把这小人逮住。谁知他的手刚一碰到小人，"啪"的一响，小人粉身碎骨，不见了，把戈亮的右手中指也炸出了鲜血。

显然，目标已经暴露，形势已是千钧一发，非常危急！

负隅顽抗

就在这时，金明当机立断，揿亮身边小方盒上的小红灯。于是，全体公安战士朝着三号楼迅跑。

金明第一个冲上了二层楼，飞起一脚，踢开了房门，只见一个秃头的矮老头儿，惊恐地站在那里。他戴着耳机，面前是一块多画面的挂壁电视屏幕。他的右手手指，正揿在一个电钮上。金明刚进屋，便听见鞭炮般的噼噼啪啪声。

说时迟，那时快，金明用激光手枪朝矮老头儿的右手开了一枪。只见一道亮光一闪，矮老头儿的右手离开了电钮，噼噼啪啪的声音也就马上停止下来了。

紧接着，矮老头儿举起左手，打算把自己的衬衫领塞进嘴巴，金明又用激光手枪朝他的左手开了一枪。矮老头儿不得不把左手放了下来。

正在这时，矮老头儿大吼一声，一个转身，便朝敞开的窗口跳去。金明眼明手快，一把抓住矮老头儿的肩膀，把他拉住。

矮老头儿的"三斧头"过去了，没办法，只得乖乖束手就擒。戈亮和张正，给矮老头儿戴上了手铐，并一把扯下了他的衬衫领子——在衬衫领的尖角里，装着一小瓶毒药。矮老头儿刚才把衬衫领子往嘴里塞，便想咬碎玻璃瓶，服毒自杀。

这矮老头儿是个老狐狸，非常狡猾。一路上，他用电子蜻蜓进行巡逻。门口，还用小人躲在菊花丛中放哨。他用右手揿那电钮，为的是使所有的电子蜻蜓和小人都自我爆炸，以便销毁罪证。

不过，金明早就预先布置好"锦囊妙计"：他的手揿亮身边小方盒上的小红灯，就发出紧急电信号，全队向三号楼发起总攻。另外，这紧急信号立即也用无线电波传到小别墅的一楼会议室。金明事先与在那里留守的公安人员约好，一旦发来紧急讯号，他不在一楼会议室里大喊，"吊灯上有窃听器，吊灯上有窃听器"。这样一来，敌人的注意力马上就会吸引到这件事情上面了，公安人员可以趁机迅速向敌人进攻。正因为这样，当金明出现矮老头儿跟前时，他才明白了是怎么回事。

这矮老头儿尽管被戴上手铐，依旧顽抗。他大叫大嚷道："我是来旅游的，来观光的，你们有什么权力拘捕我？我抗议！我抗议！"

金明二话没说，拿出矮老头儿的录音磁带，放给他听。从录音机里传出了"1011"会议的发言声。这时，矮老头儿才涨红了脸，没话可说了！

矮老头儿那光亮的秃头上，冒出了豆大的汗珠，这说明他已经明白了自己的处境。

这时，金明看了一下手腕上的电子手表，正好下午三点整。从清晨到达西山，到抓住矮老头儿，整个破案过程只花了十个小时。

奇人受骗

　　矮老头儿被带到了滨海市公安局，经过金明反复交代政策，矮老头儿才下了决心，来了个"竹筒倒豆子"，坦白了自己的罪行和作案的手段。

　　矮老头儿不是中国人，由于会讲汉语，被奥斯罗财团的间谍机关看中，当上了间谍。这次，他以电子木偶剧团导演的身份来到中国，进行非法的间谍活动。

　　在交代作案手段时，矮老头儿没说什么话，使出他的全副本事，进行了一次间谍技术表演。

　　原来，由于金明及时地朝矮老头儿的右手打了一枪，使他的手离开了按钮，所以电子蜻蜓与小人儿没有全部自爆。矮老儿大约带了五百个小人儿、十只电子蜻蜓来到中国。他说自己是电子木偶剧团的导演，这些小人儿与电子蜻蜓，是他演电子木偶剧时的"道具"，就这样顺利地躲过了海关的检查。如今，除了自爆了一百多个小人儿和三只电子蜻蜓之外，其余的都还"健在"。

　　那小人，叫作"遥控微型机器人"。它跟一般机器人有两点不同：一是个子特别小，二是用无线电进行遥控。

　　在每一个小人脸上，都安装了一个微型电视摄像机。小人儿出去了，它所见到的景象，矮老头儿可以从电视屏幕上看到。这电视屏幕上有好多画面。这样，矮老头儿同时可以遥控许多微型机器人。

矮老头儿进行了表演：他不断拨动控制器上的开关，小人儿就时而走路，时而跑步，时而卧倒，时而仰躺。

这时，金明清楚地看到，小人儿留下的脚印，是长方形的，只有绿豆那么小！

最后，在金明的追问下，矮老头儿被迫交代了这些微型机器人的来历。

他的交代，也是从十年前那三条轰动世界的新闻说起。

当时，那三条新闻一发表，引起了奥斯罗间谍机关的注意。这个间谍机关为了了解世界各国的最新科学动态，订阅了大量科学书刊，用电子计算机把这些科学资料进行分类、贮存、分析。很快地，电子计算机就查出，一个署名"格列佛"的人，连续在三个不同的杂志上发表了三篇论文，一篇是阿里阿斯火山爆发的考察报告，一篇是南极冬季的考察报告，一篇是撒哈拉沙漠"五旬风"的报告。这三个问题，由于人们无法深入到现场，过去无人写过如此精彩、富有学术价值的报告。

奥斯罗间谍机关一看，立即断定，那三条新闻肯定与这位"格列佛"有关。为了弄清楚"格列佛"是什么人，奥斯罗间谍绞尽了脑汁：根据他们的分析，"格列佛"很可能是一个笔名。如果直接写信打听"格列佛"是何许人也，肯定会遭到杂志编辑部的拒绝，因为每一个杂志编辑部都有为署笔名的作者保密的责任。奥斯罗间谍给三个杂志编辑部都写了一封很诚恳的信，谈了一大堆读了"格列佛"们大作如何感动之类的话，然后表示有问题要向"格列佛"请教，盼望告知"格列佛"先生的通讯处。

这三个杂志的编辑部，有两个没有答复，只有一家杂志的编辑上了当，复信说，"格列佛"是威尔斯教授的笔名。

这下子，奥斯罗间谍如获至宝，很快就查出威尔斯教授是何许人也。

原来，威尔斯教授的绰号叫"奇人"。他从小就爱读各种各样的游记，其中最喜欢的就是《格列佛游记》和《哥伦布传》。他深深喜爱斯威夫特笔下的大人国，深深敬佩哥伦布那种勇敢的冒险精神。这位"奇人"自幼常常沉醉于各种"怪想"：他自己忽然变成了巨人，像哥伦布一样去征服海洋，征服沙漠，征服一切人类未到过的地方。

长大以后，威尔斯成为电子学教授。他秘密地制成了"遥控巨型机器人"。这种机器人有十几米高，一只脚便有写字台的桌面那么大。这种巨型机器人可以在海底散步，也可以在海中游泳。

威尔斯教授制成巨型机器人之后，平时让它躲藏在海底，谁也不知道。在阿里阿斯火山爆发时，威尔斯遥控巨型机器人登上了火山口。由于巨型机器人的脚是用耐高温金属做的，所以不怕火山熔岩。巨型机器人在那里考察了一番之后，便溜到海底躲藏起来。

后来，威尔斯教授又遥控他的巨型机器人，考察了南极和撒哈拉大沙漠，获得许多极为珍贵的科学资料。

当奥斯罗间谍找到了威尔斯教授之后，便把他秘密地绑架到奥斯罗岛上去。间谍们认为，那巨型机器人招摇过市，目标太大（威尔斯教授在考察时，是让"巨人"夜间登陆），对间谍工作毫无用处。奥斯罗间谍们想，如果用同样原理，制成微型遥控机器人，那在间谍工作中简直妙用无穷!

可是，奥斯罗间谍们也深知威尔斯教授的脾气，如果跟他讲明了制造微型机器人的目的，他肯定不干。于是，奥斯罗间谍们花言巧语，对威尔威教授说，制成微型机器人，可以跑到人的肚子里开刀，这样动手术再也用不着划开人的肚皮，大大减轻病人的痛苦。

威尔斯是一个心地善良而又单纯的科学家。他听信了奥斯罗间谍们编造的谎言，竟然真的制成了微型机器人。

奥斯罗间谍们用微型机器人盗取了许多国家的科学情报，一直是鬼不知，神不晓。这一次，撞在金明的手中，逃不过金明那精明的眼睛，才第一次露了破绽。

当矮老头儿交代了这些罪行之后，金明问道："威尔斯教授现在怎么样？"

矮老头儿答道："他还蒙在鼓里，还在起劲地制造更小的机器人。他在做梦的时候，也在说，小点，小点，再小点，太大了，病人吞下去的时候，喉咙会疼的！"

金明听了，感叹万分。半晌，他才说了这样两句话："多么纯朴可爱的科学家！多么卑鄙可恨的间谍！"

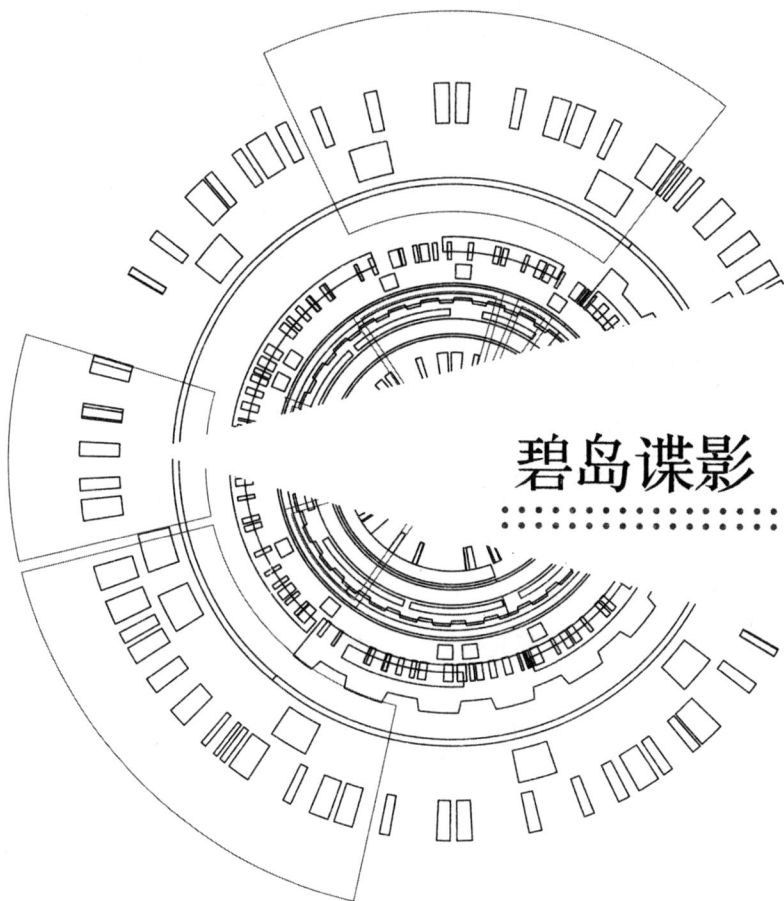

碧岛谍影

夫人失踪

清早，晨雾刚散，一辆天蓝色的宝石牌轿车，飞一般在高速公路上疾驶。转眼之间，轿车便驶向"06"军用机场。机场的警卫一看车号"9675442"，立即敞开大门放行。

轿车径直开到机场，停在一辆"蜜蜂"牌直升机旁。

从轿车里走出两个穿便衣的人，一个中等个子，一个高个子。中等个子大约四十岁模样，瘦瘦的，皮肤黑里透红。他的眼睛很大，眼珠和眼白黑白分明，似乎不断射出明亮的光。那位高个子是个青年人，手里拎着一个皮包，紧跟在中年人后边。

"你好，金明先生，戈亮先生。"机场的塔台指挥老李走过来，和他俩——握手，说道："飞机准备完毕，可以随时起飞。"

"谢谢，我们立即起飞，戈亮驾驶。"那位被称为金明的中年人简单地说完这句话，熟练地拉开"蜜蜂"牌直升机舱门，动作迅速、利索。

"蜜蜂"牌直升机是一种微型机，机舱跟小轿车差不多。它小巧灵活，速度很快。不到一分钟，当老李从塔台上发出同意起飞的信号之后，"蜜蜂"牌直升机就离开了地面，以极快的速度笔直向上升到五千公尺的高空，很快就消失在碧空之中。

老李仰首望着急急远去的"蜜蜂"牌直升机，自言自语道："金明出师，定有大事！"

老李的话不假。因为金明曾屡破疑案，威名赫赫。间谍、特务们一听说金明来了，都胆战心惊。也正因为这样，人们流传这样一句话："金明出师，定有大事！"凡是重大案件，总是由金明亲自出马侦查。

今天早晨，金明正在吃早饭，戈亮送来了一份传真电报，上面盖着"特急"红印。

金明连忙拆开一看，见上面写着：

"碧玉岛夜间发生重大案件，罗丰夫人失踪，下落不明。速去破案。"

金明边看电报，边对戈亮说："局领导叫我们马上出发。"金明撂下饭碗，眉间皱起了深深的"川"字纹。他沉思了一下，对戈亮说："这应该算是第三次了吧？马上调取罗丰的档案。"

戈亮按动电子档案箱的按钮，先在八划中按了一下刻着"罗"字的按钮，再在四划中按了一下"丰"字的按钮，电传自动打字机立即打出罗丰的档案。

金明的记性确实不错，档案上记载：

"三年前，罗丰在国际博览会上引起黑鹰财团的注意，黑鹰财团派间谍绑架罗丰，因被我代表团及时发觉，未遂。"

"两年前，罗丰在绿山市住所内，被黑鹰财团派往我国的间谍所绑架，因罗丰夫人及时用无线电话向公安局报告，间谍闻讯慌忙丢下罗丰，连忙潜逃。公安局追捕间谍，未破获。"

这两桩案件，金明在当时看过内部通报，所以就留下了印象。由于多年工作的锻炼，金明养成了"过目不忘"的本领。他在当时曾查看过关于罗丰的人事档案，建议有关部门把罗丰的家以及他的研究所，全部秘密搬到海上小岛——碧玉岛。

自从搬到碧玉岛之后，两年过去了，一直平安无事。谁知如今黑鹰财团的魔掌，又伸到这个很不引人注目的小岛。

正因为这样，金明一接到来自碧玉岛的特急电报，便知道敌情严重，当机立断，决定立刻出发。

湖中浊流

"蜜蜂"牌直升机在高空飞行。轻纱般的白云，不时从机舱下掠过。

机舱里很小，只容得下金明和戈亮。戈亮专心致志地在驾驶，金明在一旁一言不发，用手支着下巴，陷入了深思。

不久，机舱下出现蓝缎一般的大海。在阳光下，海面金光点点，十分耀眼。

机舱下出现一个黑点。戈亮把直升机飞快地垂直下降，仿佛电梯下降似的，只见机舱下的黑点越来越大，从枣核那么大，到鸭蛋那么大，到西瓜那么大，到床那么大，到足球场那么大，再到黑压压的一大片。没一会儿，"蜜蜂"牌直升机就降落在一个篮球场上。

飞机刚一停稳，一个男青年和一个姑娘就跑了过来，热情欢迎空中"飞将军"的到来。

那个男青年身材修长，文绉绉的，皮肤白皙，戴着一副黑框深度近视眼镜。姑娘十分秀气，扎着两条小辫，眼皮浮肿，眼眶发红，脸上残留着泪痕。

金明下了飞机，见了这对青年男女，尽管是第一次见到他们，金明马上就说："罗英小姐，马勇先生，你们受惊了！"

姑娘和青年惊住了——这个陌生人怎么会叫得出自己的名字？原来，金明曾详细查看过罗丰的人事档案，知道他有一个独生女叫罗英，有个实验助手叫马勇。刚才，他根据姑娘脸上的泪痕和青年脸上那焦急的表情，立即断定是罗英和马勇。

"你妈妈平常总是早上五点准时到屋后的草地上打太极拳。今天早上快六点了，你还不见妈妈起床，以为妈妈生病了。开门一看，妈妈不在。于是四处寻找，找了半个小时，找不到，你马上向研究所的保卫科报告。保卫科到现场察看后，于六点四十分给我发来了'特急电报'——事情的经过，大概是这样吧？"金明在罗英、马勇的陪伴下，朝小轿车走去。一边走，金明一边对罗英说着。

"对，对，是这样，一点也不错。"罗英睁着一对吃惊的大眼睛，连连点头说道。罗英和马勇非常惊讶，这个外表看上去十分平凡的中年人刚下飞机，怎么会如此清楚地知道报案经过，就连罗夫人每天早上五点要打太极拳，他也知道！

碧玉岛是一个只有五平方公里的小岛，它名不虚传，到处绿树苍翠，碧草如茵，真的像一块碧玉。不过，山上除了那个人工开凿的篮球场之外，"地无三米平"，全岛由三座山组成。当中的这座山最高，叫"中山"。两边的两座山，分别叫"东山"和"西山"。在中山与东山、西山之间，各有一个小湖，叫作"东湖"和"西湖"。小轿车驶过东湖边上，金明把头伸出车窗，细细观看了一下，只见湖水非常清澈，游鱼历历可见。忽然，有一处的湖水有一点混浊，尽管一闪而过，但金明的眉头却皱起了深深的思索纹。

轿车沿着东山的盘山公路，向山上驶去。在半山腰，出现好几幢别墅式的两层小楼房。轿车在一幢楼房前停了下来。研究所保卫科科长老郑，正站在门口等候金明的到来。

水晶卧室

下车之后，老郑用简短的话，向金明汇报了情况："自从发现罗夫人失踪之后，我们立即采取措施，保护现场，未对现场仔细侦查。因为这一案情事关重大，专等'智多星'前来破案。"

金明听了，只答了一句："不分彼此，共同破案。"

罗夫人的卧室在楼上。卧室的门敞开着。

金明问罗英道："早上六点，你来看妈妈的时候，门反锁着吗？"

罗英答道："反锁着的。我按了一下房铃，里面没动静。我一连按了一分钟，仍未见妈妈开门。我们家里有一套备用的房门钥匙。我连忙喊来了马勇，从保险柜里取出备用钥匙，打开妈妈的房门，不见妈妈。我看看她的床，见被子有一半落在地上，床头柜上的电子闹钟也摔在地上，摔破了。我知道肯定出事了，连忙和马勇到处找妈妈，没找到，就向保卫科老郑报告了。"

金明追问了一句："这门自从你打开之后，又关上了吗？"

罗英摇头道："没有。打开之后，一直开在那里。"

金明问清楚之后，这才走到卧室门口，站在那里。他在进卧室之前，先是细细打量了一番。

呵，这真是一间不平常的卧室：

卧室的地板，仿佛是由一整块玻璃铺成的，但是表面异常光洁，比普通的玻璃平整得多。

卧室的四壁和天花板表面，似乎也铺着一整块玻璃，玻璃后边是各种图案、花纹。

奇特的是朝南墙上的那扇大窗，差不多占据了整个墙壁的三分之二。它晶亮透明，如果不是因为太阳光照射过来，它反射出绚丽的五彩光芒，你还会误以为窗上没装玻璃呢！这扇大窗嵌着一整块玻璃，是无法开闭的。在墙角，有一个长方形的小洞，洞口蒙着绿色的塑料纱，一看便可知道这是空气调节箱的进风口。这种房间通常门窗紧闭，用空气调节箱自动调节室内空气，冬暖夏凉，空气新鲜。

更为奇特的是室内的家具，全是四四方方，而且都仿佛是用玻璃做的。那桌子、椅子、茶几、床，全是无色透明的。

"这些东西，都是用你们研究所的'01'号产品做的？"金明问道。

"不错，我们这儿有的是'01'号产品。所有职工的宿舍、家具，都是这样的。就连实验室里，也是这样。罗丰所长说，这叫'就地取材'！"老郑答道，"我们甚至还计划用'01'产品，铺一条环岛公路。"

"呵，你们这里简直是水晶宫，水晶世界！"金明笑着说道。

金明朝床上看看，果然，被子有一半落在地上，电子闹钟摔破在地上。直到这时，金明才回头招呼戈亮一声，两人戴上尼龙手套，在鞋子上套了软绵绵的平底泡沫橡胶套鞋。这种套鞋名副其实地"套"在鞋子外面，穿上之后，在地上只留下平底脚印，不会干扰原来地上的脚印。金明和戈亮"打扮"好了之后，这才轻手轻脚走进这个"水晶卧室"。

一根头发

金明走进"水晶卧室"，细细查看罗夫人的那张"水晶床"。从被子、被单那凌乱的样子，从枕头歪在那里，以及落在地上的外衣，可以看出，罗夫人不是自己跑到哪儿去了，而是被人强迫拉走的。

金明的鼻子，是经过特别训练的，嗅觉格外灵敏。他很快就从空气调节箱的进风口那里，闻出一股异样的气味。他从衣袋里取出一个空瘪的塑料袋，拧了一下，那袋子立即吸进空气，鼓了起来。金明把塑料袋交给戈亮，叫他等一会儿拿去进行分析。

接着，金明从戈亮的随身携带的皮包里，取出一个小喷筒。那个小喷筒朝床前的地上一喷，地上便显示出好几个脚印。

原来，那个小喷筒里装着"脚印显迹水"，它能把脚印清楚地显示出来。戈亮对着显示出来的脚印，"咔嚓、咔嚓"接连拍了好多照片。

　　紧接着，金明换了一个小喷筒，那里面装着"手印显迹水"，对着门上的把手喷了一下。于是，把手上清晰地显示出好几个指印。

　　金明从钥匙孔里挖出了一点细屑，小心翼翼地装进一只比小拇指还小的玻璃瓶里。

　　这是多云的一天，太阳在云朵间进进出出。有一会儿，太阳从云中露出，射进室内。金明那精明的眼光，注视着"水晶地板"上的什么东西。他蹲了下来，脸上掠过一丝笑容。他用镊子细心地夹起了那个东西，放进一根细长的玻璃管中。大家一看，原来是一根头发，棕黄色。

　　直到这时，金明才结束了室内侦查工作。他对老郑说："把这间卧室锁上，暂时封闭，任何人不得入内。罗丰如果回来，请他另住别处。"

　　接着，金明问罗英道："你知道，你爸爸和妈妈的血型吗？"

　　这突如其来的问题，使罗英竟然一时答不上来。

　　老郑连忙说道："我负责到医务室查一下。"

　　金明又问罗英道："这间卧室里，平常除了你爸爸、妈妈之外，还有谁进来？"

　　"除了我常来之外，没有别人。"这一次，罗英却很快就回答了。她说道："家里来了客人，总是在会客室里谈话，没有到卧室里来的。"

　　金明"嗯"了几声之后，不再问什么。他来到屋外，绕着这幢小巧的楼房走了一圈。在向阳的那一面，墙上爬满了绿色的攀附植物。金明走近一看，发觉有几处叶子被什么东西折断。

　　金明此时换上另一种橡胶手套和橡胶套鞋，竟然在陡峭的墙壁上如履平地。原来，这种橡胶手套和橡胶套鞋上装有吸盘，能够使人紧紧地吸附在墙壁上，叫作"登壁鞋""登壁手套"。

　　金明非常灵活地在墙上"行走"着，用装着"脚印显迹水"的小喷筒喷着。很快地，在墙壁上出现了一行特殊的脚印——显然，那作案者也是换上了这种"登壁鞋"和"登壁手套"，攀上墙壁的。

　　在罗夫人卧室那扇大窗的一角，出现了几个手印。那个作案者，似乎想在这里干什么。接着，金明在屋顶那个空气调节箱的空气入口处，查出了手印。特别使他感到高兴的就在空气入口处旁边，找到一只被遗弃的小塑料瓶。金明用镊子把小塑料瓶放进一只玻璃瓶中。

　　金明从墙上下来之后，对老郑说道：

　　"你除了帮助查一下罗丰和罗夫人的血型之外，还请代办几件事：第一，与附近的海606基地联系一下，在凶手作案期间，有没有可疑飞机、船舰、潜水艇经过碧玉岛附近；第二，找一个安静的房间，让戈亮着手进行化验。"

　　金明说完，老郑和戈亮立即分头去执行金明的命令。

　　金明笑着对罗英、马勇说道："现在，我可以轻松一下了。你们俩是这里的'老土著'，能不能带我去周游一下你们这个'碧玉王国'？"

　　顿时，罗英、马勇脸上那拘束、紧张的神态消失了，两位年轻人又恢复了平时那种爽朗、豪放的样子，请金明坐上小轿车，由马勇驾驶，开始周游起碧玉岛来了。

船尾怪物

金明一上车，随手拧开了轿车内半导体收音机的开关，从里面传出交响音乐《蓝色宇宙幻想曲》的优美旋律，车内顿时洋溢着轻松、愉快的气氛。

金明跟罗英、马勇闲聊起来。金明向他们打听起罗丰最近的行踪……

原来，罗丰常常来往于大陆与碧玉岛之间。他有一艘专用的玻璃钢小艇。罗夫人却几乎很少外出。

上星期，罗丰忽然心律不齐、心悸，经岛上医务室诊断，可能患有冠心病，罗夫人便劝罗丰赶紧到滨海市的大医院去好好检查一下。罗夫人不大放心，陪着罗丰去了滨海市。

到了滨海市。一检查，罗丰的心脏没什么大毛病，主要是日夜工作，操劳过度，太累了。罗丰一听没有什么大病，便满不在乎。正好滨海市召开一个学术会议，邀请罗丰去做学术报告，罗丰便开会去了。尽管罗夫人很不放心，罗丰却沉醉在工作之中，劝夫人先回去。于是，昨天下午，那艘玻璃钢小艇回岛了，罗夫人回到了家里。谁知，昨天夜里就发生了失踪案！

金明一听，就对那艘玻璃钢小艇产生了莫大兴趣，要罗英和马勇带他去看看。金明从多年的侦查工作中发现，在侦查案件时，如果以一个公安人员的身份出现，被询问的人常常感到紧张，一问一答，问什么答什么，十分拘谨。然而，如果以一个老朋友的身份出现，与案件有关的人员闲聊，往往能从聊天中发现重要线索。马勇把汽车停在东山脚下，指着海边的沙滩对金明说："那就是玻璃钢小艇。"

金明顺着马勇所指的方向看过去，果然，那里停泊着一艘四五十吨的玻璃钢水翼艇。

金明说要上艇看看，马勇把轿车调了个方向，绕了个大圈。这是因为碧玉岛上进行的科学研究工作，是国外间谍集团所密切注意的。为了防范敌人盗窃机密，全岛四周建立了三道激光围墙。这种围墙看上去只是一道普通的铁丝网，然而，谁如果想越过铁丝网，铁丝网上的电子眼便会报告激光发射器，立即发射强大的激光，消灭入境者。正因为这样，谁如果想从海滩上登陆，潜入碧玉岛，几乎是不可能的。

那三道围墙，每一道都只有一个出入口。出入口由专人查看证件。马勇的轿车通过三个出入口，这才来到岸边。

金明上艇之后，并没有去参观艇里漂亮的客舱，却从口袋里掏出一只小方盒，从中拉出一根长长的天线。金明转动着小方盒上的旋钮，调节着频率。突然，从小方盒里传出刺耳的"嘟嘟"的尖叫声。

金明在艇上来回走着，当他走进船尾时，尖叫声越来越响。金明把外衣一脱，跳入海中。金明的潜水本领颇好，在水里工作了好几分钟，才冒出头来。

当他上艇之后，脸上露出了笑容。他告诉罗英和马勇，在船尾水下部分，发现一只微型发射器，它用橡胶吸盘紧紧地吸在船壳上。这种微型发射器不断发出信号，这样，敌人就知道了这艘玻璃钢艇的行踪。

很显然，敌人很早就已经注意到，这是罗丰的专用艇。专用艇回来了，罗丰就回来了；专用艇走了，罗丰就走了。正因为这样，敌人在艇上安装了微型发射器，从中可以得知罗丰的动向。

罗英和马勇吃了一惊，急问金明："为什么不把它取下来？"

金明摇摇头："现在还不能动它——不能打草惊蛇哪！"

直到这时，罗英和马勇才明白，金明"周游"碧玉岛，原来还是在考虑破案工作呢！

叹为观止

从码头回来，马勇驾车直奔中山，因为金明说想参观一下研究所。

在东山、中山、西山三座山中，以中山最高，这三座山形成了一个"山"字。在东山和西山，隐隐约约可以看到一幢幢小楼，而这些小楼都是建造在半山腰朝岛内的一面，绿树丛中，从海面上几乎无法看到。中山上除了树和草之外，却什么建筑物也没有！

马勇驾车驶过东湖，开到中山山脚，轿车来了一个急转弯，竟然径直驶入一个山洞。山洞里本来一片漆黑，当轿车驶入，灯就亮起来了。轿车开到哪里，哪里的灯就自动亮了，而轿车驶过以后，灯又自动灭了。

轿车在山洞里转弯抹角，大约行驶了半分多钟，停了下来。

金明走出轿车，发觉地面像镜子一样平整。仔细一看，原来表面铺了一层水晶似的东西。

马勇领着金明来到一扇门前，这扇门是由一整块透明的水晶做的。马勇一按电钮，门自动开了。他们三人走进之后，门自动关上。这电梯的四壁以及天花板、地板，全是用无色透明的水晶做的。当电梯向上上升时，人仿佛凌空站立，可以清楚看见四周的山岩。

电梯向上升了约莫一百米，自动停了下来。走出电梯后，迎面是宽敞、明亮的地下实验室。这些实验室几乎和罗夫人的卧室一样，各种器具都几乎是方方正正、无色透明的。

金明早就知道，这些"水晶"究竟是什么。他深为我国的科学家们能够在制造这些"水晶"方面做出巨大贡献而高兴。

金明还清楚地记得，三年前，在国际博览会上，我国第一次展出了像西瓜那么大的"水晶"——人造金刚石，顿时成了各国报刊的头条新闻。

金刚石，一向被誉为"宝石之王"，是最为名贵的宝石。在大自然中，金刚石又少又小。人们从一吨金刚石矿砂中，往往只能得到0.5克——一粒黄豆那样大的一小颗金刚石。要寻找天然金刚石，真比"沙里淘金"还难！纯净的金刚石，是无色透明的。可是，天然金刚石大都含有杂质，常常是黑色的。至今，世界上发现的最大的一颗金刚石，也只有3024.75克拉（克拉是用来表示珍珠宝石的重量单位，1克拉约等于0.2克）重，约合605克，连一公斤都不到。它长约10厘米，高约6厘米，宽约5厘米，只有一块普通肥皂那样大小！最大的一块尚且这样小，其他的那就更甭提啦——一般从金刚石矿砂中获得的金刚石，比半粒米还小！

人类，一直幻想着用人工的方法制造金刚石。

人们发现，金刚石在高温之下，能够像木头一样燃烧！燃烧以后，什么灰烬也没留下。原来，金刚石的化学成分，就是很纯净的碳。

石墨也是碳。人们试验用石墨制造金刚石。在1953年，人们终于在八万个大气压的高压和摄氏三千度的高温下，用石墨制成了人造金刚石。不过，这些人造金刚石，像细砂粒那么小！

后来，人们经过不断改进，宣称制成了"大颗粒人造金刚石"。有多大呢？只有一粒米那么大！

正因为这样，当那西瓜般大的人造金刚石一展出，马上引起了成千上万人的注意。

"嘻嘻，这哪里是人造金刚石？假的！骗人的！是用玻璃做的！"有人摇头，压根儿不相信。假的真不了，真的假不了。在记者招待会上，罗丰拿出人造金刚石，让那些不相信的人，当场试验。

金刚石的特性是折光能力非常强。无色的日光透过它，就会被分解成红、橙、黄、绿、青、蓝、紫七色，好像天上绚丽的彩虹。人们当场用灯光照射那颗巨大的人造金刚石，只见它色彩缤纷，光怪陆离，灿烂夺目，人们叹为观止！

金刚石的另一特性是非常坚硬。它是大自然中的"硬骨头"——最硬的石头。人们用天然金刚石在它的表面划来划去，居然没有留下一点痕迹！相反，用它在天然金刚石表面划来划去，竟然把天然金刚石划伤了。这就是说，人造金刚石比天然金刚石还坚硬哩！

最使人们信服的是，罗丰用铁槌从那大金刚石上敲下一小块来（许多在场的人都发出惋惜的惊叹声），交给助手放在氧气里用猛火喷烧。没一会儿，那一小块人造金刚石烧了起来，化为一缕青烟，在空气中消失，什么都没留下来！

"是真的！真正的金刚石！"这下子，人们相信了。

由于中国的人造金刚石质量比天然金刚石好，晶体大，价格反而比天然金刚石便宜，所以抢购一空，就连罗丰在记者招待会上用铁槌敲那块大金刚石时落下来的碎屑，也被人争购而去。

这下子，引起了国外黑鹰财团的注意。他们很想弄清楚中国人造金刚石的奥秘，因为一旦掌握了这个奥秘，他们就可以发大财呀！于是，他们动了歹念，派出间谍去绑架罗丰。

自从绑架事件一发生，引起了我国公安部门的注意。本来，中国科学院是把人造金刚石列为民用项目，认为这项技术不涉及国防，不属于保密范围。由于金明的建议，这项研究从那以后，列为绝密级。不久，整个研究所迁到了碧玉岛，采取了一系列可靠的保密措施。

由于金明忙于破案工作，接连侦破了著名的"'杀人伞'案件""X-3案件"等等，所以对于人造金刚石研究所的工作只是关心了一下，没有亲自到碧玉岛检查过保卫工作。正因为这样，当这次发生罗夫人失踪案的时候，金明火速赶来了，心里一直感到内疚，觉得自己应当早一点到这里来看看，采取一些预防性措施。

这时，当马勇和罗英带着他参观人造金刚石实验室，他亲眼看到了科学家们辛勤劳动成果：如今，人造金刚石已不是西瓜那么大了，而是要多大有多大！科学家们甚至能控制人造金刚石的结晶形状，制成薄板状、方柱状、六角柱状等等。

马勇告诉金明：人造金刚石必须在很高的温度、很大的压力之下才能制成，这是人们所共知的。罗丰教授的特殊贡献在于，他找到了一种奇妙的结晶催化剂。只要稍微加一点这种催化剂粉末，人造金刚石的结晶速度可以提高一万多倍，结晶体也可增大几万倍。正因为这样，唯独我们中国首创了大颗粒人造金刚石。正在这时，实验室里的电话铃声响了，这是老郑和戈亮从西山打来了，说交给他们的任务都已完成。

金明说了句"赶紧到西山去"！他们三人便连忙坐了电梯下到中山山底，然后驱车出洞，向西山疾驶而去。

料事如神

西山的景色与东山相似，在半山腰的树丛里，有几幢小楼房。不过，这小楼房不是宿舍区，而是办公室。

保卫科的办公室，也同样是"水晶世界"。当金明和罗英、马勇走进去的时候，老郑和戈亮早就在那里等候了。

老郑和戈亮正想汇报工作结果，可金明倒先开口了。

金明对戈亮说道："你的化验结果，是不是这样——在罗夫人卧室的空气调节器进风口取到的空气样品中，含有某种高效麻醉剂，而这种麻醉剂的成分，与屋顶上空气调节箱的空气入口处附近找到的塑料瓶里所残留的麻醉剂，是一样的。"

"不错。"戈亮点头道。

金明又说道："门上把手残留的指印，跟卧室外那扇大窗一角的指印以及塑料瓶上的指印是一样的。"

"嗯。"戈亮又点了一下头。

金明接着说道："从钥匙孔上细屑进行化学分析，得出的结论是含有某种软质塑料的成分，而不是原来他们所使用的黄铜钥匙的成分。"

"嗯。"戈亮点头答应道。

坐在一旁的老郑、罗英和马勇，看到金明和戈亮一问一答，金明料事如神，未卜先知，不胜惊诧。然而，金明和戈亮却毫不在乎，因为他们都已习惯了——每次破案时，金明经过自己的周密思索，已经对案情进行推理，得出了结论。他之所以要把自己的推理结论先说出来，为的是想先验证一下自己个别结论的正确性，然后着手对全过程进行合理推理。金明认为，在现场所获得的若干证据，是推理所依据的事实。然而，光有事实还不行，一个优秀的侦查人员，一定要善于把这些孤立的事实联系起来进行思索，进行推理，这才能使真相大白。

"至于那根头发……"金明沉思了一下，转脸问老郑，"血型怎么样？"

老郑十分流利地答道："罗丰，B型。罗夫人，A型。"

金明问罗英："你呢？"

罗英抓了抓头皮："我……忘记了。我化验过血型的，化验结果……医务室张大夫知道……"

罗英一边结结巴巴地说着，一边脸红了。她对科学数据，常常过目不忘，能够一口气背出圆周率的一百位小数——3.1415926535897932384626……可是，今天居然把自己的血型给忘了。

这时，倒是马勇非常机灵，说道："罗英是O型。"

罗英不由得一惊问："你怎么会知道我的血型？"

马勇答道："你忘啦？去年，所里的小刘生孩子的时候大出血，生命很危险，你自告奋勇去输血，说自己是'万能输血者'——O型。"

罗英听了，一拍脑瓜说道："对，对，我是O型！"

金明问戈亮："那根头发化验以后，查出是什么血型了吗？"

戈亮答道："O型。"

马勇感到很奇怪，问道："从一根头发里，可以查出血型？"

金明笑笑，说道："这并不稀罕。从西汉女尸的一根头发，可以查出她是A型。这是因为在头发的髓腔里，也有血型物质。只要把头发剪碎、敲扁，把里头的血型物质溶解出来，就能判断血型。俗话说'窥一斑，知全豹'，从一根头发里，不仅可以知道血型，还能知道许多东西呢！"

马勇和罗英一听，深有所感：站在他面前的这位金明，不仅是一位具有丰富侦探经验的公安人员，而且还深知科学，学识渊博！

这时，戈亮补充说道："从那一根头发的角蛋白质成分查出，这根头发不是中国人的头发，是白种人的头发！另外，它不是女人的头发，而是男人的头发！它是棕黄色的，不是黑色的。从这几点可以推断，虽然罗英小姐也是O型，但是那根头发绝不是罗英小姐的头发，也不是罗丰先生和他的夫人的头发，而是外来者的头发。"

金明接着说道："更精确点讲，是罗夫人在反抗时，抓住那个间谍的头发，结果使间谍的头发掉下一根来。"

接着，金明根据他的推理，精辟地讲述了罗夫人失踪案的过程……

推理过程

金明的推理是这样的：从脚印、手印推断，那天作案的是一个男性间谍，白种人。

那天，间谍收到玻璃钢艇尾部微型发射器发出的信号，知道这艘艇返回碧玉岛，他们误以为罗丰回来了，决定在当天夜里作案。

他们的目的不是要杀死罗丰，而在于劫走罗丰，从中了解人造金刚石的秘密。

那个男间谍来到罗丰的住处。他预先计划好，打算往罗丰卧室里施放高效麻醉剂，使罗丰麻醉，然后在他失去知觉的状态下把他劫走。

那间谍带有金刚石刀。起初，他穿上登壁鞋，从外面爬到大窗一角，想用金刚石划破玻璃，挖个小洞，施放高效麻醉剂。谁知那扇大窗是用金刚石做的，他根本无法划破。

后来，他找到了空气调节器的入口处，便把塑料瓶打开，施放了高效麻醉剂。这时，间谍事先服了解毒丸，因此他自己闻了高效麻醉剂是不会昏迷的。

高效麻醉剂果然被吸入空气调节器，送入卧室内。正在熟睡的罗夫人，吸进了麻醉剂。不过，这时间谍无法进卧室。平时他们作案，总是用金刚石刀把窗玻璃的一角划破，用胶吸盘轻轻吸走被割下来的玻璃，然后伸手进去，把窗栓拉起，打开窗户，越窗入室。哪晓得这一次碰上金刚石窗，无法越窗而入。

于是，间谍从墙上下来，轻手轻脚地进屋，掏出万能钥匙。这种万能钥匙是用一种具有可塑性的半软质塑料做的，可以根据锁孔的不同形状，改变钥匙的形状，把锁打开。

间谍开门之后，进入卧室。他把罗夫人当作罗丰，打算劫走。当他的手一碰到罗夫人的长发，知道弄错了。但是，他想，劫走罗夫人，作为人质，也是很有价值的。于是动手绑架罗夫人。

这时，罗夫人虽然被麻醉剂所麻醉，但是还有一点知觉，便进行反抗，一把抓住男间谍的头发。那个男间谍在惊慌之中，把床头柜上的电子闹钟碰翻，掉在地上。

就这样，他背着罗夫人逃走了。在离开卧室时，他把门重新反锁。

这位男间谍的作案时间估计在半夜。

直到今天早上六点，罗英才发现了罗夫人失踪……金明显然是经过深思熟虑之后，才讲述了失踪案的推理过程。金明考虑事情如水银泻地，非常周密。大家听了，犹如亲眼看见作案过程一般，觉得金明的推理滴水不漏，无懈可击。

然而，金明在讲完之后，却又紧皱起眉头，说道："这桩失踪案，我还只是抓住了一个头，还有几个重要问题未能解决——那个间谍是怎么来到碧玉岛的？他劫走罗夫人之后，又是怎样离开碧玉岛的？"

这时，老郑汇报道："我们已经与附近的海军606基地联系，他们说，昨夜在碧玉岛空域未发现任何飞机，也未发现海面上有任何船舰。"

金明追问道："有没有潜水艇经过？"

老郑答道："从国外情报获知，有一艘不明国籍的核潜艇最近在我国沿海游弋，但是由于它在深海活动，很难用仪器测定它的具体位置。据滨海市附近海军610基地报告，他们在半个月前曾发现一艘不明国籍的核潜艇在水下十米处停留了几分钟，不久就下沉到深海海底，未能查出它的踪迹。"

金明说道："那位间谍，怎么会登上碧玉岛，看来是一个耐人寻味的谜！如果说，他是空降而下，昨夜没发现有飞机经过；如果说，他是从海面登陆，昨夜又没发现附近海面有船舰经过。即使间谍泅水而来，登陆之后，也无法越过那三道激光防线；就算是与那艘不明国籍的核潜艇有关，可是它在海底活动，间谍怎么可能从海底登上碧玉岛呢？再说，他又是怎样劫走罗夫人呢？看来，这件失踪案的案情，相当错综复杂！"

贼偷贼货

金明有句口头禅："急事要慢做。"每当遇上疑难案情，一时难以下手，他倒并不焦急，常从多方面思索。

金明嘱咐戈亮再到东山上，用电子鼻进行搜查，从那墙上的脚印查起，沿着脚印追踪。金明特别关照戈亮，仔细分析一下那脚印踩过的泥土，看看它是不是含有一种化学元素——硼？

金明自己呢？居然跑到西山上的图书馆里，翻看起关于人造金刚石的文献来了。金明的外语不错，能够不查字典，熟练地阅读英文、俄文、法文和日文著作。他的职业虽然是侦查工作，但是却有很广泛的兴趣，特别是爱好科学。他认为，在现代化的社会中，一个不懂科学的侦查人员，几乎无法破案。因为敌人总是采用最先进的科学技术来作案，而你必须采用最先进的科学技术来破案。

金明在图书馆里，浏览了许多文献。他看到一本书的黑色硬封面上，写着：История алмаза，金明对这本俄文版的《金刚石的历史》甚有兴趣，便细细读了起来。

在这本书里，作者以十分自豪的口气，讲述了一则关于金刚石的有趣故事：

世界上有一颗著名的天然大金刚石，名叫"奥尔洛夫"。它是用一个俄国人的名字命名的。为什么会把它称为"奥尔洛夫"呢？原来，"奥尔洛夫"是一颗重达400克拉（约等于80克）的蓝绿色金刚石，非常漂亮。它原先是由一个印度的奴隶发现的。僧侣们一看到，便勒令奴隶交出来。僧侣们把这颗美丽的大金刚石，镶嵌在一尊佛像上。

不久，这颗巨大的金刚石，便引起了外国旅行家们的注意，特别是引起了英国人的注意，因为印度是英国的殖民地，当时到印度"旅游"的英国人简直数不清！这消息很快传入英皇陛下的耳朵里。英皇认为，这样名贵的宝石，只配属于至高无上的英皇，哪能把它嵌在一尊佛像上呢？只要英皇稍微透露几句对那颗金刚石的赞美词，那些大臣们马上心领神会，密谋从印度窃取这颗宝石。

不久，一艘英国军舰专程驶往印度。英国"旅行家"们偷东西的本领，比地道的小偷还内行！他们到印度不久，便在一个黑夜里偷走了那颗金刚石。为了不至于被印度人发现，他们"偷天换日"，在佛像上嵌了一块与那颗金刚石很像的蓝绿色的玻璃。然后，把这颗偷来的金刚石极为秘密地藏在军舰的一个隐蔽的船舱地板之下。

在军舰启程离开印度之前，英国军官们应印度政府的邀请，去参加为他们饯别的宴会。可是，当军官们回舰之后，一件极为奇怪的事情发生了：那颗金刚石失踪了！

英国军官们大为震惊，但又不敢声张——做贼怎敢喊捉贼呢？他们只好拿看守船舱的士兵出气，把他们打得死去活来，**遍身搜查**，依然没有结果。

没有办法，英国军官们只得忍气吞声，灰溜溜地回到了英国，受到了大臣们的呵斥。那颗金刚石是回到了印度人手里吗？没有！其实，那颗金刚石依旧在英国军舰上，并且随着军舰回到了英国，只不过没有落到英国人手中，而是落进当时俄国驻英大使奥尔洛夫伯爵的手里。

原来，奥尔洛夫伯爵家里有一个家医，是个英国人，而这个医生的儿子，也是个医生，在那条英国军舰上工作。这位奥尔洛夫家医的儿子从军官们的闲谈之中，获知了金刚石的秘密，便趁军官们离舰赴宴的空隙，从地板上偷取了金刚石。回到伦敦之后，把它献给奥尔洛夫，获得俄国人的重赏。

奥尔洛夫不敢怠慢，借口"回国述职"，离开英国，亲自押送这颗金刚石。他生怕又有人从中打劫，把金刚石一直藏在自己的帽子中。晚上，他把帽子放在被窝里，抱着金刚石睡觉。

等奥尔洛夫回到俄国，便把金刚石献给了沙皇叶卡捷琳娜二世。沙皇非常高兴，把这颗金刚石命名为"奥尔洛夫"，把它嵌在自己的王笏上。

沙皇给了奥尔洛夫一亿卢布的赏赐!

金明看了这段用俄文叙述的金刚石趣史,心中暗暗发笑。他搔了搔自己夹杂了几根白发的头发,仿佛从这个历史故事中得到了启发:外国财团早就对金刚石垂涎三尺。如今发生的失踪案,只不过是历史的重演!

金明伸了一个懒腰。为了驱走倦意,他走到窗前。他细细谛听着远处传来的一阵阵海浪声,思索着那些金刚石的窃贼们如今究竟躲在海洋的什么地方?

巧辨脚印

在碧玉岛的环岛公路上,金明驾驶着湖绿色宝石牌轿车,飞快地从西山驶向东山。

金明来到东湖旁边时,一下子把车速减慢。宝石牌轿车慢吞吞地在东湖边上行驶。海岛上的天气多变,早上多云,中午阴天,到了下午竟然万里无云,强烈的阳光照射着金刚石般清澈的湖水。金明经过细细寻找,终于找到那天早上从车窗旁一闪而过的湖中浊流。此时,浊流已不大明显,但是借助于耀眼的阳光,还是能够依稀辨别出来。

金明把汽车停了下来,走出来蹲在岸边,用他那精明的眼光,捉摸着湖中浊流之谜。约莫过了十来分钟,忽然从身后传来了戈亮和老郑的声音:"咦,那不是金明吗?"

金明一回头，见戈亮和老郑手里拿着一个小方盒——"电子鼻"，用惊异的眼光看着他。原来，戈亮遵照金明的吩咐，跑到东山上，用"电子鼻"沿着那墙上的脚印追踪。"电子鼻"是根据警犬的鼻子结构制造的，能够灵敏地辨别气味，用它可以沿着作案者的脚印追索，查清来路。后来，老郑过来帮忙，戈亮就请他代为化验脚印踩过的泥土。果真不出金明所料，泥土中含有硼！老郑激动地从化验室里跑出来，找到戈亮，把化验结果告诉他。于是，他们俩便在一起，继续沿着脚印寻找起来。

看来，作案的间谍是一个老手，他常常走"8"形路线。另外，他故意把上山的路线与下山的路线混淆在一起。正因为这样，到东山半山腰才几百米，而戈亮却用"电子鼻"搜查了好久。

后来，戈亮终于找到了解决这一难题的诀窍：脚印有两种，一种比较浅，一种比较深。戈亮断定，浅的脚印是那间谍上山的脚印，深的脚印是间谍下山的脚印。因为下山时，间谍身上背着罗夫人，重量增加了，当然脚印就深了。自从发现这一规律，搜索工作就快多了。戈亮和老郑低头寻找脚印，一直找到东湖边上。一抬头，猛然看见金明坐在那里，不由得吃了一惊。

金明指着湖底的浊流给戈亮和老郑看，他们俩趴在岸边地上，伸头朝湖里看，这才勉强看出一点踪迹。

老郑问金明："你怎么会预料到脚印下的泥土里含硼？"

金明笑着说："我在来碧玉岛之前，查阅了碧玉岛的地形、地质、水文、气象、历史等资料，知道东湖的湖水中含有硼。早上，我坐车经过湖边，就注意到湖中有股浊流。我在罗夫人卧室里实地侦查之后，我就猜想，那间谍很可能是从湖中上岸，来到半山腰。他上岸后，脚上沾着湖水，脚印下的泥土当然会含有硼。"

老郑一听，暗暗佩服金明那敏锐的观察力和深刻的分析力。不过，老郑又提出了一个问题："间谍如果是从东湖上岸，那么，他是怎样来到东湖的呢？他在劫持罗夫人之后，又怎样从东湖逃走的呢？"

金明笑笑说："这正是我今天百思而不解的谜。刚才我坐在湖边苦苦思索，就是考虑这个问题。刚才，我在图书馆里翻阅了一些金刚石的科学文献，其中有一段关于金刚石在地质钻探工作中的应用，使我深受启发。我经过反复思考，找到了一点破案的线索。不过，还没有十足的把握，需要你动员全所工作人员，帮助我和戈亮做一项颇为麻烦的工作……"

调兵遣将

金明和老郑、戈亮驱车回到西山，参加了人造金刚石研究所的会议。

会上，金明简要地汇报了案情侦查情况之后，人造金刚石研究所根据金明的建议布置了工作：

第一，派人驾驶罗所长的玻璃钢专用艇，驶往滨海市。艇尾的微型发射器要妥加保护，不要把它拿掉。专用艇到达滨海市之后，何时返回碧玉岛，听候金明的命令。没有接到命令，绝不可回岛，或驶往别处。

第二，金明离开滨海市的时候，已嘱滨海市公安局派专人保护正在那里开会的罗丰所长的人身安全。所里如果有急事要召回罗丰所长，必须征得金明的同意。

第三，请戈亮准备好红、黄、绿、黑四种不同颜色的荧光染料，分成若干小包，派人沿碧玉岛的四周撒入海中。

金明规定——

正东方向撒红色荧光染料

东南方向撒红色、黄色荧光染料

正南方向撒黄色荧光染料

西南方向撒黄色、绿色荧光染料

正西方向撒绿色荧光染料

西北方向撒绿色、黑色荧光染料

正北方向撒黑色荧光染料

东北方向撒黑色、红色染料。

这些染料，在下午四时，同时撒入海中。

第四，把碧玉岛渔场的大型抽水机立即运往东湖，不断地抽湖水。抽出湖水可沿着环岛水渠引入西湖。

第五，老郑和戈亮在东湖日夜轮流值班，每隔十分钟，化验一次湖水成分。发现湖水中有荧光染料，立即报告金明。

第六，罗英和马勇仍住原处，负责注意观察东山一带的动向。

第七，全所工作人员提高警惕，注意保密。科研工作，照常进行。

会议很快就结束了，总共才开了五分钟！

海面怪物

海上的日落，颇为壮观。黄昏时刻，只见太阳犹如一个红色的圆球，慢慢靠近海平面。这时，海面风平浪静，被夕阳染得一片血红。太阳越是接近海平面，仿佛越变越大，越变越扁。渐渐地，被海平面所吞没。顿时，海面上变成一片灰色，失去了色彩。天空也变成鱼肚色，暗淡下来。

正当大家忙着各自执行金明的命令，分头工作，金明却忙里偷闲，站在中山的山巅上，观赏起海上日落来了。

其实，金明此时无心欣赏大自然的壮观，却在这全岛的制高点，俯视碧玉岛四周的海面。海面上静悄悄的，看不见半点船影，空中连一只飞鸟也没有。

金明的面孔朝西，看着日落，看着西面的海面。他从碧玉岛的地图上获知，碧玉岛的西边有一个很深的海峡，而海军606基地是在东边的白玉岛上，与海峡之间正夹隔着一个碧玉岛。

金明一边察看着地形、海况，一边把无线电话打开，听取戈亮和老郑从东湖边上一次次报告化验湖水的结果。每一次报告，都很简单——"没有发现荧光染料"。

金明闲得没事，从口袋里随手掏出一本书，看了起来。读书，是金明唯一的嗜好。他的上衣口袋特别大，左边总是装着一个笔记本，右边则是装着书。他想到什么，随时记到笔记本上。一有空，则掏出书来，见缝插针，读了起来。

金明拿在手里的，是一本《发明史话》。他漫不经心地随手翻开，看了几页。当他读到那段《镜子小史》时，顿时发生莫大兴趣：

那是在三百多年前，世界上第一面玻璃镜，在"玻璃王国"——威尼斯诞生了。

那时候，人们用的都是青铜镜，又笨重，又晦暗，看不清楚。威尼斯那明亮的玻璃镜轰动了欧洲，成为一种非常时髦的东西，身价百倍。欧洲的王公贵族、阔佬显赫们都争先恐后地去抢购镜子。当法国王后玛丽·德·美第西斯结婚的时候，威尼斯国王送了一件小小的玻璃镜给她作为贺礼——这在当时，是非常珍贵的礼物，它的价值高达十五万法郎！

当时，只有威尼斯会制造玻璃镜。为了保守秘密，他们把镜子工厂搬到木兰诺孤岛上去。孤岛，处于严密的封锁之中。

"一定要想方设法获得制造镜子的秘密！"法国的贵族达官们这样嘀咕着。不久，驻威尼斯的法国大使突然收到一封来自巴黎的密信，叫他想一切办法，从速绑架几个威尼斯的镜子技师。

法国大使费尽心机，总算完成了这个不光彩的使命。不久，在1666年，法国的诺曼底出现了一家镜子工厂……

"历史的现象，常常惊人地相似！"金明看完这段《镜子小史》，深有感叹地自言自语道。

这时，天渐渐暗了下来。金明忽然看到西边的海面上，有什么黑东西在飘动。他急忙掏出望远镜一看，呵，海面上露出潜望镜！这就是说，有潜水艇！大约敌人在海底躲了一天，趁黄昏之际，想浮上来观察一下动静。

没一会儿，那怪物——黑色的潜望镜便消失了，海面上依旧风平浪静，似乎没有发生任何事情。

金明那警惕的眼睛，一直注视着海面。他用无线电话跟606基地联系，请他们密切注意那艘来历不明的潜水艇的动向。

不过，金明依旧在苦苦思索：即使间谍是从那艘不明国籍的核潜艇里来的，那么，他怎么登上碧玉岛的呢？

引蛇出洞

入夜，天上乌云密布，一颗星星也看不见。

在东湖之畔，抽水机不停地在抽水。金明和戈亮、老郑，在那里紧张地工作着。为了不暴露目标，他们在湖边没有点灯，在伸手不见五指的黑夜中工作。戈亮在湖边挖了一个地洞，躲在里面分析湖水的成分。在必要的时候，才掏出衣袋里那只橄榄大小的微型电筒，查看数据。

尽管每隔十分钟戈亮要报告一声"情况如旧"，可是，金明却已看出了苗头——因为东湖的湖水已经逐渐变浊了。

夜，静悄悄。只有抽水机的哗哗声和远处浪涛声。半夜里，金明接到电报，玻璃钢潜艇安抵滨海市。

将近黎明的时候，戈亮欣喜地大声喊道："水中发现绿色荧光染料！"

金明把两道浓眉一扬，笑了，说道："果然是西面！"

随着东湖水逐渐变浅，在朦胧的晨光中，金明看到就在他下午蹲在那里静静思索的地方，出现一个泥洞，泥水不断从里头流进东湖。

这时，金明命令停止抽水。他穿上潜水衣，下了东湖。

金明找到了水底洞口，他想从洞里钻进去，可是，洞里堆满稀松的泥土，无论如何不能使人钻过去。没办法，金明只得上岸。

金明刚脱下潜水衣，却对戈亮说："立即发急电，请玻璃钢艇立即返航。"

老郑马上对金明说："我刚才听了天气预报，今天有八级大风，中午起有大雨，恐怕……"

金明却毫不在乎，斩钉截铁地说道："立即返航，全速前进，风雨无阻！风浪越大，越应紧急返航！"

戈亮正要去发报，金明又补充了一句："罗丰仍留在滨海市，严加保护。"

等戈亮一走，金明转身对老郑说道："整夜未合一眼，困了吧，我们睡觉去。等一会儿，戈亮发完电报，叫他也睡觉去。风雨声是最好的催眠曲。"

老郑迷惑不解，笑道："现在，案情还未水落石出，怎么能去睡大觉呢？"

金明拉开了轿车的门，请老郑坐进去，然后亲自驾车上东山。金明边开车，边说道："现在该养精蓄锐，今天晚上还得干一通宵呢！"

原来，当金明从东湖水中发现绿色荧光染料，便推测出，东湖湖底，必定有一条通道与西边的大海相通。他下湖之后，发现这一通道虽然能通西边的大海，但是人是无法从中爬过去的。为了揭开其中的奥秘，金明决定今晚来个"引蛇出洞"！

半夜伏击

风来了，雨来了，大海的颜色变了，浊浪冲天。

金明、戈亮和老郑在东山山腰的小楼里，虽说都躺在床上，可是谁都没有入睡。

金明躺了一会儿，坐了起来，巨大的金刚石窗，在雨中依旧非常清晰。雨水打在金刚石窗上，骨碌碌地笔直滚了下去。金明透过金刚石窗看见东湖的湖水，变成一片黄浊，心里非常高兴——昨夜抽水，使湖水有点混浊。如今，下了大雨，湖水变浊，把昨夜抽水的痕迹全遮掉了。

戈亮和老郑一见金明坐起来了，也坐了起来。金明一见他们坐起来，赶紧躺下，结果戈亮和老郑互相看了一眼，笑了，又躺了下来。

到了下午，三人都躺不住，起床了。金明要大家准备好潜水衣、水下手枪和麻醉弹。

那艘玻璃钢专用艇发来电报，说正在半途中战风斗雨，遵命赶来。估计在傍晚可以到达碧玉岛。

金明还和606海军基地取得联系，请他们在今晚进入紧急战斗状态。

　　金明用电话通知罗英和马勇，请他们在玻璃钢艇到达碧玉岛之后，开亮罗丰卧室的电灯。由于风浪很大，玻璃钢艇前进时阻力很大，加上下雨，天很早就黑了。玻璃钢艇在一片夜色之中，返回碧玉岛。

　　入夜之后，金明调集了碧玉岛上的守卫排，埋伏在东湖岸边。

　　金明、戈亮和老郑穿了潜水衣，埋伏在东湖里，只露出头，用红外夜视望远镜监视湖面。

　　天一片漆黑，像谁打翻了浓墨似的。金明耐心地在水里等待着。不时把眼睛贴近红外夜视望远镜。这种望远镜能在黑夜之中，清晰地看出一切热的物体。因为热的物体，不断向周围发射出看不见的红外线，用红外夜视望远镜观察，热的物体便呈白色。物体越热，看上去越白。

　　金明用红外夜视望远镜扫视湖岸，便清楚地看到草丛中的一个个白影——守卫排的战士，埋伏在那里。

　　时间，仿佛过得特别慢。电子表上的绿色数字，慢慢地变动着，直到深夜十二点之后，湖面上依旧毫无动静。

　　戈亮和老郑有点沉不住气了，然而，金明却毫不介意，依旧目不转睛地注视着湖面。

　　金明坚信自己的推理、分析是正确的：敌人前夜绑架了罗夫人，估计岛上在昨天发觉了，用电报告诉了正在滨海市的罗丰，并派出了玻璃钢艇去滨海市接罗丰。今天，尽管风大雨急，罗丰归心似箭，顶风冒雨赶来了。敌人猜想，由于绑走了罗夫人，岛上可能加强了警戒，但是罗丰刚回来，心情焦急，工作忙乱，仍是一个可乘之机。下手越晚，就越是困难。

　　果真，到了深夜一点钟，倏地，金明从红外夜视望远镜里，看到湖面上浮起一团白亮的东西，听见轻微的发动机的声音。那团白亮的东西越来越大，大约有一辆微型三轮机动车那么大。那东西靠近湖岸，从里面钻出两个白影。其中一个白影跳进湖中游向湖岸。

这时，金明用无声手枪，射出一发麻醉弹。照理，在射击之后两三秒钟，他们应当像喝醉酒似的倒下去。可是，奇怪的是，他们居然无动于衷。幸亏金明用的是无声手枪，没有惊动他们。

金明仔细一想，明白了：他们穿着潜水衣，背着氧气筒，呼吸着来自氧气筒里的氧气，用麻醉弹当然无法使他们麻醉。

正在这时，上岸的那个家伙，已经走近埋伏在那里的战士。战士们一跃而起，以迅雷不及掩耳之势，抓住了这个家伙。

湖面上的那个家伙一见不妙，连忙躲进舱内，想把小艇沉入水中逃走。金明知道形势紧急，掏出水下手枪，开了一枪，击中了那个家伙的手臂。金明、戈亮和老郑奋力游去，活捉了那个家伙。

金明拧亮了微型电筒，只见这两个家伙果然都戴着潜水面罩，背着氧气筒。金明命令他们除去面罩，露出两个白皙的面孔，其中一个棕黄色头发，另一个长着一对蓝眼睛。

金明再用手电筒照亮湖上的那只小艇，只见它的形状像一个两头尖的橄榄核，两头都装着许多钻头。他们用力把这奇特的小艇搬上湖岸，发现在艇的两舷装有坦克式的履带。中间是小巧的座舱，舱盖是无色透明的。

这是什么样的小艇？它怎么会从东湖湖底钻出来的呢？

一笔带过

金明连夜对俘虏进行了审讯。由于金明的外语很好，所以审讯进行得十分顺利。

原来，这两个人，都是黑鹰财团的间谍。那棕黄色头发的高个子的代号叫"地老鼠"，那蓝眼睛的中等个子的代号叫"蝼蛄"。

"地老鼠"和"蝼蛄"的任务就是绑架罗丰。他们的主子黑鹰说，谁把罗丰活活抓来，谁就能获得一笔巨额奖金。

"地老鼠"和"蝼蛄"在两年前，曾被派往绿山市绑架罗丰，未遂。

后来，黑鹰财团获知，这次未遂的绑架，惊动了中国的公安部门，于是人造金刚石研究所便神秘地从绿山市消失了。

这个研究所搬到哪里去了呢？黑鹰财团无从得知。但是，中国一直在国际市场上出售大块人造金刚石，这一点表明这个研究所依旧存在，只是搬到另一个地方去了。

黑鹰财团采用极其灵敏的激光光谱仪分析刚从中国进口的大颗粒人造金刚石。这种激光光谱仪能分析出物质表面的化学成分，可是由于光束很细，仿佛用一根绣花针刺了一下被分析的物质，对它几乎无损伤作用。分析结果表明，中国新出口的大颗粒人造金刚石表面，差不多都含有微量氯化钠！

氯化钠，就是食盐。黑鹰财团的间谍们由人造金刚石表面的这一层微不足道的氯化钠，推断出中国人造金刚石研究所已经搬到海边或海岛上去了。潮润的海风中夹杂着微量的氯化钠，降落在这些人造金刚石表面。无意之中暴露了它的生产地点！

生产金刚石的原料是石墨。石墨的化学成分是碳。碳元素是由几种不同的同位素组成的，如碳-12、碳-13、碳-14。在考古学上，利用测定这三种碳的同位素的不同比例，可以推断古物的"年龄"。黑鹰财团的间谍们测定了中国人造金刚石中这三种碳的同位素的不同比例，又查出只有中国绿山市生产的石墨矿中碳的同位素比例与它相同，断定原料来自绿山市。

他们派间谍跟踪，结果发现绿山市的石墨运往滨海市装上货轮。他们在货轮上安装了微型发射器，用仪器跟踪，查出货轮是开往碧玉岛。这正与中国人造金刚石表面有一层氯化钠这一现象吻合。

不久，黑鹰财团的间谍又发现一个重要线索：人造金刚石研究所所长罗丰经常来往于滨海市和碧玉岛之间。有一艘玻璃钢艇，是罗丰专用的。于是，他们又在罗丰的专用艇尾部，安装了微型发射器。

黑鹰财团在弄清了碧玉岛的地形和罗丰的行踪之后，吸取了前两次绑架失败的教训，制订了周密的"金刚石行动计划"。他们派出了"鳄鱼号"核潜艇在碧玉岛附近游弋，后来沉舶在碧玉岛西边那很深的海沟里。这样，使核潜艇可以很好地隐蔽起来，伺机而动。

至于"地老鼠"和"蝼蛄"这两个间谍是怎样从海底钻到东湖湖底的，他们倒说得很简单，一笔带过：原来，间谍们偶然发现，东湖湖底有一个洞，与大海相通。于是，"地老鼠"和"蝼蛄"就坐着微型潜水艇，从海底沿着那个洞，钻进东湖了。

"地老鼠"和"蝼蛄"在交代自己的罪行时，满脸诚恳、老实的表情，一板一眼地讲着，似乎不会撒半点谎。

金明一边细心听着，一边来回在金刚石地板上踱着方步。

室内一片寂静，只有金明的皮鞋发出有节奏的脚步声。直到这时，"地老鼠"和"蝼蛄"才有机会打量整个房间。当他们看到房间的四壁、地板、办公桌、椅子之类，全是用人造金刚石制造的，万分惊讶！他们暗暗地想，就连那位"百万富翁"——黑鹰，恐怕也住不起这样"豪华"的房间！然而，在碧玉岛上，这只不过是一间普通的审讯室。他们俩是罪犯，而他们的屁股下，居然是一条人造金刚石做的长凳！

正当"地老鼠"和"蝼蛄"松了一口气的时候，金明突然停止了踱方步，问道："你们到底是怎么来到东湖的？"

金明那锐利的眼光，直逼"地老鼠"和"蝼蛄"，使他们不由自主地打了一个寒噤。

老实招供

"地老鼠"沉默不语，用双手托着腮帮，似乎陷入了沉思。

"蝼蛄"张嘴刚说了一声"我们……"，见"地老鼠"不动声色，把到了嘴边的话又咽下去了。

金明深知牙膏不挤是不会自动出来的，就点破了一句："我看，你们所驾驶的微型潜水艇可不简单哪，前后都有钻头，钻头上嵌着从我们中国买去的大颗粒人造金刚石！"

真是锣不敲不响，灯不拨不亮，"地老鼠"和"蝼蛄"见已无法再隐瞒，只得老实招供。

其实，东湖与大海之间，并没有什么洞相连。"金刚石行动计划"的核心，是采用了最新式的间谍工具——"潜地艇"。

潜地艇是潜水艇的"弟弟"。潜水艇能在水下航行，潜地艇能在地下航行。地下，满是泥土和岩石，潜地艇怎么能航行呢？原来，关键在于潜地艇的两头装的钻头，钻头上镶着人造金刚石。人造金刚石是世界上最硬的东西，削铁如泥，用它来对付泥土和岩石，犹如快刀切豆腐！

潜地艇像坦克一样装的履带，能够强有力地推动潜地艇向前进。潜地艇用原子能作动力，可以在地下作长时间的航行。

"地老鼠"和"蝼蛄"乘坐的潜地艇，叫作"穿山甲"号。这艘潜地艇可坐二至三人。

潜地艇上装有橡皮吸盘。平常，它可以紧紧地吸在核潜艇或轮船的外壳上，作"免费旅行"。

它也可以装在核潜艇内或轮船内。到了目的地，把潜地艇放入水中。它在水中能像潜水艇一样前进。

潜地艇能够在地下航行，使间谍们"入地有门"。在深深的地下，它行动诡秘，很难被人发觉。正因为这样，黑鹰财团集中了好几个工程师，专门设计、研制潜地艇，用它作为新的间谍工具。

当这几个工程师设计成功潜地艇之后，在同一天夜里，黑鹰财团派出了几艘潜地艇，来到他们家的后院，潜入内室，暗杀了他们。然后，把他们的尸体装上潜地艇，逃走了。这样杀人灭口，为的是不让别人知道世界上已经有潜地艇这种崭新的间谍工具，同时也是想试一试潜地艇的威力。

不久前，"地老鼠"和"蝼蛄"驾驶"穿山甲"号潜地艇，来到一家外国大使馆的地下，在地下电话线上安装了窃听装置，神不知鬼不晓地获得许多重要情报。

黑鹰财团由于潜地艇出师连连得胜，于是，着手制订"金刚石行动计划"，以便窃取人造金刚石的秘密。

谁知这次出师不利，头一趟就扑了个空。"地老鼠"和"蝼蛄"绑架了罗夫人之后，把她装进"穿山甲"号，送到"鳄鱼号"核潜艇。本来，他们俩以为，虽然没抓住罗丰，这次能够绑架了罗夫人，也应该算是立了一大功。可是，那位号称"鳄鱼"的核潜艇艇长却大发雷霆，把"地老鼠"和"蝼蛄"臭骂了一顿，说他们"打草惊蛇"，坏了大事。

这是什么原因呢？因为"鳄鱼"认为，他们的目标是绑架罗丰，而罗夫人对他们是毫无用处。绑架罗夫人，是很蠢的一着棋，把"金刚石行动计划"全盘暴露了！中国人一发现罗夫人失踪，马上就会加强防备。"鳄鱼"说，一个高明的间谍，遇到当时那种情况，应该立即离开罗夫人的房间，不留下任何蛛丝马迹，然后回艇静候时机。

然而，棋已经走错了，后悔是没有用的。世界上什么药都有，唯独没有后悔药！"鳄鱼"在用"蠢猪""笨驴""败家子"之类话骂完"地老鼠"和"蝼蛄"之后，皱起眉头，思量起反败为胜之计。

"鳄鱼"有一个习惯的办法——当他在进行一项阴谋活动的时候，常常把自己处在敌方的地位，以便做到"知己知彼"。这时，"鳄鱼"便把自己比作罗丰：夫人在半夜失踪了。到了早上，最晚不超过八点，人们不见罗夫人起床，一定会敲门喊她。由于房内无人答应，他们势必会开门入室，发现罗夫人失踪。于是，赶紧报告保卫部门，并马上发急电给罗丰。

"我"——"鳄鱼"把自己比作罗丰，一接到电报，知道夫人失踪，一定焦急万分，马上赶回。"我"一赶回，心慌意乱……

"嘿"，赶紧抓住这个时机，再来一次行动，绑架罗丰！

"鳄鱼"经过一番分析之后，决定了下一步棋该怎么走。

正在这时，"地老鼠"前来报告，监听器收到的来自玻璃钢艇尾部的信号，越来越弱。经测定，玻璃钢艇是朝着滨海市的方向驶去。

"鳄鱼"一听，用手一拍脑瓜，非常高兴地说："我料定这艘玻璃钢艇在到达滨海市之后，立即会返回碧玉岛！"

这一次，被"鳄鱼"料中了。尽管翌日风急浪高，玻璃钢艇果真返航了。

"鳄鱼"料定是罗丰急急忙忙赶回碧玉岛，便决定趁罗丰惊魂未定，在当夜再次偷袭碧玉岛，绑架罗丰。

当"鳄鱼"向"地老鼠"和"蝼蛄"交代了偷袭任务之后，"地老鼠"和"蝼蛄"面有难色。他们深知，第一次去碧玉岛，中国人没有防备他们会从地底钻出；第二次去，那就凶多吉少了，因为罗夫人失踪，势必惊动了中国人。然而，当"地老鼠"和"蝼蛄"看到"鳄鱼"那凶神般的脸，又想到一旦绑架了罗丰可以获得巨额奖金，便决定再去冒一次险。"鳄鱼"之所以一定要"地老鼠"和"蝼蛄"前往碧玉岛，是因为他们已经过去一次，"一回生二回熟"，第二次再派他们去，比派任何人都合适。

谁知道，"地老鼠"和"蝼蛄"刚一从东湖中钻出来，就成了金明的瓮中之鳖。

金明听了"地老鼠"和"蝼蛄"的这番交代，又在金刚石地板上踱起方步来。他经过反复分析、思考，认为"地老鼠"和"蝼蛄"的交代是可靠的，于是，决定进行下一步行动计划。

开始谈判

将近拂晓，风住了，雨停了。碧玉岛仿佛刚从海里捞上来似的，到处水迹斑斑。

两辆宝石牌轿车从西山驶向东湖，在湖边停下。

这时，天已蒙蒙发亮。潜地艇已被战士们搬上了岸。

金明对"地老鼠"和"蝼蛄"说，你们用"穿山甲"号上的发报机发电报给"鳄鱼"号，我要跟艇长谈几个问题。

"地老鼠"和"蝼蛄"面面相觑，半晌，"地老鼠"才开了腔："'鳄鱼'号现在正在海底，无法联系。"

金明听了，冷笑道："你们用不着在我的面前耍花招。我仔细看过，你们装在玻璃钢艇尾部的微型发射器，就是一种新的间谍通信工具。核潜艇在海底航行，如果用一般的超高频、特低频或者极低频无线电波，由于被海水吸收，途中损耗很大，核潜艇接收不到信号；可你们的那种微型发射器，能够射出中微子束。中微子是一种既无静止质量，又不带电的基本粒子，能够传送到很远的地方。不仅可以穿透海水到达海底，甚至可能穿透地球！正因为这样，我在你们的潜地艇里，也看到了中微子通信设备。有了它，潜地艇即使在地层深处，也能与海底的核潜艇随时联系。我的话，没有错吧？"

"蝼蛄"见金明点穿了中微子通信设备的奥秘，只得答应下来，愿意代为效劳。"地老鼠"见"蝼蛄"答应下来了，也不敢怠慢，打开中微子通信设备，与"蝼蛄"共同操作。

"蝼蛄"遵照金明的意思，向"鳄鱼"艇长发出了中微子电报："'蝼蛄'和'地老鼠'已被捕，中国代表金明要与你谈判，请立即答复。"

过了大约三分钟，接收机上的小红灯亮了，接着，接收机上的一盏白色的灯，不规则地时明时灭。"蝼蛄"看着那小白灯，随即把信号翻译成英文，念了起来："愿与金明先生谈判。"

金明对"蝼蛄"说："告诉'鳄鱼'艇长，罗夫人现在何处？"

过了一会儿，"蝼蛄"译出了"鳄鱼"的答话："罗夫人在我艇。我愿以罗夫人换'地老鼠'与'蝼蛄'。"

金明沉思了一下，又与戈亮、老郑交换了一下意见，然后对"蝼蛄"说："请告诉'鳄鱼'艇长，条件如下——

"一、我坐'穿山甲'号潜地艇，去'鳄鱼'号核潜艇，接回罗夫人，然后释放'地老鼠'和'蝼蛄'，由他们驾驶'穿山甲'号潜地艇回去。

"二、保证今后不再对我国进行间谍活动。我们已把你们这次'金刚石行动计划'用录像机录像。如果你们再次进行间谍活动，我们将通过通信卫星，向全世界的电视台播送'金刚石行动计划'录像。

"三、你们想了解中国人造金刚石的技术，是可以的，请通过合法手续与中国有关部门洽谈，购买专利权。

"四、'穿山甲'号不得侵犯我国领海。如果侵犯我国领海，一切严重后果，均由你们自己负责。"

金明手中没有笔记本，用英语随口而谈，条理分明。"蝼蛄"一边把金明的话译成电码发出去，一边暗暗敬佩金明的才干。他想，原来中国公安人员之中有这样的人才，怪不得我们三次想绑架罗丰，都失败了。

这一次中微子电报发出之后，接收机上的小红灯久久未亮。

五分钟过去了，十分钟过去了，二十分钟过去了……接收机保持沉默。

"地老鼠"有点焦急了。他巴不得谈判早点成功，他可以溜回"穿山甲"号——不过，他又有点担心，回去之后，准会再招来一顿臭骂"蠢猪""笨驴"。

一直到过了半小时，接收机上的小红灯忽然亮了。

破镜重圆

在小红灯亮了之后，"蝼蛄"译出了"鳄鱼"的话，非常简单，只两个字："同意。"

"鳄鱼"之所以经过半小时才答复，金明估计，他肯定是用中微子电报机向黑鹰财团总部请示，经过批准之后，才表示同意。

这时，一轮火红的太阳从东边的海面冉冉升起，非常壮观。它跟日落时的景象正好相反：海面，被朝阳染得一片血红。太阳先是像一个扁扁的红球，慢慢升起，越变越圆，越变越小。

不久，太阳升起了，海面上余波点点，犹如千万颗闪光的珍珠在浪尖上滚动。金明虽然已经两夜未合一眼，此时却精神抖擞，迎来在碧玉岛度过的第三天。

金明的心里确实非常高兴，因为这桩突然发生的失踪案，终于有了眉目。他暗暗感谢一篇关于人造金刚石在地质勘探工作中的应用的论文，启发了他。那篇论文说，由于人造金刚石非常坚硬，所以人们用它武装钻探机的钻头，用它充当"开路先锋"，向地下进军。这篇论文的作者是罗丰。在论文的结尾，作者简略地谈到，如果把类似钻探机上嵌了人造金刚石的钻头装在潜水艇的两端，那么可以制造出一种在地下航行的潜地艇。这样，法国著名科学幻想小说作家儒勒·凡尔纳的《地底旅行》将变为现实。地质学家可以乘坐这样的潜地艇在地下漫游，为祖国寻找地下宝藏……这几句展望式的结尾，使金明顿开茅塞，弄清楚了东湖中那股浊流的秘密。他猜想，罗丰这篇公开发表的论文，引起了敌人的注意。他们仿照罗丰的设想，制造了潜地艇。

这时，金明决定与戈亮一起，驾驶"穿山甲"号潜地艇，去接罗夫人。大家都为金明和戈亮的安全担忧，因为那位"鳄鱼"一向以狡诈多变、反复无常而著称。金明却坦然自若，和戈亮一起，坐进潜地艇。

临走时，金明嘱咐老郑办三件事：

一、立即发电报给罗丰，请他坐直升机返回碧玉岛；

二、把"地老鼠"和"蝼蛄"交给马勇和罗英看管，特别要注意看管好"地老鼠"；

三、随时用中微子电报机保持联系。

这里附带说一句，其实人造金刚石研究所里，早就已经有了中微子通信设备。研究所的所有实验室，都在中山的山洞中，就是用中微子穿透厚厚的山岩，与东山、西山保持联系。正因为这样，当"地老鼠"和"蝼蛄"支支吾吾、不肯与"鳄鱼"联系的时候，金明就一语道破了中微子通信的奥秘。

金明是个多面手，会开摩托车、各种牌号的汽车、拖拉机、坦克、汽艇、轮船、火车和飞机。他认为，正如演员要会游泳、滑冰、骑马、跳舞一样，一个侦查人员一定要掌握多种机动车、船的操纵技术。正因为这样，金明自从俘获了"穿山甲"号潜地艇之后，详细观察了它的结构，很快就触类旁通，掌握了驾驶技术。

此时，金明和戈亮坐进潜地艇，从岸上开进东湖。金明打开进水阀，艇的四周不断冒出气泡，一转眼，潜地艇便沉入东湖湖底。

金明打开了潜地艇艇艏的灯。这灯上装了一块人造金刚石，格外透明，而且能够承受强大的压力。

金明在湖底找到了洞口，按照罗盘上所指的方向朝西驶过。地下，一片黑茫茫，金明和戈亮真正开始了凡尔纳笔下的"地底旅行"生活……

直到中午的时候，"穿山甲"号潜地艇才从东湖中冒出。这时，罗丰也已从滨海市赶来，在湖边等候。

潜地艇的驾驶舱盖打开了，从里面钻出金明和戈亮，他们回身，从舱里扶出罗夫人。

罗夫人脸色白皙、憔悴。由于在核潜艇里闷了三天三夜，那里光线暗淡，刚才在核地艇里光线也不明亮，所以她在中午强烈的阳光下差不多睁不开眼睛来。

罗丰，个子不高，胖墩墩的，五十开外，见了夫人回来，欣喜地奔了过去。罗夫人一听丈夫熟悉的声音，热泪夺眶而出！

罗丰回过头来，紧紧握住金明和戈亮的手，连声道谢。罗丰告诉金明两个好消息：一是他最近已研究成功用煤制造金刚石。煤的化学成分也是碳，但是价格比石墨要便宜得多。这样一来，人造金刚石更能大量生产，广泛用来制造光学仪器、照相机透镜、钻头、眼镜、装饰品乃至普通家具！人造金刚石，将成为一种性能优良而成本低廉的新材料，出现在人们面前；二是他这次在滨海市参加了潜地艇研制会议。我国成功制造了潜地艇，性能比"穿山甲"号更为优良。它的特点是小巧灵活，进退自如，能在地下自由航行。这种潜地艇将成为地质队员们的好伙伴，他们可以坐在潜地艇里访问地下王国，寻找地下资源。古生物学家可以坐在潜地艇中，到地下王国里寻找古代文物。电工们驾驶潜地艇，可以迅速铺设地下电缆。工人们还可以坐着潜地艇在地下修理自来水管、煤气管，再也用不着挖开马路进行修理，再也不会把地面挖得一塌糊涂了……

正在这时，老郑、罗英和马勇遵照金明的命令，把"地老鼠"和"蝼蛄"押来了。

金明指着"穿山甲"号对"地老鼠"和"蝼蛄"说道："Come in,please!（请进）。"

这时，"地老鼠"倒有点犹豫起来。他想，这次回去，光是被"鳄鱼"骂几声"蠢猪""笨驴"，倒是小事，万一脑袋搬家，可就糟糕了。他犹豫了一阵，最后还是横下一条心，与"蝼蛄"走进驾驶舱。

"Good-bye!（再见！）"

"Good-bye! （再见！）"

罗丰望着渐渐沉没在东湖之中的"穿山甲"号，对金明说道："他们制造潜地艇是为了进行间谍活动，而我们制造潜地艇是为了造福人类。"

金明也深有所感地说："这正是他们与我们之间的根本不同。"

当"穿山甲"号从地下离开碧玉岛的时候，金明和戈亮乘着"蜜蜂"牌直升机离开了碧玉岛。没多久，直升机消失在碧空之中。然而，罗丰、罗夫人以及罗英仍久久仰望着蓝天，心中对智破失踪案的"智多星"——金明，怀着深深的敬意和谢意。

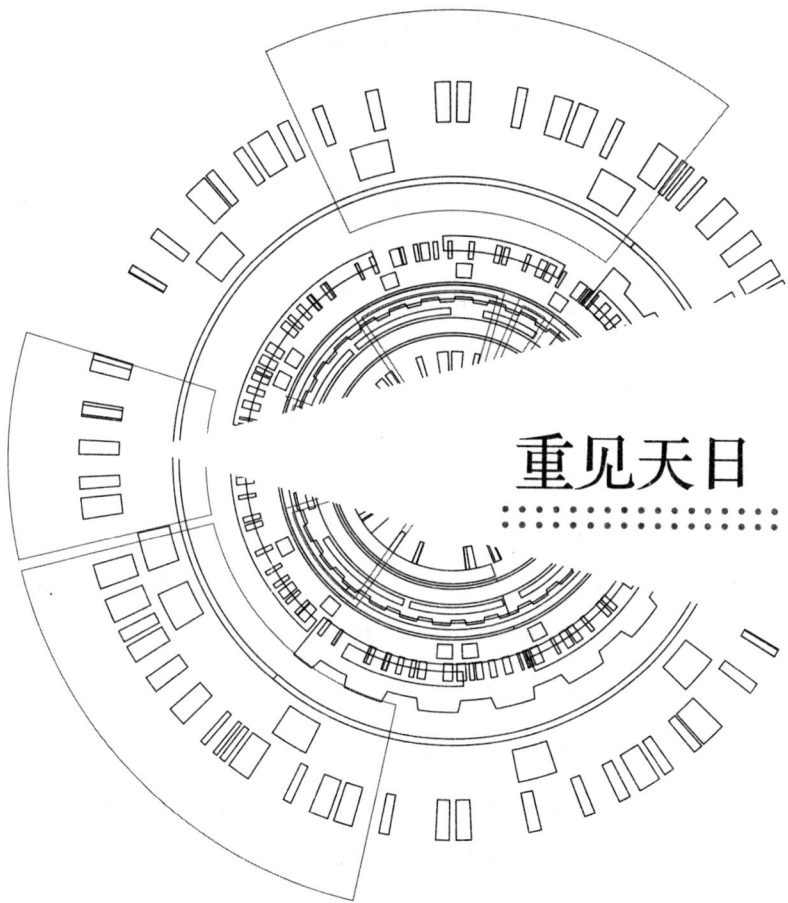

重见天日
· · · · · · · · · · · · · · · · · ·

夜半蒙面人

　　"军港的夜呀静悄悄，海浪把战舰轻轻地摇……"夜深，金明从值班室的窗口望下去，看着月光下银波粼粼的滨江里，停靠在码头上的轮船在有节奏地左右晃动着，不由得轻轻地哼起了《军港之夜》。

　　金明，滨海市公安局的侦查处处长，中等个子，虽说已经人到中年，却依旧那样瘦削、灵活。

　　两道剑眉之下，闪烁着锐利的目光。尽管在下班之后，他吹拉弹唱样样都来，可是，在值班的时候哼起歌儿来，却绝无仅有。

　　近来，金明的心情是轻松的。由于加强了法制，严惩各种刑事犯罪分子，发案率大大降低，金明值班多日，未接到一份案情报告。这时，金明站在窗口，一边欣赏着如洗如画的滨江夜景，一边哼起了轻快的歌儿。

　　"嘟，嘟……"办公桌上的电话响了。金明的办公桌上，放着红、黄、蓝、白、黑五部电话。黑机的号码是公开的，普通的电话号码簿上都能查到它——"215380"。这一回，正是黑机在响。

　　"喂，公安局吗？"电话耳机里传来女人的声音，语声急促，"在虹江路上看到蒙面人！"

　　"蒙面人？"

　　"是的。我刚下夜班，从厂里往家走，看到一个骑着自行车的人从我身边过去，他蒙着黑面罩，把我吓坏了！"

"骑车人有什么特征？自行车有什么特征？"

"他个子很高，像是男人，穿着运动服。对啦，袖子有两条白道道。他骑着一辆小轮自行车。"

"什么颜色？"

"这个……我没注意。"

"他对你行凶了吗？"

"没有，没有。他车骑得很快，一闪而过。我被他的黑面罩吓了一跳。心想，深更半夜，戴着黑面罩出去，不会是好人，所以赶紧向你们报告。"

"非常感谢。请问你叫什么名字？工作单位？"

"王小英，三横王，大小的小，英雄的英。第三织布厂的工人。"

"谢谢！"

金明挂上电话之后，一按电钮，又听了一遍刚才的电话录音，同时自动打字机飞快地把对话打在案情报告单上。

金明的双眉紧皱。他再没有心思哼哼《军港之夜》了。

这一夜，电话竟然一连响了四次。报告案情的都是妇女，说的都是见到蒙面人。报告的情况差不多——蒙面男人骑了一辆小轮自行车飞驶而过。有人在西柳路看到，有人在石条路、方平路见到。

金明是一位"活地图"。他一听便知道，虹江路、西柳路、石条路、方平路都在西郊，离市中心很远。

金明在办公室里踱着方步——这是他思考问题时的习惯动作，"深更半夜，干吗戴面罩出去？高大的男人为什么骑一辆小轮自行车……"

在一百零七人之中

"有情况吗？"大清早，一大熊腰虎背的小伙子出现在值班室的门口。金色的阳光从背后照过来，给他全身镶上一圈明亮的轮廓光，使小伙子更显得朝气蓬勃。

他是金明的助手戈亮，二十出头，单身汉，住在公安局宿舍里，所以一早就来接班。他最关心的是有没有情况。

"喏。"金明的嘴巴朝办公桌一努，戈亮便会意，走了过去，拿起桌上的案情报告单。"蒙面人？骑小轮自行车？"戈亮看了案情报告单，脸上出现为难的神色。

他沉思了一会儿，对金明说："看来，有点儿棘手！"

"为什么？"

"第一，蒙面——没有脸部特征；第二，骑自行车——没有留下脚印；第三，他既没有侮辱妇女，也没有谋财害命。这样的事情，值得深究吗？"戈亮在金明身边工作久了，说起话来，也像金明那样有条有理。

"小戈，我同意你的前两条意见，但是不同意你的第三条意见。"金明喜欢跟助手争论。他以为"灯不拨不亮"，侦查人员之间的争论有助于打开破案的思路。他说："虽然这个蒙面人没有作案，但是很可疑，应当深究。你想想，一个人在夜深人静时外出，干吗把脸蒙起来？""嗯，应当查一下。"助手点了点头："不过，茫然没有头绪……"

戈亮一边说着，一边又把案情报告单重新看了一遍。然后，他来到办公桌上的显示屏前，按动电键，显示屏立即出现了西郊一带的地图。戈亮把右手的大拇指和食指叉开，支撑着下巴，对着显示屏沉思。

"奇怪！"戈亮思索良久，突然说道，"这四条马路正好构成一个'口'。按照报案人报告的时间、顺序来看，蒙面人从虬江路出发，正好兜了一个圈子！"

"对喽，你发现的这一点很重要。"其实，金明用不着显示屏，早就发觉这一点了。不过，他没有直说，却是让助手去思索。

"这说明，蒙面人很可能住在虹江路上——他骑自行车遛了一圈，又回到原地！"

"对喽！对喽！"金明满意地笑了。

"不对，虹江路上有千家住户，从哪儿下手呢？"戈亮又陷入了沉思。忽然，他浓眉一扬，用手按了一下桌子上的另一个电键。于是，显示屏上出现了一行行名单。

原来，市公安局装有大型电脑，贮存着各种档案资料，戈亮办公桌上的显示屏，是这大型电脑的终端设备。大型电脑贮存的档案资料五花八门，应有尽有。戈亮想到那蒙面人骑的是小轮自行车。在大型电脑中，存有滨海市全市自行车档案。他按动电键，显示屏上便显示出虹江路及其附近住户中有小轮自行车的人的名单，总共一百零七人。

"看来，蒙面人是在这一百零七人之中！"

"对喽，对喽。"金明满意地笑了。

"一百零七人——范围还是太大呀！"戈亮仍然感到有点棘手。

金明叮嘱戈亮继续注意有关蒙面人的新情况，然后，离开了值班室。

她独自居住

"有情况吗？"中午，金明出现在值班室门口时，问戈亮。这句话，几乎成了他们的见面话。

"你没回家休息？"戈亮抬头一看，金明的眼睛充满血丝。

"心中有事睡不着！"金明淡然一笑，说道："上午，我分别访问了昨天夜里报案的四个妇女。"

听金明这么一说，戈亮记起金明常常挂在嘴边的一句话："上靠天，下靠地。"他所说的"天"，是指党的政策，"地"则是指人民群众。原来，上午他又到群众那里去找破案的金钥匙去了。

"有线索吗？"

"嗯。"金明坐了下来，不慌不忙地说，"很有收获。第一，那位王小英说，打电话的时候，她在慌乱中，忘了讲一点重要线索——蒙面人的自行车，是从知春点心店旁边那条弄堂穿出来的。我到虹江路查对了一下，知春点心店旁边的那条弄堂，是136弄。第二，那位在方平路见到蒙面人的妇女，回忆了另一个重要细节——蒙面人骑的小轮自行车，是橘黄色的。"

"缩小包围圈！"戈亮那对乌亮的大眼睛里闪着兴奋的光芒。

　　"包围圈"真的大小缩小了。戈亮从显示屏上查出，虹江路136弄，有小轮自行车的共有五户，其中橘黄色的只有那一户——该弄18号！

　　戈亮按动电键，从电脑的户籍档案中查出虹江路136弄18号住户的情况："刘兰英，女，二十八岁，已婚，滨江市风筝工厂的外包工。"除了户主之外，什么"户员"都没有！

　　戈亮脸上那兴奋的神色，刷地消失了。本来以为，"包围圈"缩小到只剩下嫌疑对象，接近水落石出了。可是，这家只有一个女人，怎么会半夜蒙面骑自行车外出呢？何况四位目击者都说，看那骑车者的身材的体形，是个男人。

　　也许那个蒙面人并不住在虹江路136弄，只不过路过那里罢了？

　　"不管怎么样，刘兰英不应轻易放过。"金明说道，"我们不妨到风筝工厂去了解一下。小戈，你的意见呢？"

　　"行。我从小就喜欢放风筝哩！"戈亮一边把值班记录移交给金明的另一位助手张正，一边拿起挎包，跟金明一起走了出去。

果真形迹可疑

　　风筝工厂离市公安局不算太远。为了尽可能不惊动别人，金明和戈亮穿了便衣，一前一后骑车出去了。

　　春风送暖，金明和戈亮才骑了一会儿自行车，便感到有点热了，不由得解开了蓝中山装的领扣。

金明不喜欢在大街上骑车。他的熟人颇多，从大街上骑过觉得不大方便。他穿小巷，走里弄，东拐西弯。有的弄堂才一米多宽，两边还放着杂物，金明却能像杂技演员似的骑车从中穿过。

风筝工厂在一条狭小的弄堂里，门口连块招牌都没有。那是一幢两层的楼房，楼下是居委会，楼上算是风筝工厂——总共才两间房子。外屋大，有二十多平方米，堆满了箱子，箱子上印着"KITE, MADE IN CHINA——风筝，中国制造"。显然，由于近年来国外出现"风筝热"，这些箱子里的风筝是供出口的。金明和戈亮从两排箱子中间一人宽的过道里走进去，到了里屋。这屋才七八平方米，放上两张办公桌，就几乎没有回旋的余地了。

"请坐，请坐。"一个六十来岁、头发花白的老头儿，拿出两把折叠椅，请客人坐下。另一位四十来岁的妇女，给客人沏了两杯热茶。

老头儿戴上老花眼镜，看过介绍信之后，自我介绍说："我是风筝工厂的顾问，姓姜。这位是风筝工厂的厂长，也姓姜。嗯，她是我的女儿。厂里的事儿，她管。我只是在技术上指点指点。"

"我这个厂长，是滨海市最小的'厂长'！"女厂长是个爽快人，接过"顾问"的话茬说，"我们这个工厂，一没有厂房，二没有设备。风筝，全是个人在家里做，做好了送到我这儿来验收，论质收购，然后装箱出口。说实在的，风筝是手工细活，这样每户承包，在家里做，又出活，又省地方。我们厂每年的外汇收入，不比大工厂差……"

"阿芳"，老头儿打断了厂长的话，对她说道，"你别弄错了，这两位同志不是报社记者，是公安局的，你仔细看看介绍信！"

"喔，是公安局的。刚才，我看见你们拿出笔记本来记，以为是报社记者哩！"女厂长看了介绍信，站起来，到外间瞧了瞧，随手关紧外屋的门，然后回到里屋，压低声音问道，"公安局？来了解刘兰英的情况？"

"嗯。"金明点了点头。

女厂长的声音压得更低了，问："是关于她的男女关系问题？"

这叫金明怎么答复呢？他略等片刻，答道："随便谈谈吧，反正关于刘兰英的情况，我们都想了解。"

"她呀——"女厂长快人快语，说着就介绍起来了。"这个人不是我们厂的正式工人，她是外包工。我们厂的工人，大部分都是我们家的亲戚，亲戚的亲戚，亲戚的邻居，或者邻居的亲戚。一句话，总是跟我们家有点关系的。因为我们家世代做风筝，人家叫我们'风筝姜'。风筝这东西，看着简单，削竹条，扎麻绳，糊纸片，涂颜色。可是，没人教，没人传，做不好。"

"阿芳，"那位"顾问"又打断了她的话，"这两位同志不是报社记者！"

女厂长发现自己又"走"了题，连忙把话题拉回来："两年前，刘兰英来找我，说是她会做风筝，要到我这儿当工人。我叫她当场做一个给我看看，她说用惯了自己的工具和材料，回家才能做。回家做就回家做呗，要是够上出口水平，行，就在这儿当工人。第二天，她骑着自行车来了，从车上取下一包东西。到办公室里一打开，嗬，连我爸爸都吃惊了！"

"刘兰英做得很不错。"这时候，"顾问"插嘴了。"论手艺，比我还强。特别是她做的风筝，是另一种风格的，跟我们姜家的完全不一样。我看了，当场就说，收她当工人！"

"我爸爸当场答应了，我当然也就没二话"，女厂长继续说道。"从那以后，刘兰英每个星期送来一批风筝。出口公司的领导见了，都夸她的风筝做得好，甚至说把'风筝姜'给比垮了！果真外宾见了，抢着要买刘兰英的风筝，出的价钱特别高。领导上知道了，要我派人向刘兰英学习，多做她那种式样的风筝，还要提拔她当副厂长。可是……"

说到这里，女厂长叹了口气："谁知道她是一个很小气的人，她非常保守！不愿教别人，甚至把家门关上，谁都不让进！这样的人能当副厂长？不过，她做的风筝，我们还是要的。她每星期来一次，一手交货，一手拿钱。我们见面，一句话也不多说。正因为这样，谁都不同意给她转正。"

女厂长越谈越激动，调门也越来越高。

这时，金明拉回话题，问道："你刚才说，她的男女关系……"

女厂长一听，声音连忙压低了："关于这方面，我只是有点怀疑。听说，她已经结婚，爱人在外地工作。可是，我们从来没有听说她爱人来过，她也从来没有离开滨江市。也许离婚了？奇怪的是，最近，来送风筝的时候，我看见她的肚子明显大起来了……"

照女厂长这么说，刘兰英确实是一个形迹十分可疑的女人！

独门出入的小院

尽管刘兰英拒人于门外，不肯带徒弟，不愿教技术，但是，当姜厂长通知她，一位美国客人要上她家洽谈生意时，她不得不同意接待了。

那天，女厂长和一位中等个子的翻译，陪着美国的珍妮小姐乘车来到虹江路，停在知春点心店附近。那条136弄实在太狭窄了，小轿车也无法开过去。姜厂长、珍妮小姐、翻译三个人鱼贯走进铺着石板的136弄。

姜厂长来到18号闪闪发亮的黑漆大门前，刚一敲门，吱的一声，门开了，面前站着刘兰英。

刘兰英的头发显然刚刚烫过，穿着一身雪青薄花呢春装，她本来就长得端庄秀丽，经这么一打扮，比时装模特儿还漂亮。看上去，起码比实际年龄年轻十岁！她微微欠欠身，把手一伸，对珍妮小姐说："欢迎！"

"Welcome！"翻译把刘兰英的话，译给珍妮小姐听。

刘兰英在和珍妮小姐握手之后，顺便把大门关上。

姜厂长打量了一下刘兰英的家。呵，独门独户，一个种满花草的小院，十分幽静。屋檐下停放着一辆橘黄色的小轮自行车。两间平房，一间大，一间小。收拾得干干净净。大的那间是客厅，四壁挂着各种风筝样品；小的那间是卧室，墙上挂着刘兰英和她的丈夫的合影。从照片上看，她的丈夫鼻高眼大，俊逸潇洒。照片框下方，挂着"比翼燕"风筝。

珍妮在沙发上还未坐热，便站起来，拿出照相机对着墙上风筝，"咔嚓、咔嚓"拍照。一边拍，一边问是什么风筝。幸亏那位翻译英语流利，迅速地把刘兰英的各种颇为生僻的风筝名词，译成英文：

"硬膀风筝"——Hard Frame Kite

"百福骈臻"——Foreunes Come

"蛱蝶寻芳"——Butterfly in Flowers

"桃蝠双钱"——Peachand Fortune With Coins

"福寿蝙蝠"——Fortuneand Longevity Bat

205

......

珍妮很喜欢刘兰英卧室里挂着的那个"比翼燕"风筝——风筝左右对称，各为一个燕子。左边是红燕，右边是蓝燕。双燕展翅，比翼齐飞。珍妮希望刘兰英当场做一只"比翼燕"，以便看一下中国风筝是怎样做出来的。

刘兰英摇摇头说，做一个"比翼燕"，要花几天工夫，当场做不成。她只是表演了制作鱼鸢风筝的过程。那是最简单的一种风筝。尽管这样，珍妮还是很有兴趣地注视着刘兰英的每一个动作，边看边拍照片。

一个下午的时光，悄悄流逝。珍妮说，在刘兰英家里，度过了一个难忘的愉快的下午。她看中了"比翼燕"，准备通过中国出口公司，订购一千个。她赞叹说，中国风筝不光是儿童的天使，也是艺术的珍珠！

结婚照上有疑点

小轿车离开虹江路，把珍妮小姐送到市中心的滨海宾馆。接着，又把姜厂长送到风筝工厂，翻译似乎对风筝也很感兴趣，向厂长要了一个刘兰英做的风筝。然后，年轻的司机，驾驶着轿车，竟把翻译送进了市公安局的大门。

原来，那位司机是戈亮，翻译则是金明。

那天，金明听了姜厂长对刘兰英的介绍，很想到她家看一看，了解虹江路136弄18号的奥秘。可是，刘兰英一向拒客于门外，很难跨进她家的门槛。如果以公安人员的身份进入她家，万一蒙面人真的在她家的话，这样一来势必打草惊蛇。

金明足智多谋，人称"智多星"。他听姜厂长说，常常有外宾要求参观风筝制作。姜厂长的家里，曾接待过数百位国外的"风筝迷"和"风筝商"。金明向姜厂长建议，何不安排一位外宾到刘兰英家参观呢？

"她这样的人，可以接待外宾？"姜厂长的脑袋，像摇头电扇似的摇了起来。

当金明说明，他愿充当翻译，姜厂长总算同意了。

金明常把陆游的名句"功夫在诗外"当作座右铭。他以为，从事公安侦查工作，同样"功夫在诗外"。他博识广闻，懂英、俄、法、日四门外语，对文学、自然科学、历史、哲学也有着广泛的兴趣。这次，他真的当下翻译，译得准确、流畅，连珍妮小姐都夸奖："听起来像道地的美国口音。"

尽管金明忙于翻译，然而，并没有妨碍他那锐利的目光去扫视18号小院的里里外外。金明看到刘兰英卧室里那张挂在"比翼燕"的风筝上方的合影，有着明显的漏洞：刘兰英的鼻影在左，而她的丈夫鼻影却在右！也就是说，刘兰英拍照时，"主光"是从右边照射过来的；她的丈夫却刚好相反。而双人合影的"主光"方向应当是一致的。很显然，那张合影是用两张底片"合"成的。再说，男的穿的是短袖衬衫，女的穿的是两用衫，两人衣服的季节不对头，也是一个明显的破绽。还有，两人的神态也没有那种夫妇合影的亲昵气氛。

为了迎接外宾的来访，刘兰英显然把屋里屋外彻底地打扫了一遍。金明陪外宾在小院看花时，发觉小院旮旯的垃圾里，有两三个香烟"橡皮头"。像刘兰英这样的二十八岁的中国南方妇女，抽烟是极少的。显然，这个一向拒人于门外的小院，常有男人来往！

在办公室里，金明把自己侦查所见的疑点，告诉了两位助手。

张正听罢，向金明报告了新的重要线索：

"我从电脑贮存的结婚档案中，查出刘兰英的丈夫叫张翔，三十三岁，住在绿山市和平街32号。刘兰英也是绿山市人，两年前搬到滨海市居住。"

"另外，我跟虹江路邮局联系过。据邮递员反映，一年到头，刘兰英家什么信都没有！"金明听了，心中欢喜。他不光是由于听到了重要的新情况而欣喜，更重要的是，助手进步了，能够主动地侦查新情况，这更令人喜悦。其中用电脑查找刘兰英的爱人情况，这一点金明早已想到，而跟邮局联系，倒是出乎金明预想之外的。

戈亮接着张正的话说道："赶紧通过长途电话，跟绿山市公安局联系，了解张翔的情况。"

"这件事，交给张正办。戈亮，你来办另一桩事情。"金明边说边拿出刚才向姜厂长要来的风筝，"拿去鉴定！"

"鉴定？"戈亮感到奇怪，"这风筝，你不是给金灵的？"

金灵，是金明的独生子。戈亮以为，金明要来风筝大概是给儿子玩的。

"给金灵？"金明仰天大笑起来，"此乃破案的物证！你赶紧用紫外线激光仪查一下风筝的指纹。"

"查指纹？"

"是的。刚才外宾要刘兰英表演制作'比翼燕'风筝，她推托了。看样子，她只能制作一些简单的风筝。她卖给风筝工厂的那些漂亮的风筝，可能并不是她做的！"

风筝上的指纹

　　夜幕又降临了。从窗口望出去，滨海市华灯点点，万家灯火。月夜依然银亮如洗，滨江在月光下水波粼粼，停靠在码头的轮船有节奏地左右晃动着。

　　金明在研究案情，值班室里灯光明亮。

　　戈亮拿着一叠刚刚冲放出来的指纹照片，走进值班室。刚才，他用紫外激光照射风筝各处。

　　在紫外线激光照射下，油脂、汗渍是会发射出荧光的。人的手指上总沾着油脂或手汗。手指拿过东西，油脂、手汗便成了"印泥"，印上一个个指纹。风筝上遗留着制作者的指纹，用肉眼是看不见的，经紫外线激光一照射，指纹清晰可见。用特制的照相机拍摄，便可印出清楚的指纹照片。对于这一系列操作，戈亮在金明的指点下，已经相当熟练了。

　　戈亮指着照片上的指纹对金明说："给你说中了——风筝上的指纹，除了刘兰英的之外，大部分是别人的，从大小看，可能是个男人。看来，这些风筝不是刘兰英做的。"

　　这时，张正也完成了任务，向金明报告说："绿山市公安局告知，张翔是一个无业青年，户口寄在他的远房伯父家里，可是，据他伯父说，张翱已经两年没去过他们家了。"

金明听到这里，身子不由得前倾，专注地听张正下面的报告：

"绿山市公安局还说，经他们查阅当地的电脑档案，查出张翱原名张小飞，曾经劳教三年！"

凡是被关、被劳教过的人，公安局都存有指纹档案和正面、左侧、右侧脸部照片。通过真迹传真机，绿山市公安局从千里之外，传来了张翱的正面、左侧、右侧的脸部照片，以及左手右手的大拇指、食指、中指、环指、小指指纹照片。每张指纹照片上，均标明指纹纹数以及型类（即弓型、箕型、斗型）。

金明立即把风筝上的指纹照片放大，跟绿山市公安局发来的张翱的指纹进行对照。风筝上的指纹，正是张翱的。

另外，张翱的照片，跟刘兰英家里那张合影中的男人形象一样。只不过合影中的男人，一头乌发向后梳，显得文质彬彬，而公安局的照片上的张翱，是剃成光头的，不那么潇洒英俊，表情呆滞刻板。

看来，张翱的嫌疑越来越大。他有着不光彩的历史。如果蒙面人确实是他的话，那么，他半夜蒙面外出，显然不怀好意。他没有作案，可能是由于没有找到合适的机会。这样的人，当然是社会的隐患。

然而，如果说张翱是蒙面人的话，又有一连串的问号在金明、戈亮和张正的脑海中盘旋：既然张翱与刘兰英是办理了正式结婚手续的，为什么他们的合影却是用两张照片拼接而成？如果张翱住在滨海市，为什么他从不见人？为什么刘兰英总是说丈夫在外地工作……

为了查清张翱之谜，金明对张正说："请绿山市公安局协助，尽快把关于张翱和刘兰英的详细情况告诉我们。"

深夜电话

夜深了。

在值班室里，金明和他的两位助手跟绿山市公安局通话。

"喂，喂，绿山市公安局吗？贵姓呀？"

"我姓曹，叫曹奇。"

"哎哟，曹奇呀，我是金明！"

"你是金明呀！老同学，你好！张小飞的案子，原先是我经手的，所以局领导让我来跟你联系。你有什么问题，尽管提出来。"

"张翱，对了，也就是张小飞，他过去的情况怎么样？"

"他呀，出生在风筝世家。他的父亲、祖父、曾祖父都是做风筝的，绿山市有名的'风筝张'。张家的风筝，形成了自己的流派、自己的风格。在'文革'中，风筝被说成是'四旧'，张记风筝店被迫停业。红卫兵们一把火点着了张家几代传下来的所有风筝，张小飞的父亲跑进大火中抢救风筝，被当场烧死！张小飞的母亲一急，高血压发作，也死了。他们只有一个儿子——张小飞。

"父母双亡，风筝又烧光了，张小飞无依无靠。他从小跟在父母身边学做风筝。除了做风筝之外，他没有别的本事。

"风筝烧成了灰，张小飞的心也灰了。他自己像只断了线的风筝，到处飘零，流落街头。

"张小飞家有个老邻居，名叫鲁永康，经常把他让到家里来住。渐渐地，张小飞跟鲁永康学会了抽烟喝酒。后来，他才知道，鲁永康是个惯偷。鲁永康请他吃住是为了要张小飞给他当帮手。就这样，鲁永康拉着张小飞在犯罪的道路上越走越远。

"后来，鲁永康因拦路抢劫，打人致残，被判了十年判刑。张小飞因是从犯，认罪态度也比较好，劳教了三年。

"出来以后，张小飞曾在好多家工厂当过临时工，后因他小时候常帮父亲在风筝上画画，便在一个小学当上了美术代课教师，在那里干了好几年，表现不错。虽然他的工资只有三十来元，生活艰苦，他也没有再偷摸过。在粉碎'四人帮'以后，他差不多年年被学校里评为先进教师。"

"老曹，刘兰英过去的情况怎么样呢？"

"刘兰英三岁的时候，父亲就病死了。她的母亲在大饼铺工作。刘兰英从十来岁就到店里帮她妈妈做大饼。大饼铺离张小飞工作的小学不远。平常，张小飞在学校里搭伙。到了寒暑假，他常常到大饼铺买大饼吃，跟刘兰英认识了，有一年春节，张小飞去买大饼吃，刘兰英的妈妈觉得小张怪可怜的，拉他到家里过年。就这样，小张对刘家有了感情，刘家母女也喜欢他。

"大饼铺的顾客，大都是小学的师生。刘家母女常常向别人打听小张的情况。众口一词，都说小张为人老实、忠厚、勤恳，脾气也好。刘母知道女儿喜欢小张，就主动向小张提出了婚事。小张没吱声。刘母以为小张大小是个知识分子，看不上卖大饼的，一急，病倒了。刘兰英慌了，到学校里找小张。张小飞来到刘母床前，当着母女俩的面，把自己当过小偷、劳教过三年的事告诉了刘家母女，说自己不配做兰英的丈夫。小张说完，向刘母鞠了三个躬，请求她原谅。

"没想到，这么一来，刘家母女反而觉得小张确实老实。当天夜里，刘兰英主动去找小张谈心。小张再三不肯，甚至把当年劳教判决书拿给刘兰英看，劝她别受连累。

"小张再也不去买大饼吃。刘兰英爱着他，天天晚上往学校里跑。这恋爱新闻很快就在全校传开来了，弄得连一年级的小学生都知道。

"小张被刘兰英的赤诚所感动。他当着刘家母女的面发誓，今后再也不走歪道！从此以后，他们的关系一天比一天密切起来。不料，就在这个时候，鲁永康从监狱里放出来了。他东打听，西打听，知道了张小飞的下落，就找上门来。要拉张小飞重操旧业。张小飞死也不肯。

"小张把鲁永康的情况告诉了刘兰英。有一次，小张跟鲁永康差点吵起来。小张很激动地说：'我再走老路，不光是对不起人民，也对不起刘家母女。——我对她们起过誓，永远洗手不干！'这下子，把鲁永康惹怒了。他迁怒于刘兰英。暗地里准备了一瓶镪水，打算毁了刘兰英的面容。他想，这样张小飞定会死心跟他跑。

"一天晚上，鲁永康带着镪水，来到张小飞的宿舍。一会儿，刘兰英来了。她见了鲁永康，理也不理。鲁永康从衣袋里掏出镪水，便往刘兰英脸上洒去。张小飞手疾眼快，他立即扑上前去，把刘兰英朝旁边一推，结果镪水全倒在张小飞脸上了！

"鲁永康逃跑了。

"张小飞被送到医院抢救。

"刘母本来重病在身，听说这件事后，一急，支撑不住，死了。临死时，再三叮嘱刘兰英，一定要好好照顾小张。第二天，鲁永康就被逮捕了。

"后来，张小飞虽然脱险了，可是，面孔被毁了！

"张小飞从镜子里看到自己的脸，昏过去了。刘兰英在病床前见到小张这副模样，也吓昏了！

"小张醒来，要护士把病房门锁上，再不许刘兰英进来。

"刘兰英醒来，一定要在小张病床前亲自服侍。刘兰英紧紧拉住小张的手说：'虎美在皮，人美在心，我爱的是你的心，不是你的皮！更不用说，你是为了保护我才这样的。'

"刘兰英把结婚登记处的负责同志请到病房里来，当着小张的面，办了结婚登记手续，领取了结婚证。"

"老曹，后来怎么样呢？"

"后来，听说刘兰英卖了自己家的房子。另外，政府给张小飞落实了政策，把他家的'张记风筝店'的房子退还给他。张小飞把房子也卖了。他们俩说是旅行结婚，一去就没有音讯。

"在绿山市，再也没有见到他们俩。今天我从你那里，才知道刘兰英在滨海市买了房子，住了两年啦。你见到她，代我向她问好——我到医院里探望过小张，认识她，还当着她的面，表扬过小张呢！"

金明挂上电话，连夜骑车出去。整整一夜，他又未合眼。

春风送暖

第二天上午，春风轻轻吹过虹江路136弄。

18号响起了敲门声。过了好一会儿，刘兰英才来开门。她没有穿昨天那身雪青的春装，而是穿一身普通的蓝涤卡衣服。当她看到门口站着四个穿警服的人——三男一女，怔住了，脱口而出："查户口？"

"不，找你聊聊。"那个为首的中年人很和气地说。

听那声音，有点熟悉，再细看脸，也眼熟。"咦，你不就是昨天陪外宾来的翻译同志吗？"

"是的，是的。"金明哈哈大笑起来。

"请进，请进。"小刘的表情，也顿时变得轻松起来。

四位客人在客厅里坐好，刘兰英问道："你们是想买风筝？"

金明又爽朗地笑了。他说："我有一个老同志，叫曹奇，他在绿山市公安局工作，托我向你和你的爱人张小飞同志问好！"

刘兰英一下子像木头人似的，一动不动站在那里，手里拿着拔掉塞子的热水瓶，却忘了沏茶。曹奇这名字，她是熟悉的，爱人不知在她面前说过多少遍，他是挽救失足青年的大恩人哪！张小飞这名字，也使她吃了一惊。她已经好久没听见人们称她爱人为"张小飞"了。因为结婚的时候，征得公安局的同意，他已正式改名为"张翱"。

"你们过去的一切，曹奇都已经告诉我了！"金明这么一说，刘兰英才松了一口气，开始给客人们逐一沏茶。

"请问，你们找我究竟有什么事情？"刘兰英问。

"我先介绍一下，我叫金明，这两位叫戈亮、张正。"金明说。他又指着那位四十来岁的女同志，"她叫陈洁，法医，我的爱人。我把她叫来，主要想为张翱治病。"

"给我的爱人治病？"

"是这样的。"陈洁用非常亲切的语调对小刘说，"我是一个法医，也进行一些跟公安业务有关的医学研究。我们曾逮捕了一个十六岁的少年罪犯。他年纪虽然不大，已经'三进宫'。连他本人，都对自己丧失了信心。在脸上刺了个很大的'死'字，表示这辈子只能鬼混，死掉拉倒。后来，经过我们的反复教育，他醒悟了，痛改前非。可是，脸上的'死'字，使他难以见人。请求我帮他把脸上的'死'字去掉。我向整复外科学教授肖伦请教。他告诉我，他制成一种酷似人的皮肤的特种硅橡胶，已经用来修补过人的皮肤。我在肖伦教授的帮助下，给那个少年的脸上贴了一层硅橡胶。这种硅橡胶的颜色和皮肤一样，而且有许多的微孔，可以透气、出汗，又富有弹性。手术以后，那个少年脸上的'死'字不见了，而且皮肤光滑，比原先更漂亮。他对着镜子左照右照，说这是他新生的开始……"

刘兰英睁大了眼睛，仔细听着陈洁所讲的一切，生怕漏掉一个字。

"这是真的吗？"

"你还不相信？看看这照片。"

陈洁拿出了那少年手术前后的对比照片。

刘兰英看了照片后，紧紧地拉着陈洁的手，用颤抖的声音说道："陈大夫，你给我的爱人做手术吧！他的脸被毁了以后，他是多么痛苦啊！他不愿见人，怕他的脸会把人吓昏。就是我，他也不愿让见。我们买下这座房子，因为有一间很大的地下室。张翱就住在地下室里。如果我要进地下室，敲门之后，他把灯关了，才让我进去，天长日久，他常常叹气说，风筝在蓝天白云间翱翔，而做风筝的却生活在黑漆漆的地下。他又说，他虽然不见天日，但他是幸福的——他有一个挚爱着他的妻子，他有一手绝妙的手艺。他做的风筝，给孩子们带来了欢乐，这就是他最大的幸福。

"他说，常常做梦，梦见自己像过去一样漂亮，跟我手挽手在公园里散步，在茵茵绿草上奔跑，放风筝……

"一年到头闷在地下室里，他觉得难受极了。他就给自己做了个黑面罩。有时候他就在夜间戴着面罩上来，在小院里散散步，呼吸新鲜空气。前天夜里，他说，两年没到外面去过，真想出去看看。于是，戴上面罩，骑着我的自行车，出去转了一圈。"

刘兰英说完，请陈洁和金明站起来。她推开装了小轮的双人沙发，沙发下是地下室的门。刘兰英走了下去。过了一会儿，她出来了，她的后面跟着一个蒙面人……

"一年一度春烂漫。"第二年，当桃花盛开的时候，张翱和刘兰英抱着出生才几个月的婴儿，来到滨海市公安局。他们除了向金明、陈洁等致谢之外，还办理了出国手续——张翱制作的"比翼燕"风筝，巧夺天工，在国际博览会上获得金质奖章，他要出国领奖去呢。

张翱满面春风，比过去更加英姿勃勃。一只曾经断了线的风筝，重新飞上了蓝天。

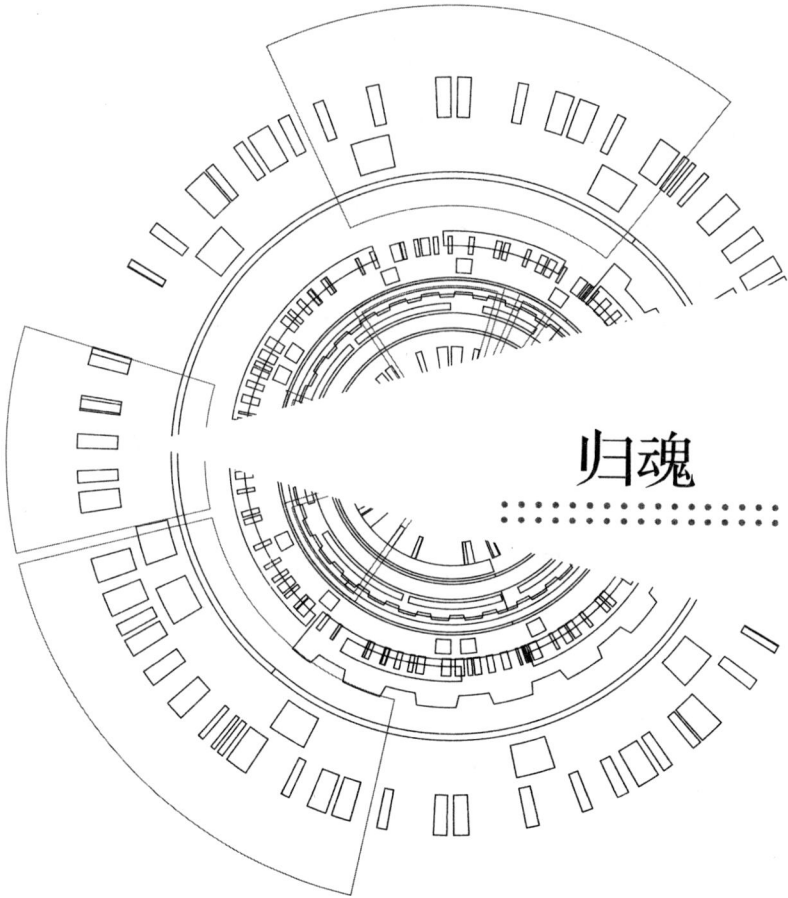

归魂

短序

黑鹰间谍集团总部阴暗的地下室，笼罩着神秘的气氛。几个黑绰绰的背影，正在观看墙上的显示屏幕。

屏幕上不断闪过一张张黑鹰间谍被捕的照片。旁白解说道："M被捕，P被捕，W被捕，L被捕……"

一个背影用阴阳怪气的声调说道："看来，我们得改变策略，把王牌打出去。"

从各个不同角度，拍摄好多台正在工作着的真迹电报机。我各地公安人员，正在收看电报。

旁白，用急促的语调念电报的内容："据悉，两个负有重要使命的间谍潜入我国，一个代号叫'X'，一个叫'Y'。他们攻击的目标是绿山市。'Y'已在我方掌握之中，'X'下落不明，请各公安局、各边防站密切注意……"

出现片名《归魂》。

归客

一架喷气式大型客机在云层之上飞行。

机舱内，两张并排的椅子上，坐着两个戴眼镜的人。其中一个是男青年，三十来岁，戴着阔边黑框近视眼镜，穿着西装，身材修长。他头上没有一根乱丝，皮肤白皙，两腮的胡子刮得干干净净，显得有点发青。另一个是中年男人，中等身材，戴金丝边近视眼镜，穿中山装，眉目清秀。他大约是擅长于思索，眉宇间有很深的"川"字纹。男青年埋头于看一本精装的外文书籍，中年人在浏览画报，不时伸长脖子朝窗外张望。

机翼下，青山逶迤。偶尔在绿树丛中出现稀稀落落的别墅式的房子和盘山公路。

男青年靠窗而坐，仍埋头看书。中年人伸长脖子，又朝窗外观看。男青年抬头，很有礼貌地说道："我们换一下座位吧！"

"不，不，反正很快就到了。"中年人一听，反而不看窗外了。

"你没有到过绿山市？"

"嗯。你呢？"

"我在绿山市工作。这次出国去了，刚回来。"

"你贵姓？"

"姓朱，叫朱葛。"

"喔，诸葛亮的'诸葛'。"

"不，朱红色的朱。你贵姓？"

"姓金，金黄色的金。我是一个医生，大家都喊我金医生。"

金医生从包里取出两个苹果，给朱葛一个。金医生向朱葛借了一把小刀，削起苹果来。朱葛又埋头看书。朱葛手中的外文书中，夹着一张书签。书签上用铅笔画着一位芭蕾舞演员的速写。

芭蕾舞演员的照片，放在梳妆台的一角。一位姑娘正对着镜子梳妆。她二十六岁，颀长的个子，很苗条，长长的睫毛包围着一对乌亮的大眼睛，烫发，穿着白色的高跟鞋。

一位年近六十的妇女进来，说道："陆明，还没打扮好哪？今天演出？"

姑娘答道："不，妈妈。上级给爸爸派来了一个医生，爸爸叫我去接。另外……"

陆明的妈——钱淑芬追问道："另外还有谁？"

陆明答道："还有科学代表团今天回国了，和金医生坐同一架飞机。"

钱淑芬笑了，说道："那用得着照半天镜子？"

陆明的脸有点红了，赶紧站了起来，离开镜子。

机场上"绿山"两个红色大字。

飞机着陆了。在接客的人群中，陆明站在最前排。

朱葛走下飞机，身后是金医生。

陆明远远看见朱葛，嘴角掠过一丝微笑。科学代表团走过来了，朱葛和陆明深情地相视了一下。

陆明赶紧朝金医生走去，说道："金医生，欢迎您！"

金医生迟疑了一下，说："你是……"

陆明："我是陆浩教授的女儿，叫陆明。接到您的传真电报和传真照片，爸爸叫我来接您。"

金医生连声说："谢谢，谢谢。"

一排闪闪发亮的小轿车，代表团成员各自进车。朱葛也坐进一辆轿车。陆明打开自己轿车的门，请金医生进去。

轿车纷纷开出机场。陆明的轿车紧跟在朱葛的轿车之后，驶了出去。

轿车在盘山公路上疾驶。山间溪水潺潺，绿树成荫，一片初夏气氛。

车内，陆明对金医生说："我送你到绿山市宾馆先住下。"金医生点点头。陆明的轿车离开了车队，在一座孤零零的两层小别墅前面停下。陆明说："宾馆到了。"

金医生下车，十分怀疑地看着："这就是宾馆？"

陆明把头伸到车外说："是的，可以住几百人哪！"

"几百人？"

"在地下！绿山市的建筑，大部分在地下！"

金医生走进小别墅。突然，别墅的地板自动移开，露出地道。金医生警惕地扫视了四周，见无人跟踪，这才走进地道，地板又自动合上。

陆明的轿车离开别墅，急急地追赶车队。

朱葛的轿车在飞驶。不久，他的轿车停在另一座小别墅前。朱葛同司机道了声"再见"，轿车就离开了。

正当朱葛要朝别墅走去时，响起了轿车的喇叭声。另一辆轿车停在朱葛身边，从车窗里伸出陆明的头。

朱葛惊异地说："是你？"

陆明笑道："金医生说，在飞机上借了你的小刀，托我送还。"

朱葛："谢谢。请到寒舍略坐。"

陆明："谢谢。"

陆明下车，与朱葛一起朝小别墅走去。

朱葛："我出国一个多月，房间还没清扫过呢，请别见怪。"

"家里没别人？"

"我，单身汉，一直一个人。"他们边说边走进了别墅。

书签

朱葛从口袋里拿出一张打孔的塑料片，插进门旁的一条狭缝里。别墅的大门自动开了。朱葛和陆明走进之后，大门立即自动关上。

朱葛和陆明上楼，来到一个房间门口，门上写着号码"205"。朱葛取出另一张打孔的塑料片，插进门旁一条狭缝，门又自动开了。

朱葛的住房，宽敞而又明亮。房内家具很简单，但很考究。陆明朝楼上一看，唔，墙上挂着一大排乐器：笛子、小提琴、吉他、琵琶、三弦、二胡。朱葛招呼陆明坐下，便打开手提包。他顺手先把那本精装的外文书放在桌上，然后取出一些从国外带回来的糖果，请陆明吃。

朱葛说："我再给你弄点冷饮去。"说完，朱葛走进另一个小房间，动手用奶粉、糖之类配制冰激凌。他一边做着，一边吹起了口哨——芭蕾舞《宝石花》的旋律。

陆明吃着巧克力，信手拿过桌上的精装外文书，耳边响着口哨声。那本外文书是一本科学专著，陆明很有兴趣地看着。当她翻到当中的一页，书签露出来了。那书签上画着陆明在跳芭蕾舞，下面签着"朱葛"两字。陆明惊喜地拿起书签看着，口哨声不时传来。

初衷

书签上画着的陆明，变为舞台上的陆明，正在那里跳芭蕾舞。

口哨声变为乐队伴奏声，依旧是《宝石花》的旋律。

观众席上，朱葛在边看边画速写。画夹上有一盏别致的小灯。他的旁边，坐着一位六十多岁的男人，微胖，脸色红润，没有多少皱纹和白发。他，就是陆浩教授的老朋友陈冰教授。他与朱葛并不相识。陈冰时而看看舞台上的陆明，时而看看朱葛画的陆明。乐池、乐队在伴奏，乐队指挥如

225

痴如醉般挥舞着双手。第一提琴手在那里聚精会神地拉小提琴，前额的一绺垂下的头发不时按照拍子抖动着。

陆明在跳芭蕾舞《宝石花》。

乐队从合奏改为小提琴独奏，节奏变慢，转为抒情。第一提琴手在得意地独奏，左手在G、D、A、E四根弦上灵活地移动着，右手自如地运弓，时而快弓，时而慢弓，时而跳弓、顿弓。朱葛在画，时而抬头看陆明，时而用铅笔勾上几笔。

第一提琴手用力运弓，突然，"啪"的一声，琴弦崩断。

全场静止。

陆明不知所措地木然站在舞台上，双手不由自主地放了下来。前排一些观众站立起来，朝乐池看着，剧场秩序乱起来了。

正在这时，飘然传来了轻快的口哨声，按照《宝石花》的旋律吹着，口哨声优美动听，代替了小提琴。

乐队指挥和第一提琴手惊讶地瞪大眼睛，循声望去。

呵，原来是朱葛坐在观众席上，悠然自得地吹着口哨！

舞台上，陆明放下来的手又举了起来，重新翩翩起舞。剧场顿时安静下来，恢复常态，但是有人不时朝朱葛看着。

朱葛索性站立起来，吹着口哨。口哨声是那么飘逸，那么婉转。朱葛额前垂下的一绺头发，也随着音乐的拍子一抖一抖。

陆明在欢快地跳着，脚尖在飞快地移动。朱葛吹着吹着，乐队指挥干脆跑出乐池，站在朱葛面前指挥起来。

陆明跳完《宝石花》，笑容可掬地向观众致意。观众席中爆发出雷鸣般的掌声。观众朝舞台上的陆明鼓掌，也朝舞台下的朱葛鼓掌。

陆明穿着舞衣，跑下舞台，走向朱葛，向他致谢。出人意料的是，座位空无一人！

陆明问陈冰："陈伯伯，吹口哨的人呢？"

陈冰："走了！"

明净的圆月，像银盘似的挂在夜空，在清凉的月光下，山区如洗。山城的灯光，依稀可见。

山间公路上，朱葛正朝前走着，后面由远而近响起了"嚓嚓"跑步声。朱葛一回头，呆住了：陆明披着一件外衣，连妆都未卸，舞衣也未脱，匆匆赶来了。

"谢谢你，同志！"陆明气喘吁吁地说道，伸出手来。

朱葛腼腆地装作没看到，不敢同陆明握手。

"你的口哨吹得好极了！"

朱葛依旧不吱声，低头走路。

"今天，幸亏你的帮助。不然的话，我的节目就演不下去了。"

朱葛沉默不语，脸上没有表情。陆明的话，像鼓槌敲在棉花胎上，没有反响。朱葛与她保持一公尺的距离，慢慢地走着，一声不吭。

"你喜欢舞蹈吗？"

直到这时，朱葛才轻声答了一个字："嗯。"

"你喜欢音乐？"

"嗯。"

"对啦。你贵姓？"

227

"姓朱，朱红色的朱，叫朱葛。"

"我真喜欢你的口哨，能再吹给我听听？"

"别吹了，夜深了。"

"再吹一遍吧，我喜欢听。"

朱葛又轻轻吹起了口哨。陆明欣喜地听着。明月当空。朱葛在吹，陆明在听。朱葛吹完，便说了声"再见"。

"你住在哪里？也许我们同路。"陆明说道。

"不，我喜欢独自走。"

"下星期天晚上，我还要演出，欢迎你再到剧场里来。"

"下星期天？不行，我明天就要出国了。"

"明天就出国？"

"是的，参加中国科学代表团出国讲学。"

"什么时候才回来？"

"一个月。对不起，再见！"

陆明伸出手来，朱葛还是把手缩回去，自己走了。陆明含情脉脉地看着远去的朱葛。没一会儿，朱葛消失在黑暗之中。

陆明呆呆地立在山坡上，眺望着。这时，响起了汽车喇叭声。陆明回头，见是陈冰开轿车来接她。

轿车在山区公路上奔驰。车内，陆明陷入了沉思。

误会

依旧是沉思中的陆明。一只手递来了一杯冰激凌，才使陆明从沉思中猛然惊醒过来。陆明指着书签上的画，说道："你画得挺不错。"

朱葛不好意思起来，说道："瞎画。画画只是我的一种业余爱好罢了。"

陆明指着墙上的琴，问道："那是你的专业？"

"也是业余爱好。"

朱葛一边回答，一边指着书橱说，"我的专业在那里。"

陆明走近一看，见书橱上的一排书，如《声学概论》《声波原理》《论次声波》《超声技术》等，均写着"朱葛著"。书橱上放着一厚本相册。

陆明："能让我看看吗？"

朱葛取下相册，递给陆明。相册上，有朱葛在实验室里工作的照片，有戴着大红花、被评为"先进科学工作者"的照片，还有朱葛拉琴、骑车、游泳、掷标枪、下棋、跳舞的照片。

陆明："你的业余爱好真广泛哪！我跟你一样，业余也喜欢跳舞、音乐、体育。"

朱葛惊讶的神色，说道："什么？你不是专业的芭蕾舞演员？"

"不是。"陆明摇头说，"我只是在星期天晚上到剧场演出。我是109研究所的助理研究员。"

"你也是搞科学的？"

"嗯。"

"搞科学的怎么会去跳芭蕾舞？"

"这有什么可奇怪的？你不是搞科学的？你也喜欢拉小提琴、吹口哨、画画，难道我就不能跳芭蕾舞？我发现，你的观点简直跟我爸爸一样！"

"你爸爸是谁？"

"陆浩。"

"陆浩？就是那个大名鼎鼎的科学家陆浩教授？"

"嗯。"

"太好了！现在，我才真正认识你。来，我给你拉一曲小提琴，你跳一支舞。"

陆明见朱葛一下子热起来，她反而冷下去了，说道："不必了，我该回去了。"说着，她站了起来，脸色陡变。

"你要回去？在我这儿吃点便饭吧。"

陆明没回答。她翻开桌上那本精装的外文书，取出书签，放入自己的手提包，转过身来，冷冷地说了声"再见"，径自走了。

朱葛像丈二和尚摸不着头脑，惊呆了。

楼梯，陆明急急地往下走，用手绢擦着泪水。陆明身后响起"登登"

的脚步声，朱葛追了上来。

在楼梯口，陆明站住了。朱葛上气接不住下气，脸色显得有点苍白，急促地问："怎么？你生气啦？"

陆明用缓慢、有力、字字分明的声调说道："因为你喜欢的不是我，你是喜欢一个作为大科学家、大教授的女儿的我！"

陆明说完，尽管极力克制自己，但眼泪仍夺眶而出。她昂起头，眼睛看着远处，不愿看站在她面前的朱葛。

"不，不。"朱葛神色有点紧张，急忙表白自己，"我如实地告诉你吧。我原先一直以为你是专业的芭蕾舞演员。我是尊重演员的，但是总觉得搞科学的跟跳芭蕾舞的在一起，格格不入，没有共同的语言。刚才我知道你原来也是搞科学的，我当然非常高兴！"

朱葛说完，突然双眼发愣，固定地看着前方，眼珠子一动也不动。朱葛两颊的肌肉，神经质地抖动着，嘴巴张得大大的。朱葛的眼神暗淡无光，透露出惊恐、痛苦和病态。这时，响起尖厉杂乱的某种音乐和急骤的鼓点。

朱葛猛地用双手紧捧着仿佛要炸裂的脑袋，额头沁出豆大的冷汗。

陆明先是呆呆地注视着朱葛的这一突然变化，吓了一跳。后来见朱葛双手紧捧脑袋，知道他发病了，赶紧把朱葛扶住，让他坐在楼梯上。陆明也坐了下来。

过了好一会儿，朱葛才慢慢松开手，掏出手绢，擦着额上的冷汗。

"你怎么啦？"

"不要紧，头痛。"

"过去有这毛病？"

"从来没有。"

"怪我不好！"陆明说着，从手提包中取出书签，还给朱葛。朱葛笑了，慢慢站了起来。一切恢复常态。

朱葛把陆明送到大门口。陆明远去，朱葛仍深情地望着她的轿车。

求见

朱葛在深情地看着。他的旁边，仍坐着陈冰教授。

舞台上，陆明在跳《敦煌之梦》的舞蹈。乐池，民乐队在伴奏。朱葛一边在看，一边在画。

画夹上，亮着一盏别致的小灯。

陆明在跳。

朱葛在画。

又是明月当空，山区夜色如洗。

山间小路上，朱葛和陆明在散步。这一次，他们挨得很近。

"现在，我们的距离不再是一公尺了吧。"陆明说道。

朱葛笑了，吹起了轻快的口哨——《百鸟朝凤》中的各种鸟叫声。陆明的脸上，也泛起了笑意。

朱葛："陆明，我久仰你爸爸的大名。你爸爸是个什么样的人？"

陆明："我爸爸？还不是一个鼻子、两个眼睛？报纸上三天两头登他的照片，就是那么个样子。"

朱葛："我是问他的性格、脾气。"

陆明："他是个怪人！"

朱葛："怪人？"

陆明："不错，百分之百的科学怪人！"

朱葛："怪在哪儿？"

陆明："他呀，每天除了工作，还是工作。他不听音乐，不看电影，不看电视。我演出那么多次，每次请他，都请不动。他总是说，搞科学的，干吗去跳芭蕾舞？他的乐趣，就是跟小孙子开开玩笑。"

朱葛："我很想见见你爸爸，向他请教请教。"

陆明："你见不着他。"

朱葛："见不着？"

陆明："他忙得很，拒绝接见任何人。"

朱葛："你也见不着？"

陆明："我怎么见不着？我是他的女儿，又是他的助手。他的实验室，只有我才进得去。"

朱葛："那你一定带我去见见他。"

陆明："这个星期天，你到我家里来吧。不过，我可以断言，你是见不着他的！"

假人

山头上一座米黄色的别墅。一辆轿车在门口停下。一个人下车后走上台阶。他按了一下门上的电铃开关。

红灯闪烁，蜂鸣声器响了。

一个十来岁的男孩，满脸淘气，正在他的小房间里玩遥控小汽车。他一听见蜂鸣，咯噔咯噔跑了出来开门。他一按电钮，门自动开了。门外，站着一个文质彬彬、衣着整齐、头发梳得亮光光的青年人。

"叔叔，你找谁？"小男孩一见，顿时也斯文起来。

"这儿是陆明同志家吗？"

"是的，请进，请进。陆明是我阿姨，我是她的小侄子。"

"你叫什么名字？"

"我？大家都叫我小陆子，谁也不喊我名字。"

"好，那我也叫你小陆子。"

"你姓什么？"

"我姓朱。"

"朱叔叔，你稍等一下，我去喊阿姨。"

"你爷爷在家吗？"

"咦，你到底是找爷爷，还是找阿姨？"

"找爷爷。"

"那我领你去见爷爷！"

朱葛喜出望外，脸上浮现出笑容。他想不到，竟然不费吹灰之力，便可以见到陆明断言见不到的陆浩！

小陆子带领朱葛，沿着铺着红地毯的宽敞的楼梯，来到二楼。一扇门上写着"会客室"。小陆子回头关照朱葛："每次来客人，要见我爷爷，都是我领着去的。不过，爷爷身体不大好，不肯多说话。他生怕传染病，请客人不要跟他握手。"

小陆子说完，先按一个电钮，当他按第二个电钮时，会客室的门自动开了。这是一间明亮、宽敞的会客室，开着落地大窗，可看到窗外的群山。

会客室里放着两张双人沙发，四张单人沙发，地上铺着花地毯。靠墙的大玻璃立柜中，陈列着古玩、盆景。

一位老人正端坐在沙发上看书，见有人进来，略微欠起身子。

"您好，陆教授！"朱葛见他跟报上登过的照片很像，便知是陆浩，连忙毕恭毕敬地鞠了一个躬。

朱葛正想伸手和陆浩握手，小陆子在一旁连连丢眼色，朱葛记起小陆子刚才的话，马上把手缩了回去。

"请坐！"陆浩用有点尖厉、古怪的声调说道。

朱葛在陆浩对面的沙发上坐了下来，双手放在膝盖上，显得非常拘谨，不知说什么才好。小陆子倒很活跃，像个小主人似的，拿了个大玻璃杯，放进一小撮茶叶，按了一下热水瓶，热水就自动从瓶里流到杯里。小陆子给朱葛沏好茶，就在中间的沙发上坐了下来。

这时，朱葛细细打量陆浩，见他皓首银发，前额宽阔，头有点秃，眼睛跟陆明一样，又大又明亮，额头有很深的"三"字纹，眼角有明显的鱼尾纹。他静静地坐在那里，目光注视着对面的客人。

"陆教授，久仰大名，今日拜识尊颜，眼福匪浅。"朱葛拘谨一会儿，见陆浩不吭声。便自我介绍起来："敝姓朱，单名葛，声学研究所副研究员。我认识您的女儿陆明。听说您贵体欠佳，特来问候，并请对学生的科学研究工作给予指点。'名师一席言，胜读十年书'，望陆教授今后对学生多多帮助……"

朱葛絮絮叨叨地说着，陆浩静静地听着，不置一词。小陆子在一旁摆出小主人的架势，听一句，点一下头。他不时给客人敬烟、递糖果。

朱葛讲了一通，见陆浩一言不发，觉得有点不好意思，以为陆浩身体不好，不便多谈，就起身告辞。小陆子的手往沙发上一按，陆浩便站了起来，依旧尖声怪气地说："再见！"这时，朱葛忘了小陆子的关照，竟向陆浩走去，准备和他握手告别。小陆子急坏了，赶紧向朱葛挤眉弄眼，努着嘴巴。

惊人的事发生了；朱葛一握陆浩的手，那手竟然是空的，看得见，摸不着！

朱葛的病态开始发作。他呆若木鸡，呆立着，额头冒出豆大的冷汗。

朱葛的眼神暗淡无光，透露出惊恐、痛苦和病态。此时，小陆子先是惊慌，后来见朱葛发呆，以为他胆小，竟然哈哈大笑起来，笑得前仰后合。

小陆子从玻璃柜里拿出一个小方盒，按了一下盒子上的开关。顿时，一只老虎竟进门来了！

朱葛又吃了一惊。他一回头，见一条眼镜蛇高昂着头，向他游来。朱葛惊叫了一声，吓得朝后逃，撞在玻璃柜上。玻璃被撞破了，古玩、盆景乒乒乓乓摔在地上。

一只盆景摔在陆浩头上，竟然像没碰到什么东西似的，落在沙发上。

小陆子还在那里哈哈大笑。

朱葛斜倚着墙，他的病态猛烈发作了，双眼发愣，脸部肌肉在抽搐，嘴也张大。尖厉杂乱的某种音乐和急骤的鼓点又重新响起来了。朱葛双手捧着疼痛欲裂的脑袋，"砰"的一声，摔倒在地上。

这下子，小陆子吓坏了！他连忙去按动墙上的一只按钮。

红灯在一闪一闪，响起了警报声。

会议室的门开了，陆浩、陆明和金医生急急忙忙跑了进来。陆明赶紧扶起朱葛，金医生走过来把朱葛扶到双人沙发上。

陆浩坐在朱葛身边，细细看着。

小陆子知道自己闯了祸，垂着双手，在一旁呆立。

金医生给朱葛敷上热毛巾。朱葛渐渐睁开眼睛。他惊疑地看着沙发上坐着的陆浩，又看看面前俯下身看他的陆浩。当陆浩俯身看他时，朱葛突然大叫："有鬼！"

朱葛又闭上眼睛。当他再睁开眼睛时，见陆浩用手给他换了一条毛巾，朱葛碰到陆浩的手，确信他是人。朱葛欠身坐直，呆呆地看看面前的陆浩，又看看沙发上的陆浩。

陆浩看了看手表，喃喃自语道："呀，花费了十分钟。"然后，他对金医生说："没关系了，醒过来了。你别忙着给我看病，先照料照料这位客人。"

陆浩又对陆明说道："你要管好小陆子，不许他吓唬客人。"陆浩说完，自言自语讲了句"又花了两分钟"便走了。

朱葛的眼神，渐渐由迷惘转为正常。他朝金医生看了看，感到十分奇怪："你怎么也到这儿来？"

"哈哈。"金医生笑了，"我是当医生的，脑科专家，上级派我专程来给陆浩教授治病的。谁知那天一来，跟你同等待遇，也是小陆子把我领到这儿来，弄了个假人接待我。"

金医生说着，用手捞了捞沙发上的那个陆浩，只见他不过是一个虚影而已。他顺手从陆浩的"肚子"里拿出刚才摔下来的盆景。

金医生继续对朱葛说："不过，我比你机灵。我一来，就看出这个假人神色不对。我把温度计朝他的嘴里一插，洋相当场就揭穿了！"

小陆子这时见朱葛苏醒了，又活跃起来，咯咯笑道："我爷爷用这个假人，不知骗了多少个人。只有碰上你们俩，西洋镜才被揭穿了。不过，你们出去，可别把假人的事儿说出去。要不，爷爷会生气的。"

朱葛惊魂刚定，问道："怎么会是个假人呢？"

小陆子得意扬扬地说："我来表演给你看！"

小陆子跑到门口，用手按刚才按过的第一个电钮，沙发上的陆浩突然消失了。小陆子再按一下，沙发上又突然出现了陆浩。小陆子连连用手按动电钮，沙发上的陆浩不断时隐时现。接着，小陆子跑进会客室，往双人沙发扶手上一个暗藏的电钮上按，陆浩马上站了起来讲"请坐"，再一按，陆浩站起来讲"再见"。

"这是怎么回事？"朱葛问道。

"既然你们已经知道了这是一个假人，而且你们又不是外人，我就把秘密告诉你们吧。"陆明一边说着，一边掀起陆浩坐着的那张沙发的坐垫，露出仪器，"我爸爸是立体电视的发明者。这是立体电视发射器。这是发像磁带。只要把我爸爸的形象用磁带录像，通过发射器发射特殊的电磁波，就能在空间形成立体电视，跟我爸爸的形象一模一样。不过，它只是一种电磁波，所以是虚假的，手摸上去是空的。"

小陆子接着说道："刚才我吓唬朱叔叔的老虎和眼镜蛇，也是立体电视！"

小陆子说着，重新拿起小盒子。小陆子一按小盒的电钮，门口就出现了老虎。朱葛脸上又露出惊恐的表情。小陆子跑过去，用手捞来捞去，见老虎是空的，朱葛的脸才变为常态。

小陆子再一按小盒子上的电钮，老虎马上不见了。小陆子按另一个电钮，眼前出现眼镜蛇。再按一下，眼镜蛇消失了。

小陆子的手不断按动各个电钮，顿时，会客室变成了动物园似的：梅花鹿、狮子、河马、鳄鱼、仙鹤、熊猫……一个个跳进跳出，仿佛孙悟空在玩弄七十二变似的。

朱葛把小盒子拿过去，按动各个电钮，他的眼前重复出现各种动物。朱葛连声说"有趣"。沙发上，出现假人——陆浩。朱葛问道："陆明，你爸爸为什么要弄个假人骗人呢？"陆明笑着答道："我爸爸一向是一个非常珍惜时间的人。他常常引用这样的格言——'科学需要的是人的全部生命'，'最大的浪费莫过于时间的浪费'。特别是在不久前，查出他的大脑患有严重的疾病，医生说他将不久于人世。过三个月，大脑疾病将会导致双目失明。你想，一个立体电视专家失去了双目，怎么工作呢？所以他把每一秒钟都掰成几瓣儿用。他不愿意把时间浪费在会客上，就来了个分身法，弄了个假人坐在这里。"

"喔，是这么回事，怪不得你断言，我是见不着他的。"朱葛恍然大悟。"不错。"陆明笑道："平常，开什么会，要他坐在主席台上，他也是弄了个假人坐上去，自己却埋头在实验室里。所以大家都叫他……"

"科学怪人！"小陆子抢着说道。大家哈哈大笑起来。金医生没有大笑，他正在用笔记本唰唰地记什么。

不明

总部阴暗的地下室里，几个黑影在观看屏幕上各种侦察卫星拍摄的照片。

对话声："'X'和'Y'有什么消息？"

"只知道他们平安到达绿山市，还没有开始行动。"

……

我公安部侦查处，几个人在研究。

对话："'X'有下落了吗？"

"还没有线索。"

异常

门上的一个像自动电话拨号盘似的旋盘。一只手拨动号码"5607989"。门自动开了，一个黑绰绰的背影进去，门又自动关上。那背影蹑手蹑脚走了进去。

陆浩教授正埋头于工作，桌上像杂货铺似的，横七竖八地堆放着各种计算手稿、参考书，陆浩正在用一只微型电子计算器在计算。陆浩的手指在按动电子计算器的键盘。突然，从背后伸过来一只手指，按了一下键盘，使显示的数字一下子变成了0。陆浩一惊，回头，见是老朋友陈冰教授，说了声："陈冰，什么时候溜进来的，吓了我一跳！"

陈冰很随便，自己端了张椅子，在陆浩对面坐下。陈冰与陆浩的年龄差不多，但是看样子比陆浩年轻多了。陈冰满面红光，笑起来，双眼眯成一条线，两颊出现了两个酒窝。

"喂，喂，我的'老陆子'呀，你该休息一下了！"陈冰说道。

"淑芬，我的'顶头上司'来视察工作啦，给他弄点吃的，喝的，来点'糖衣炮弹'。"钱淑芬笑着给陈冰拿来了茶杯、点心、糖果。

陈冰说："我是常客。自己动手，丰衣足食。"一边说着，一边自己倒水。他问道："陆浩，还在忙那大规模试验？身体好点了吗？"

"还是老样子。"陆浩一边说着，一边拿起桌子上的电子日历，"医生说我只能工作3个月，这话已经过去一个星期，如今只剩下83天了，也就是总共才1992小时了。我的时间已经不多了，我得赶紧把研究工作做完。可是，我的时间老是被浪费掉。刚才，为了救一个人，浪费了12分钟。"

"哈哈，哈哈。"

陈冰爽朗地笑了，"你在我面前讲这番话，言外之意，是在给我下'逐客令'啰？"

"对你，下'逐客令'恐怕也赶不走！"陆浩毫不在乎地笑了。

"老弟，你珍惜时间是好的。不过，人终究不是机器，也得休息休息，看看舞蹈，听听音乐，调剂调剂。"陈冰说道，"今天，我倒是'无事不登三宝殿'。我带来一份外国报纸，其中谈到了你。"

陆浩拿过报纸，用英语读了起来，然后又用汉语念道："中国境内出现异常情况，据侦察卫星报告……"

报纸上的卫星拍摄的照片。陆浩继续念道："一个多月来，中国境内突然出现一批导弹基地，不久又神秘地消失了。这一行动，正引起有关部门的深切关注。"

"老弟的试验，已经引起外国人的'深切关注'，不简单哪！"陈冰哈哈笑道。

陆浩也笑了。正在这时，陆明来了，喊了声"陈伯伯"。陆明递给陆浩一个牛皮纸大信封，说："绿山市公安局派专人送来的重要文件。"

陆浩拆信，看了以后，说："来了两个间谍，一个代号叫'X'，一个叫'Y'。那个'X'至今下落不明。他们攻击的目标是什么？你们猜猜！"

陈冰和陆明没有回答。

"是鄙人！"陆浩哈哈大笑了。

陈冰："我看，他们从中国境内出现的异常情况，已经闻到你的气味了。"

陆浩："奇怪，说那个'X'下落不明，怎么最近几天之内，我这儿连续来了两个不速之客！"陈冰："哪两个？"

陆浩："一个是医生，姓金，说是上级派来给我治病的，几次三番要住到我这儿来。还有一个青年人，莫名其妙地一定要见我，刚才晕倒在会客室。"

陈冰："他叫什么名字？"

陆明连忙答道："叫朱葛。爸爸，你怎么可以乱怀疑呢？"陈冰一听，哈哈笑了："陆明，你干吗要袒护那个吹口哨的年轻人呢？"

陈冰说完，爽朗地大笑。陆明不好意思地低下了头。陆浩像蒙在鼓里似的，不解其中的奥妙。

陈冰对陆浩说道："'老陆子'，你乱怀疑人，确实是不对的。那个晕倒的青年，是声学研究所的副研究员，在学术上卓有成就，连续十年被评为先进科学工作者。"

"他叫什么名字？"陆浩问道。

"叫朱葛。"陈冰答道。

"朱葛？哦，是不是写《声学概念》的那个朱葛？"陆浩又问。

陆明赶紧说道："是的，就是他。"

陆浩："原来是他！以后你常请他来。我研究的是立体电视，是电磁波，他研究的是声波，有许多共同之点。有些问题，我正想请教请教这位青年人！"

陈冰："要把朱葛请来，那还不容易？只要陆明开一下口，随叫随到！"说完，陈冰仰天大笑。陆明被笑得不好意思起来，陆浩依旧不解其中缘由。

陆浩又把公安局的信拿起来，说："唉，谁是'X'，现在连公安局都没弄清楚，我们当然更弄不清楚。不过，我们下星期又要进行大规模的现场实验，要提高警惕。特别是第五实验室，绝不许外人进来。"

正说着，电话铃声响了。陆明接电话，"嗯""嗯"了几下，用手捂住话筒，然后对陆浩："金医生打来的，他坚持要住到这儿来。他说每天白天要给你打三针，晚上打两针，不搬过来太不方便了。"

陆浩："打针，打针，太麻烦了！就让他搬过来吧，找个远离第五实验室的房间给他住，真是烦死了！"

陆浩习惯地看了一下手表，惊呼："哎哟，又过了一小时零八分。"

陈冰："这是真正的逐客令。我该走了！"

陆浩说了声："请原谅，不送了。"又埋头于工作。

陈冰临走，回头对陆浩说："别忘了，下个星期天是您的六十大寿。

我们说好去打猎，你不能失约！"

陆浩："什么大寿、小寿、打猎，没时间！"

陈冰："不行，说好的事情不许赖，一言为定！"

陆浩没理会，又埋头工作起来。

陈冰走出陆浩的工作室，沿着长长的地下甬道走去。

陈冰走到一扇门前，按了一下电钮。门开了，那是小陆子的卧室。小陆子的卧室跟陆浩差不多，桌上堆满各种少年科学画报、电子元件、印刷线路板以及被拆开的汽车模型。小陆子的手指，在按电子计算器。

陈冰蹑手蹑脚地走了进来，从小陆子背后伸过手指按在电子计算器上，显示屏上的数字一下子就变成了0。

小陆子回头一看，见是陈冰，高兴得跳起来，用双手搂着陈冰的脖子，连声叫："陈爷爷，你快帮我算算！"

陈冰："不，不，我先给你做一道题目。"

陈冰拿起光电笔，在小陆子房间的显示屏幕上写了公式：

$A = X + Y + Z$

小陆子问："A是什么？"

陈冰："A是成功。"

小陆子："X呢？"

陈冰："X是劳动。"

小陆子："Y呢？"

陈冰："Y代表恰当的方法。现在，叫你求证Z。"

小陆子沉思了一下，像机关枪似的咯咯笑了起来："我知道了，我知道了，这是爱因斯坦的公式，Z等于少说废话！"

陈冰大笑起来，又问："你用一个公式，总结一下爱因斯坦一生的成就。"

小陆子不假思索，立即答道："E＝MC2。"

陈冰与小陆子一齐大笑。

陈冰："小陆子，有空到陈爷爷那里去玩，陆爷爷有办法叫你当小科学家，小爱因斯坦！"

小陆子高兴地睁大了眼睛："真的？"

陈冰点头道："真的！"

小陆子一下子把陈冰紧紧抱住。

喜讯

盘山公路，两辆轿车一前一后在疾驶。来到一座别墅前，两辆轿车先后停下。

从前面轿车里走出来的是朱葛。他朝后一看，从后面轿车里出来的竟是金医生，他手里拿着旅行袋和小箱子。

四只戴眼镜的眼睛，相视良久。

朱葛："你来干什么？"

金医生："你来干什么？"

朱葛："我去看陆明。"

金医生："我是陆浩教授要我来的。从今天起，我搬到这儿来住了。"

他们俩各怀心腹事，一前一后朝别墅走去。门开了，依旧是小陆子咯噔咯噔跑出来迎接他们。

朱葛："小陆子，怎么样，你又带我去见假爷爷？"

小陆子顽皮地眨眨眼睛，说道："你呀，找爷爷是假，找阿姨是真！"

"小陆子，你没大没小，当心你的屁股！"从后面传来陆明的声音。

金医生："我才是真正来找你爷爷的。"小陆子朝陆明做了个鬼脸，然后对金医生说："走吧，找爷爷的，跟我来！"

众人进入地道。在地道口，走进电梯。电梯不断下降，过了好一会儿，才停住。众人从电梯里出来，分为两路：小陆子和金医生朝左走，陆明和朱葛向右走。

小陆子帮金医生拎了一个小包，带他来到一扇门前。门开了。里面是一个不大的房间。小陆子："金医生，爷爷说您就住在这里。再见！"金医生："再见，常来玩儿！"说完，门关上了。

在地下甬道的另一面，陆明带朱葛来到一个房间。房门开了，他们俩进房间。

这是陆明的卧室。朱葛扫视整个房间，见十分整齐、干净。墙上，挂着巨幅敦煌飞天画。床边，竖立着一个嫦娥奔月玉雕。另一面墙上，挂着一排乐器：笛子、小提琴、吉他、琵琶、三弦、二胡。

朱葛："我好像跑错了地方，来到一个艺术家的卧室。"

陆明按一下墙上的开关。忽然，朱葛惊奇地看到周围的一切都变了：墙上挂着巨幅门捷列夫化学元素周期表。床边，竖立着一个原子模型。另一面墙上，挂着丁字尺、计算尺，竖立着巨大的书架，放满各种科学书籍、杂志。朱葛走向书架，伸手拿一本书。一摸，是空的！朱葛笑了："原来，你这里也是'空城计'，用立体电视来骗我！"

陆明："看来，还是变回去吧。我们在一起的时候谈论艺术多于谈论科学。"

陆明按了一下墙上的开关，房间顿时又恢复艺术环境。

朱葛："不，今天我们还是应当多谈谈科学，因为我们是科学工作者，艺术只是我们的业余爱好。我很想请你谈谈立体电视的原理。"

陆明："我们还是通过艺术来研究科学吧。你吹口哨，发出你的声波。我跳'嫦娥奔月'舞，用这立体电视录像仪记录。等跳完以后，再用立体电视发射器发射出来，看看我的姿势对不对。"

朱葛："好。"

很快地，他们把仪器安装好了。朱葛开始吹口哨，吹的是"嫦娥奔月"曲。陆明轻歌曼舞，跳"嫦娥奔月"舞。跳罢，陆明坐在朱葛身旁。以两人的背影为前景，陆明一按开关，出现陆明的舞姿。陆明和朱葛一边看着，一边评论着。舞毕，朱葛蹲在仪器前，细细端详着，说道："你爸爸的发明，太有意思了。我真想拜他为师，向他学习。"

陆明神秘地说："我告诉你一个好消息！"

朱葛："什么？"

陆明："我今天打电话请你来，是奉爸爸之命，有事相告。"

朱葛："什么事？"

陆明："爸爸要我正式通知你，他与声学研究所领导商量过了，决定把你调到这儿工作，想听听你自己的意见，愿意不愿意？"

朱葛："为什么要调我？"

陆明："爸爸看过你的《声学概论》，说你的研究工作和他的研究工作相辅相成，有些问题要向你请教。"

朱葛受宠若惊："你爸爸看中我？"

陆明："嗯，看中你！"

突然，又响起尖厉刺耳的音乐和急骤的鼓点，朱葛双手捧着脑袋，昏了过去。朱葛的眼睛呆滞无光，脸上的肌肉在不断抽搐着。

陆明赶紧扶朱葛躺在床上。过了好一会儿，朱葛才慢慢恢复正常，坐了起来。

陆明："你怎么啦？"

朱葛："我不能受刺激。第一次是你拿了书签就走，把我急昏了；第二次是小陆子用老虎把我吓昏了；这一次是太兴奋，把我乐昏了。"

陆明："你过去有这毛病？"

朱葛："没有。自从我在这次回国的时候……"

昏倒

朱葛开始回忆往事。那是科学代表团在回国途中，经过一个国家的机场，作短暂的休息。朱葛走进候机室，坐在长椅上。他刚坐下，一个华侨打扮的又高又瘦的人走来，坐在他身边。那个人掏出香烟，向朱葛敬了一根。朱葛刚抽了一口，就昏过去了。

当朱葛稍微清醒过来，见自己躺在救护车上，好几个戴着大口罩的人注视着他。这时出现尖厉的音乐和急骤的鼓点。

当朱葛再醒来的时候，见自己躺在医院里，代表团的同志已经坐在他身边。他们告诉朱葛，在朱葛被救护车运走之后，他们立即追到医院。

就这样，他们耽误了一个航班，坐下一班飞机回国。从那以后，朱葛一激动，脑袋就像炸裂似的，疼痛异常，容易昏过去……

朱葛向陆明说完往事之后，站起来就要走。陆明要他休息一会儿，他却急于回去，说是要马上搬过来住。

朱葛坐进轿车，离开别墅，走了。

记忆

　　小陆子喊了两声"金伯伯"，没人答应。小陆子按电钮，金医生卧室的门开了一半。小陆子一看，金医生戴着耳机，正在聚精会神地收发电报。小陆子吓了一跳，赶紧按电钮，门自动关上。

　　小陆子骑着微型小轮摩托车，在山区公路上行驶。

　　迎面驶来一辆轿车，唰地停下，从车窗里伸出朱葛的头，问道："小陆子，上哪儿去？"

　　小陆子："到陈爷爷那里去。你呢？"

　　朱葛："我要搬到你们家去住了。"

　　小陆子："太好了，我再用老虎来吓唬你！"

　　朱葛说了声"小鬼"，开走了。

　　绿草如茵。一只羊在吃草，一头猪也正在津津有味地吃草。陈冰坐在草地上，仔细观察着。

　　突然，一双小手蒙住了陈冰的眼睛。陈冰回头一看，原来是小陆子。小陆子说道："陈爷爷，你说有办法叫我当小科学家，当小爱因斯坦，什么办法呀？"

　　陈冰："先别吵。你看看……"

小陆子一看，高兴得跳起来了："咦，怪事儿，猪怎么跟羊一样，也吃草？"

陈冰："这还不稀奇。我带你去看更有趣的事情。"

陈冰领着小陆子来到一只铁笼前。铁笼里，养着一只淘气的小猴子。小猴子跑到小陆子跟前，突然怪声怪气地说起话来："你好！"小陆子被吓了一跳。

陈冰把圆珠笔、笔记本递给小猴子。小猴子拿笔写字，写下歪歪扭扭的"你好"两个字。小陆子看傻了。

陈冰又领着小陆子看一群小白鼠。陈冰往食槽里倒了食物，一按电钮，铃声响了，小白鼠纷纷跑过来吃东西。可是，有一只小白鼠却没有跑过来。

陈冰抓住那只小白鼠，往它的脑子里打了一针。陈冰又按响电铃，那只小白鼠居然跑过来吃东西了！

小陆子："陈爷爷，你刚才给小白鼠打什么药？"

陈冰："不是什么药，是一种'记忆分子'。我把羊脑子里的'记忆分子'打进猪的脑袋，猪就会吃草。把人的'记忆分子'打进猴子的脑袋，猴子就会讲人话，会写字。"

小陆子："照你这么说，把你脑袋里的'记忆分子'，把爷爷脑袋里的'记忆分子'打到我的脑袋里，我就成了小科学家，小爱因斯坦啦！"

陈冰："小鬼，你倒挺机灵的，给你猜对了。你将来会成为一个年轻的'老'科学家，一个戴着红领巾的'老'科学家！"

小陆子："那你赶快给我打！"

陈冰用手拍打着小陆子的脑袋，说："我现在还在试验。"

小陆子："那我报名，当第一个试验品。"

两人都哈哈大笑。猴子也哈哈大笑。小陆子忽然记起了一件事情，收敛了笑容，说道："陈爷爷，我告诉你一件重要的事情……"

小陆子示意叫陈冰蹲下来，附在他的耳边低声地说："我刚才看见金医生在……"

猴子在一旁伸长头颈，仿佛听见他们的悄悄话的。

送花

金医生仍在忙于收发电报，他的桌子上摊着世界地图及许多卫星拍摄的图片。

黑鹰间谍集团阴暗的总部。对话声：

"据悉，陆浩在最近又要进行一次大规模试验。"

"要'X'和'Y'抓紧工作，把情报通过通信卫星随时发来！"

金医生的背影。他正手持放大镜，在细细观看卫星拍摄的彩色照片。

长长的地下甬道，朱葛和陆明走来。

陆明："怎么样，对你的新居满意吗？"

朱葛："能够住在你的房间对门，这样'门当户对'，怎么不满意？"

两人站住，正准备走进各自的房间，朱葛说："到我这儿坐一会儿吧！"

陆明走进朱葛的卧室，朝床头小柜上一看，见放着一张朱葛新画的芭蕾舞速写。陆明微笑，说道："我爸爸托我转告，你先在第一实验室工作。"

朱葛："你呢？"

陆明："我在第五实验室，那是中心控制室，只有我和爸爸才能进去。我们即将进行一次重要的试验。"

朱葛："什么时候？"

陆明："明天。"

朱葛从桌上拿起一叠新书，递给陆明："这是我的新著，托你送给陆浩教授，请他指正。"朱葛说完，沉默了一会儿，才鼓足勇气说："陆明，我还想送你一件小礼物，不知道你喜欢不喜欢？"

陆明："什么东西？"

朱葛一边说着，一边从抽屉里取出一个精致的小盒子，递给陆明。陆明打开小盒子，见里面有一朵粉红色、亮晶晶的宝石花。陆明取出宝石花细细端详，脸上浮起幸福的微笑。朱葛把宝石花亲手别在陆明胸前。

换花

金医生打开一盒针剂，用针筒抽药水，陆浩埋头于用微型电子计算器进行计算。

金医生："陆教授，时间到了，您该打针了。"

陆浩："谢谢。不过，一天打五针，真是烦死了！"

陆浩把裤带松了一下，依旧趴在桌上计算。金医生给他打了一针。这时，陆明来了，递给陆浩一大沓新书，说道："爸爸，这是朱葛送给您的，都是他的近作。"

陆浩拿着书，很有兴致地看起来，边看边说："这个青年人，不简单哪！"

金医生看到陆明胸前的宝石花，说道："陆明，好漂亮的宝石花，用什么东西做的？"陆明取下宝石花，递给金医生。金医生细细观看宝石花，甚至还拿起来对灯光看了一番，连声赞道："真好看！"说完，把宝石花还给陆明。陆明把宝石花别在胸前。

夜。陆明的卧室。陆明脱下上衣，挂在衣架上，便上床睡觉，熄灯。衣架上的上衣，宝石花闪闪发光。突然，伸进一双手，取下那朵宝石花，换上一朵一模一样的宝石花。

重演

　　"走吧，我们到第五实验室去，试验的时候快到了。"陆浩对陆明说道。

　　长长的地下甬道。

　　陆浩和陆明穿着雪白的工作服，戴着白帽子，脸色严肃地沿着甬道向前走去。陆明的白工作服上，别着醒目的粉红色的宝石花。陆浩和陆明默默地走着，皮鞋在塑料地板上发出嚓嚓的声音。

　　甬道尽头，是一道厚厚的铁门。陆明把打孔塑料片插在门旁的细缝中，门开了。他们一走进去，门立即关上了。

　　又是长长的地下甬道。第二道门开了。他们一进去，门立即关上了。

　　仍是长长的地下甬道。甬道到头，铁门上写着一个醒目的红色"5"字。门上，自动拨号盘。陆明用手拨号，拨了"5607988"。铁门自动开了。

　　陆明和陆浩走进第五实验室。实验室里的灯逐一亮了，可看出这里非常宽敞，摆满许多银灰色的大立柜，可看到各种指示灯、数码管、磁盘、纸带之类。

　　陆明和陆浩各就各位。陆明坐好之后，一按电钮，墙上的一卷纸一样的东西，就自动放了下来。原来，这是挂壁式电视屏幕——荧光屏很大，但像纸一样薄。

陆浩面前，放着一大排新式的话筒。桌上，放着一只电子钟。钟上的数字，在不断变化着。

挂壁式电视屏幕上，出现陈冰，问道："怎么样，准备就绪了吧？"

电子钟，不断变化着数字。陆浩对着话筒，开始发布命令："三十分钟准备。一号。"屏幕上出现一个人，答道："一号准备完毕。"陆浩不断地问："二号，三号，四号……"不断答复"二号准备完毕""三号准备完毕""四号准备完毕"……这些科学工作者有的在沙漠，有的在森林、草原、山上、河边、江边、海边，不断答应"准备完毕"。屏幕上出现巨大的碗状天线，出现巨大的立体电视发射器。陆明聚精会神地看着屏幕，她胸前的宝石花闪闪发亮。

一颗间谍卫星在太空中飞过。

一张又一张间谍卫星所拍的彩色照片出现。

一只毛茸茸的手在指着照片上的疑点。画外音："中国大陆的异常情况又在重演了。你瞧，这一大批导弹基地突然冒出来，那一大批导弹基地忽然消失，真是不可思议！"

陆浩在发布口令。忽然，有点头昏眼花。他用一只手支托着脑袋，另一只手在按电钮。陆明见了，连忙跑过来，代替陆浩发布口令，陆明胸前的宝石花，闪闪发亮。

魔影

陆明回到了自己的卧室。她脱去白工作服，挂在衣架上，然后熄灯，上床睡觉。

白工作服上的宝石花，在夜间闪闪发光。突然，一双手取走了宝石花，又换上同样的一朵宝石花。宝石花依然闪闪发光。

疑花

陆浩正埋头于工作，桌上像杂货铺似的，横七竖八地堆放着各种计算手稿、参考书，其中醒目地放着朱葛送给他的几本书。

陆浩的手指在按动电子计算器的键盘。突然，伸进一只手指，按了一下键盘，使显示的数字一下子变成0。陆浩一惊，回头见是陈冰，嗔了一声："又是你！什么时候溜进来的？"陈冰又习惯地自己端了一张椅子，在陆浩对面坐了下来，说道："我说'老陆子'呀，你别以为昨天试验成功，就万事大吉了。我来给你看一样东西，叫你吓一跳！"

陈冰叫陆浩坐到录像放映机前。他从手提包里拿出一盘磁带，装好。陈冰一按电钮，墙上一卷纸一样的东西自动了下来——挂壁式电视屏幕。

电视屏幕上，出现长长的甬道。门上的红色的"5"字。接着，看见一只手在拨自动拨号盘，拨了"5607988"。门开了，见陆浩走进第五实验室。接着，出现第五实验室屏幕上的种种影像……

陆浩十分吃惊地问道："这是怎么回事？"

陈冰："这是公安部门从敌人的通信卫星那里接收下来的。"

陆浩："敌人怎么会拍到第五实验室里的情形？那天，在第五实验室里，只有我和陆明。"陈冰："你注意了没有，在屏幕上，并没有陆明！"

陆浩一拍脑瓜，猛然醒悟："喔，对了，从拍摄的角度来分析，好像是从陆明的胸部朝前拍摄的。那天，陆明胸前正好戴了一朵宝石花。会不会是……"

正在这时，陆明来了，喊了声"陈伯伯"。她胸前仍别着宝石花。陈冰笑着对陆明说道：

"'说曹操，曹操到'。陆明，你那朵宝石花挺漂亮的，谁送的？"

陆明不好意思地说：

"总归有人送呗！"

陈冰："大概是那位吹口哨的青年人吧。拿来，让我欣赏欣赏。"陈冰拿着宝石花，细细观看，甚至用手掰开花瓣，用放大镜观看着。

陆明发觉气氛不对，再看看陆浩，见神色异样，便问道："爸爸，出了什么事？"

陆浩："公安部门发现，敌人把微型摄像机装在宝石花里，拍摄了第五实验室里的工作情形。"

陆明吃了一惊："这……"

陈冰："陆明，朱葛送花给你，是在什么时候？"

陆明："前天。"

陈冰："有谁动过这朵宝石花？"

陆明思索了一下："有谁……对了，对了，金医生拿去看过。"

重复出现前面的镜头：

金医生看陆明胸前的宝石花，说道："陆明，好漂亮的宝石花，用什么东西做的？"

陆明取下宝石花，递给金医生。金医生细细观看宝石花，甚至还拿起来对着灯光看了一番，连声赞道："真好看！"……

陆明直摇头，说："又是那个金医生！"

陈冰："我们要提高警惕！"

黑鹰间谍集团总部地下室，正在放映从通信卫星上接收到的关于第五实验室的录像。对话声：

"'X'的这一手干得不错。不过，还只停留在表面现象。"

"我看，命令'X'对陆明采取行动。陆明是陆浩的主要助手。取得了陆明的脑信息，就可以洞悉一切！"

夜，陆明在酣睡。门悄悄地开了。

一个黑影战战兢兢溜进陆明的卧室。紧接着，又一个黑影悄悄闪进陆明的卧室。这个黑影躲在门后，监视着另一个黑影。

第一个进来的黑影走近陆明。音乐烘托着紧张的气氛。陆明正酣睡着。一只黑手伸向陆明的脸，黑手拿着什么东西。黑手在发抖。

陆明翻了个身，黑手吓得缩回去了。黑影朝后倒退了一步。另一个黑影也立即向后退了一步。

黑影木然立着。过了片刻，战战兢兢溜出陆明卧室。门关上了。

稍过片刻，门又开了，另一个黑影动作敏捷地闪出陆明卧室，门关上。

仍在黑鹰间谍集团总部。对话声：

"什么？'X'不敢下手？废物！"

"那就命令他把陆浩作为攻击目标。明天是星期天，是陆浩的六十大寿。他们要外出打猎，这是下手的好机会。"

"命令'Y'配合'X'在明天行动。"

陆浩的工作室里，陈冰仍在与陆浩谈话。

陈冰："这个星期天，是你的六十大寿，我们说好要去打猎的，别忘了。"

陆浩："还打猎哪？谁有那份闲情？"

陈冰："到山里走走，休息休息。"

陆浩："还是不要去了吧。在我这里，'开门见山'。"

陆浩说着，拉着陈冰来到窗口，陆浩不断按动电钮，窗外一会儿出现庐山，一会儿出现黄山，一会儿是华山，一会儿是莫干山，最后出现冰雪皑皑的珠穆朗玛峰。

陈冰："你的这些立体电视，全是假山！我们要去的是真正的山。一言为定——明天打猎去！"

打猎

山间，一群梅花鹿在奔跑。

"砰！"一道亮光闪过，一只梅花鹿突然消失。"砰！"又一道亮光闪过，另一只梅花鹿突然消失。

哈哈哈哈，爆发出一阵笑声。原来，小陆子和陈冰在用激光手枪打猎。陆浩坐在岩石上，旁边陪着陆明、朱葛和金医生。陆浩称赞道："一枪一个，你们的枪法真不错！"

陆明和朱葛举起了激光手枪。

梅花鹿群在奔跑。"砰！"一道亮光闪过，两只梅花鹿突然消失。

"砰！"又一道亮光闪过，又有两只梅花鹿突然消失。

"一枪两个，你们的枪法不错！"陆浩高兴地说。

"我来试试！"金医生说着，举起激光手枪就射击，连瞄准动作都不做。"砰！"一道亮光闪过之后，一群梅花鹿全消失了！

"好枪法！好枪法！一枪打死一群！"陆浩显得非常高兴，说道："可惜的是，你们打的梅花鹿，都是立体电视发射器发射出来的假鹿。不然的话，我们中午回去，可以叫淑芬在家里烧一顿鹿肉，美美地吃上一顿，高兴高兴！"

"今天，把你这个科学怪人从实验室里拖出来，这就是最令人高兴的事！"陈冰对陆浩说道，"你今天出来打猎，虽然失去了几个小时，是减法。可是，你经过休息，工作效率提高了，减法将变为乘法！"

陆浩哈哈笑了："我昨天花了五小时零七分钟，研究普朗克公式和维恩公式，还没得出结果。这么说，经过打猎，一回去就能做出来？"

"很可能。灵感一来，全解决了！"陈冰笑道。

"陆教授，如果在低频区，能不能近似地用瑞利—琼斯公式，计算起来会比普朗克公式和维恩公式简便。"朱葛插了一句话。

"嗯，你的话很有道理。这几天，我忙着做实验，还没来得及跟你好好讨论讨论。我对你在《声波概论》中所写的经典统计力学、对空腔内电磁波的驻波、对黑体辐射和振子吸收电磁辐射规律问题，也很有兴趣。"

陈冰："得了，得了，今天是打猎，怎么又变成了科学讨论会啦？"

大家哈哈大笑。

陆浩："好了，不讨论科学，大家各自去玩吧，用不着都陪着我这老头儿！

陈冰，我们一起到绿山寺坐一会儿。"

山间小路，一道道阳光从浓密的树叶缝中泄漏下来，随风摇曳。朱葛吹着口哨，学着鸟叫声，和陆明在林间散步。

山间的湖，在阳光下，金波点点。

小陆子和金医生背着猎枪，在湖边的小路上漫步。

小陆子突然说了一句："金伯伯，你不是医生！"

金医生一愣，问道："你怎么知道？"

小陆子："你的枪打得那么准，看样子是一个耍枪杆子的人！"

金医生不由得仰天大笑，用手抚摸着小陆子的头发，说道："小机灵鬼，你的脑袋瓜倒挺会透过表面现象看本质嘛！你爸爸、妈妈呢，怎么没看见？"

小陆子："他们出差去了。爷爷是研究电磁波的，朱叔叔是研究声波的，我爸爸、妈妈是研究光波的。"

"你呢？"

"我呀，我研究水波！"

小陆子说着，捡起小石片，使劲朝水面横着甩去，在碧绿的水面上连着出现三个波。金医生不声不响，精心地从脚下的石头中找出一块扁平的石片，在岩石上敲打了几下，敲成前薄后厚的形状，然后像掷铁饼似的转了一下身体，猛地甩出。出手时，那小石片不断旋转着，竟贴着湖面跳跃，一下子在水面上溅起十几个波！小陆子高兴得跳了起来："金医生，想不到你还有这么一手！"

金医生哈哈笑了，学着小陆子刚才说话的腔调道："我不是个医生，我是一个研究水波的专家！"

小陆子捧腹大笑。

陆浩和陈冰在林荫大道上慢慢踱着。在他们的后面，一个穿着猎装、背着猎枪的背影在鬼鬼祟祟跟踪而行。这个背影身材高大，有点驼背。

陆浩和陈冰慢慢向寺院走去，寺院门口横写着"绿山寺"三个大字。

陆浩和陈冰走进绿山寺大门，黑影也随之跟了进去。

林间草地，盛开着鲜花，朱葛和陆明在花间漫步。

一丛宝石花。

朱葛弯腰采了一朵宝石花，朝陆明胸前看了一下，咦，陆明怎么没有戴水晶宝石花。朱葛："我送给你的宝石花呢？"

陆明："在家里，没戴。"

朱葛："为什么不戴？"

陆明："戴这花，惹是生非。我爸爸和陈伯伯把花拿去看了好久。"

朱葛一听，双手抱着头。

这时又响起尖厉的音乐声和急骤的鼓点。朱葛的眼神，呆呆地直视前方。朱葛朝后一仰，倒在草地上。陆明急坏了，连声喊："朱葛，朱葛……"

过了好一会儿，朱葛才慢慢醒过来，吃力地说："我的老毛病又犯了。我的药在汽车里，在山脚下。"

陆明："你躺在这里，别动。我给你拿药去！"

山间小道，陆明匆匆地朝山下跑去。

湖面，两根钓鱼竿。小陆子急急地把钓鱼竿拉起来，空的。金医生沉得住气，细心观察着浮子的动静。当浮子向下一沉，他猛拉钓竿，嘿，钓起一条活蹦乱跳的大鲫鱼！

小陆子高兴地把鱼抓住，说道："金医生，你干什么事儿都有两下子！"

金医生慢悠悠地说："干什么事儿都有诀窍！"

金医生把鱼饵装在钩上以后，把钓竿交给小陆子，说道："你在这儿钓吧，我到山下去一趟。"

小陆子："什么事？"

金医生："我的香烟忘在汽车上了。"

山间小道。金医生没有朝山下走去，却匆匆地向山上跑去。

湖边。小陆子从衣袋里掏出一个小盒子——立体电视发射器。一按电钮，湖边立即出现另一个小陆子。小陆子把两根钓竿往假小陆子面前放好，来了个金蝉脱壳。

金医生在高处清楚地看见小陆子的动作，脸上掠过一丝微笑。

小陆子放好钓竿之后，尽管浮子往下沉，他也没心思了。他朝山间小道上跑。他看见金医生没去山下，却朝山上跑，更加怀疑他，紧紧地跟在他的后边。

寺院的方丈室，空无一人。

陆浩坐下，对陈冰说道："我是老病号，跑不动了。你有兴致，到寺里逛逛，我在这儿等你。"

陈冰："我到大殿去看看，一会儿就回来。"陈冰说着，走出方丈室。

窗口，露出半个脑袋，窥视了一下。陆浩从背包里拿出汽水，慢慢地喝着。

窗外的背影，手打开一只小玻璃瓶，取出一粒小药丸，吞下。

没一会儿，方丈室的门开了，朱葛走进方丈室。

陆浩见了朱葛，很高兴，问道："陆明呢？"

朱葛："到山下去了。"

陆浩："趁他们各奔一方，我们在这儿安安静静地讨论讨论刚才谈了一半的科学问题。"朱葛笑了，陆浩从包里拿出另一瓶汽水，递给朱葛。朱葛谢绝了，他从自己的包里拿出一瓶汽水。

窗口，又露出半个脑袋，有人在窥视。

山下，停着几辆轿车，陆明走向一辆轿车，打开车门，取药。

大雄宝殿，陈冰背剪着双手，在那里仰看十八罗汉。

"绿山寺"大门。金医生蹑手蹑脚地闪了进去。

后面，小陆子在蹑手脚地跟踪，也闪了进去。方丈室里。朱葛的手哆哆嗦嗦地撬开汽水瓶的盖子，顿时，从瓶里冒出一股猛烈的气体，陆浩立即昏倒了，斜倚在八仙桌上。

窗口的半个脑袋，立即消失了。

那黑影终于出现了，闪进方丈室。原来，他是一个老头儿，个子高大而又消瘦，有点驼背，穿着猎装，背着猎枪，短而硬的头发，狡诈的神色。

老头儿对朱葛说："还站在那里干什么？快动手，把他的脑袋里的信息取出来复制！"朱葛木然呆立，用颤抖的声音说道："我的手发软，不敢动手。"

老头儿咒骂道："废物！到门口给我望风去！"

朱葛一听，如释重负，赶紧溜出方丈室。

老头儿取出行凶器具，准备动手。突然，一道亮光闪过，老头儿的右手手背立即出现一块焦斑，冒出一股青烟。

老头儿抬头，见是金医生用激光手枪朝他开了一枪。

老头儿顺手掏出一把匕首，朝金医生掷去。刀从金医生的脑袋中飞过，"砰"的一声，插在方丈室的柱子上。原来，那个金医生是立体电视发射器发射出来的，是个假人！

老头儿正在惊疑之中，一双手像铁钳似的有力地钳住了老头儿的双手，用力一扭，给老头儿"咔嚓"一下戴上了手铐。原来，真正的金医生站在老头儿身后，对他说道："我在这儿呢！'Y'，我们已经等你好久了！"

这时，老头儿才发现，从方丈室的四角，走出了好几个早已埋伏在那里的公安人员。

这时，朱葛还在方丈室的外边望风。突然，小陆子闯了过来。他一见朱葛，马上悄声地对他说："朱叔叔，金医生是坏蛋，刚才溜进去了！"

正在这时，金医生出现在门口，一挥手，两人公安人员立即把朱葛抓住，套上手铐。小陆子一见金医生来抓朱葛，猛地一头向金医生撞去。

金医生旁边一让，小陆子扑了个空，摔在地上。

这时，陈冰跑过来抱起小陆子。小陆子连声说："陈爷爷，赶快抓住金医生，他是坏蛋！"陈冰大笑，说道："傻孩子，金医生是好人，是公安部门特地派来的保卫人员，叫金明。"

一辆急救车和一辆轿车驶进寺院。大家把陆浩抬上急救车。金医生说："赶紧把朱葛也送上急救车。他虽然事先服了解毒药，但是只能活一个小时！"

众人上车。"Y"被押在轿车里，两辆汽车开出绿山寺。

在半路上，陆明气喘吁吁地朝上跑。汽车一见陆明，马上停住。金医生从车里伸出头来。陆明："金医生，朱葛晕倒了，躺在那边草地上。"

金医生："他已经在急救车上了，你上来吧，快走！"

陆明上车。两辆汽车朝山下急驶。

真相

一个人在双手捂脸号啕大哭。手一放下，才看清原来是陆明。陆明满脸热泪，大声而急促地质问金医生——穿着制服的金明："什么？你说朱葛是'间谍'？是'X'？我不相信！我不相信！我死也不相信！你们诬赖好人！朱葛是连续十年的先进科学工作者，他会是'间谍'？"金明劝慰道："陆明，请你冷静一点，不能感情用事。你看看，这是朱葛作案时的录像。"金明放映录像，陈冰、陆明、小陆子、钱淑芬一起观看。屏幕上，重复刚才的镜头：方丈室里，朱葛的手哆哆嗦嗦地撬开汽水瓶的盖子，顿时，从瓶里冒出一股猛烈的气体，陆浩立即昏倒了，斜倚在八仙桌上。

……

陆明将信将疑地看着，满脸泪水。

陈冰问金明："陆浩现在怎么样？"

金明："早已脱险。因为我们早已掌握了他们在汽水瓶里所装的毒剂，所以一上急救车就给陆浩吃了解毒药。现在，陆浩教授住在医院里，不是因为这件事，而是在彻底治疗他的大脑疾病——平时，他总是沉醉在科学研究之中，不愿意住院。这一次住进医院，就由不得他了。"

陈冰又问；"朱葛呢？"

金明："也脱险了。"

小陆子："原来，那个'朱叔叔'是坏蛋，我还一直把你当成坏蛋呢！"

金明笑了，说道："大家再看看朱葛在医院里的情况。他现在处于精神分裂状态，非常痛苦。"

屏幕上，朱葛歇斯底里大发作，时而抱头痛哭，时而狂笑。

陆明的牙齿咬紧嘴唇，热泪盈眶，心情极度矛盾、痛苦。

交代

审讯室。金明和几个公安人员坐在那里，准备审讯，陆明、陈冰、小陆子等也坐在旁边。陆浩和钱淑芬进来，大家纷纷问候陆浩。

陆浩："我因祸得福，住了一趟医院，大脑的疾病也好多了。谢谢你，金医生。不，谢谢你，金明同志！"

待大家坐定，金明说道："带'Y'！"

"Y"被带上。

金明：" 'Y'，你老实交代，'X'在哪里！"

"Y"冷笑道：" 'X'，早就见老天爷去了！"

金明也冷笑着说道："话别讲得太早。我告诉你！"

公安人员带朱葛上来。"Y"的脸上露出惊恐的神色。陆明的脸色露出痛苦的神色，陆浩的脸上露出疑惑的神色。

金明："'Y'，现在你该老实交代了吧？"

"Y"："我老实交代，我老实交代。"

金明："那你就交代，你们怎样把中国的青年科学家朱葛，变成了间谍'X'的？"

"Y"开始交代："事情是这样的——我们的头头儿连续派了几批间谍到中国来，一进去就很快给抓起来了。后来，头头说，从外边派人进来太显眼，不安全，想办法在中国的外出人员身上打主意。那天，我们听说有一个中国科学代表团，在回国途中经过那里……"

出现回忆镜头：

朱葛走进候机室，坐在长椅上。他刚坐下，一个华侨打扮的又高又瘦的人——也就是"Y"走来，坐在他身边。"Y"掏出香烟，向朱葛敬了一根。朱葛抽了一口，就昏过去了。

"Y"的旁白："我们看到朱葛走进候机室机息，就选中他作为攻击目标。我给朱葛抽了一根香烟，烟里装有麻醉药，他一抽就昏过去了。我们立即把他抬上救护车。在车上进行手术，向他的脑中输入间谍的记忆分子和信息，使他变成一个间谍。"

朱葛躺在救护车上。"Y"和几个间谍戴着大口罩，正在给朱葛进行手术。朱葛的头部戴着一个白色钢盔似的帽子。帽子有许多很细的电线以及电极之类。朱葛微微睁开眼睛，见好几个戴着大口罩的人，在注视着他，朱葛又合上眼皮。

"Y"继续旁白："我们给朱葛动完手术，送到医院。这时，中国科学代表团也闻讯赶来了，我们就把朱葛交还给了他们。他们并没有觉察我们在车上对朱葛做了手术。"

朱葛躺在病床上，代表团的同志们来看望他。

代表团的同志们扶着朱葛上飞机。"Y"装扮成一个普通旅客，戴着墨镜，也上了飞机。

飞机起飞，在云层之上飞行。

"Y"旁白："这架飞机在中国广州降落，我跟随中国科学代表团换乘另一架飞机飞往绿山市。"

另一架中国民航飞机在飞行。机舱内，"Y"坐在一个角落里，两张并排的椅子上，坐着两个戴眼镜的人——朱葛和金医生……

金医生的近景，化为金明的近景。

陆明在惊讶地听着"Y"的交代。朱葛的脸上也露出惊讶的神色，但目光仍是呆滞的。金明继续审问"Y"："你详细交代关于你们是怎样用间谍的记忆分子和脑信息来祸害朱葛的？"

"Y"："我交代……"

"Y"的画外音："我们黑鹰间谍集团是以刺探科学情报为主的。我们曾获取中国陈冰教授关于移植记忆分子的科学情报，产生了莫大兴趣。我们认为，如果把这种方法应用到间谍工作中，可以把间谍意识移植到一个正常人的头脑之中。这样的间谍是最可靠的，最不易被人察觉的。我们曾在许多尸体上做试验，后来又在政治犯身上做试验，终于获得成功。不久，陆浩教授的大型立体电视试验，引起了我们的注意。我们认为，这种新发明在军事上可以制造假象，出现大量虚假的导弹基地、火箭发射场，可以迷惑对方。

于是，在朱葛经过我们那里时，就将他绑架，成为我们的间谍。"

在讲述以上旁白时，出现如下画面：

一篇《论记忆分子》的论文，署名"陈冰"。

黑鹰间谍头子在看陈冰的论文。

间谍实验室里，移动着一具具尸体，有的脑袋被剖开，有的脑袋上插满电极、电线。

某政治犯，戴着手铐、脚镣。政治犯被戴上钢盔似的东西。

间谍在进行试验。

政治犯痛苦的表情。间谍头子在狞笑。

陈冰听完"Y"的交代，霍地站了起来。陈冰满脸气愤，激动的神色，有力的语调说道："卑鄙！我研究记忆分子，是为了造福于人类。有句阿拉伯谚语说，'死了一个老人，等于烧毁了一座图书馆'。富有经验的老人不断死去，这是极大的损失；而少年儿童却又必须花费几十年时间从头学起，这又是极大的浪费。我想把老人大脑中的记忆分子和信息，移植到少年儿童头脑中，造就一代乳臭未干的'老'科学家、'老'艺术家、'老'工程师，做到早出人才，一代胜过一代。想不到，你们却用它来害人，用作卑劣的间谍手段。"

在陈冰讲话过程中，穿插了陈冰进行移植记忆分子实验的种种镜头。

在陈冰讲话过程中，小陆子很有兴趣地睁大眼睛听着。朱葛脸上出现痛苦欲绝的神情。陈冰："不过，你们既然能把间谍意识灌进朱葛的头脑中，我也有办法把它取出来！"

朱葛的眼眶里，流出了热泪。

手术室，朱葛躺在手术台上。

陈冰和金明在给朱葛动手术。朱葛的脑袋上插满银针、电极。

重圆

明净的圆月，像巨大的银球，高挂夜空。在清凉的月光下，山区如洗。

山间小道，传来了"百鸟朝凤"的哨声。朱葛和陆明在月下散步，两人肩并肩走着。陆明："朱葛，现在我们之间的距离，再也不是一公尺了。"

朱葛笑了。

陆明笑了。两人甜蜜地相吻，定格。推出"剧终"两字。

1979年12月初稿

1980年1月二稿

1980年2月三稿

1980年4月四稿